Submissiv

Anna Bunt

Submissiv

Aus dem Leben einer devoten Frau

Roman

ANAIS

»Wir gelangen nur selten anders als durch Extreme zur Wahrheit – wir müssen den Irrtum – und oft den Unsinn – zuvor erschöpfen, ehe wir uns zu dem schönen Ziele der ruhigen Weisheit hinaufarbeiten.«

Friedrich Schiller, »Philosophische Briefe«

1.

Die erste große Reise

Ich schaue aus dem Fenster. Unter mir eine einzige braune Sandwüste. Eine ganze Stunde lang sehe ich nichts anderes. Ich sitze ganz vorn auf dem ersten Platz hinter dem Cockpit. Es gibt keine Business Class. Die graue Plastikwand vor mir schmückt ein Wappen aus einem Krummsäbel und zwei gekreuzten Schwertern. Das Zurschaustellen von Waffen irritiert mich. Wir bekommen warme, für mich undefinierbar duftende Tücher. Unauffällig beobachte ich den Mann, der neben mir sitzt. Er reinigt Gesicht und Hände und ich tu es ihm gleich. Die Stewardess trägt ein grünes Käppchen, unter dem ein rotes, leicht durchsichtiges Tuch ihren Haarknoten im Nacken nur scheinbar verhüllt. Ich sehe in ihre perfekt geschminkten Mandelaugen und sie schenkt mir ein Lächeln, das ich erwidere. Dann setzen wir zur Landung an.

Es ist heiß. Daran kann auch der warme Wind nichts ändern, der mir um die Nase weht, als ich die Gangway hinuntergehe. Das schwarze Tuch, das ich um meine Schultern gelegt habe, flattert in der Luft. Um es nicht zu verlieren, muss ich es erneut um mich schlagen. Während ich mich der Tür zum Flughafengebäude nähere, erblicke ich mein Spiegelbild. Die Sonne lässt mein Haar glänzen und ich freue mich, dass ich Flip-Flops tragen kann, obwohl es Dezember ist. *Meine Sonnenbrille*, denke ich, die habe ich tatsächlich vergessen. Automatisch öffnet sich die Glastür vor mir. Ich pralle gegen eine Wand aus eisiger Kälte. Die Klimaanlage! Nicht viele Menschen sind mit mir von Muskat nach Salalah gereist. Nur eine Handvoll. Trotzdem warten wir für deutsche Gewohnheiten überdurchschnittlich lange auf unser Gepäck. Die Warterei macht mich nervös. Hoffentlich ist der Agent auch wirklich wie verabredet im Flughafengebäude. Ich weiß nicht einmal, wie er aussieht. Ein kleines bisschen Angst schleicht sich in mein Bewusstsein, als mir klar wird, wie viele Kilometer von zu Hause entfernt ich mich gerade befinde, doch ich verdränge sie ganz schnell.

*

Auf dem Schild, mit dem mich der Agent tatsächlich wenig später empfängt, lese ich »Mrs. Bunt, ConCarrier« – mein Name und der Name des Schiffes. Der Agent ist hoch gewachsen und für meinen Geschmack etwas zu schlank. Schlecht sieht er aber nicht aus mit seiner recht ebenmäßigen dunklen Haut, dem raspelkurzen Haar und den schwarzen, freundlichen Augen. Doch irgendwie wirkt er wie ein Junge, finde ich. Höchstwahrscheinlich bin ich ein paar Jährchen älter als er. »Welcome to Salalah«, begrüßt er mich mit einem freundlichen Lächeln und ich folge ihm nach draußen, wo ein dunkelblauer Mercedes auf mich wartet.

Im Wageninneren ist es angenehm kühl. Als ich mich auf den schwarzen Ledersitz fallen lasse, spüre ich langsam Müdigkeit. Seit 33 Stunden bin ich nun schon unterwegs. Davon habe ich nur vier Stunden in einer Flughafenlounge in nervösem Halbschlaf verbracht. Immer wieder drängte sich die Angst davor in mein Bewusstsein, den Anschlussflug zu verpassen, und hielt mich vom Schlafen ab. Doch jetzt bin ich gewissermaßen angekommen. Den restlichen Weg bis zur ConCarrier, die schon seit heute Morgen im Hafen von Salalah liegen muss, werden andere für mich erledigen.

Der Agent setzt sich hinters Steuer, nachdem er mein Gepäck im Kofferraum des Wagens verstaut hat. Es folgen die höflichen Fragen, die man Reisenden üblicherweise stellt. *How was your trip* und so. Doch »There is another thing ...« beginnt er den nächsten Satz, da werde ich hellhörig. Die ConCarrier sei nicht wie erwartet heute Morgen im Hafen eingelaufen. Mir wird heiß, noch bevor er weitersprechen kann. Das Schiff habe Verspätung, würde aber für morgen früh erwartet. Er habe Anweisung, mich in ein Hotel zu bringen. Eigentlich keine allzu schlimme Nachricht, aber sie trifft mich trotzdem. Ganze zehn Wochen habe ich Ben nicht gesehen und nun werde ich noch weitere 24 Stunden warten müssen. In meiner momentanen Situation reicht das bereits aus, enttäuscht zu sein. Ich hoffe, dass ich müde genug bin, um mindestens 20 von den 24 noch verbleibenden Stunden bis zum Wiedersehen schlafen zu können.

Im Empfangsbereich des Hotels, vor dem wir wenige Minuten später aussteigen, ist nahezu alles aus Marmor: Böden, Wände, Decken, Tische, Treppen. Einzig und allein die altmodischen roten Sofas in einer Ecke sind mit Leder bespannt. Verdammtes Hotel! Ich will zu meinem Schatz! Das gibt's doch nicht, dass ich tatsächlich bis morgen früh hier bleiben muss. Genauer gesagt, bis morgen früh um acht. Dann will mich der Agent wieder an der Rezeption abholen, hat er gesagt und sich verabschiedet.

Schweren Herzens steige ich die breite Treppe zum ersten Stockwerk hinauf. Immerhin muss ich meinen Koffer nicht selbst tragen. Ich folge dem Boy durch unzählige kalte, extrem breite Marmorgänge. Ob ich aus diesem Labyrinth jemals wieder alleine herausfinden würde, weiß ich nicht.

Mein Zimmer gleicht einem Saal. Das große Bett in der Mitte des Raumes wirkt fast verloren. Es ist mit sauberem weißem Leinen bezogen. Des Weiteren stehen mir eine Couch, ein Spiegel, eine Klimaanlage, TV und ein Schreibtisch zur Verfügung. Die große Fensterfront wird von dicken Vorhängen verdeckt. Als ich dahinterschaue, verstehe ich auch warum. Vom Fenster blickt man direkt auf eine hässliche Mauer. Das ist mir allerdings im Moment ziemlich egal.

Ich lasse mich aufs Bett sinken und zappe durchs arabische Fernsehen. Natürlich verstehe ich keinen Ton. Diese Sprache klingt so fremd in meinen Ohren, dass ich nicht einmal einzelne Worte identifizieren kann, was mir bereits am Flughafen in Muskat aufgefallen war. Immer und immer wieder hatte ein Lautsprecher blechern dieselbe Durchsage wiederholt. Als es endlich Zeit für meinen Flug war, konnte ich sie schon fast auswendig.

Ben ruft an. Ich verberge meine Enttäuschung über unser verspätetes Wiedersehen nicht, als ich mit ihm spreche. Doch die Müdigkeit übermannt mich noch während des Gesprächs. Ich schaffe es gerade noch, mich zu verabschieden, und sinke, ohne zu duschen, in einen tiefen Schlaf. Nachts um drei wache ich verschwitzt auf, schalte den Fernseher aus und die Klimaanlage ein. Dann schlafe ich weiter bis morgens um sechs. Ohne Frühstück setze ich mich wieder in den dunkelblauen Mercedes des Agenten, der mich etwa zwei Stunden später zum Hafen bringt. Endlich! Ich bin viel zu aufgeregt, um etwas zu mir zu nehmen.

Bereits während des sechsstüdigen Flugs von Zürich nach Muskat habe ich mir alle Details unseres Wiedersehens ausgemalt. Natürlich bin ich dabei geil geworden, zur Bordtoilette gegangen und habe mir einen schnellen Orgasmus beschert. Dabei habe ich mir ausgemalt, wie ich ihm wortlos in seine Kabine folge, wie er die Tür hinter uns schließt, mich an den Haaren packt – so dass es ein kleines bisschen weh tut – und mich gegen die kalte Wand aus Stahl drückt, bevor er mich küsst, unter meinen Rock greift und feststellt, dass ich darunter völlig nackt bin.

*

Wir rasen über eine vierspurige Straße durch die Wüste. Ab und zu an Hotels mit Parkanlagen wie kleine Oasen am Straßenrand vorbei. Dann haben wir das Ende der Straße erreicht. Zuerst Schlaglöcher, gefolgt von einer Buckelpiste, danach erneut Asphalt und eine Schranke mit Häuschen. Drinnen sitzt ein Mann, der desinteressiert wirkt und uns passieren lässt.

Viel zu lange dauern die Formalitäten, die erledigt werden müssen, bevor man mich in den Hafen lässt. Ich habe Anweisung, im Auto sitzen zu bleiben und nur auszusteigen, wenn der Agent es von mir verlangen würde. Er hat meinen Reisepass mitgenommen, was mich verunsichert. Natürlich ist das blöd von mir. Als allein reisende Frau wird man in diesem Land komisch angeschaut und nicht immer freundlich behandelt, das verunsichert mich. Auch jetzt noch, wo ich mich nur noch wenige Meter von meinem Ziel entfernt befinde. Irgendwie kann ich mir inmitten dieser fremden Welt gar nicht vorstellen, in wenigen Augenblicken auf den Menschen zu treffen, der mir so vertraut ist. Vertrauter als jeder andere auf dieser Erde.

Ich beobachte drei Männer, die im Schatten eines weißen Gebäudes Zigaretten rauchen. Sie tragen lange weiße Kutten, die laut rascheln, wenn sie sich bewegen, außerdem ein weißblaues Käppchen auf dem Kopf. Diese Kleidung widerspricht wohl allem, was man in Mitteleuropa als männlich empfinden würde. Der Agent ist zwar auch Omani, er trägt aber westliche Kleidung. Wie er mir zuvor erklärt hat, darf er anders nicht in den Hafen. Bestimmt eine halbe Stunde ist vergangen, als er endlich zurückkehrt und mir meinen Pass in die Hand drückt. Daumen hoch. Wir fahren los, passieren einen Kontrollpunkt, wo uns ein Uniformierter eine Maschinenpistole ins Auto hält. Reine Routine, wie es aussieht.

Ich rieche das Wasser, noch bevor ich es sehe. Dunkelblau und glitzernd hebt sich der Ozean vom kahlen Braun der Wüste ab. Ich halte Ausschau nach der großen Blechkiste, die mich in den nächsten Wochen durch den Indischen Ozean tragen wird. Es dauert viel zu lange, bis ich sie sehe: ConCarrier, lese ich auf der stählernen Wand, die sich endlich vor mir erhebt, und irgendwie kommt mir die ganze Situation jetzt unwirklich vor. So viele Geschichten habe ich über die moderne Seefahrt gehört, so viele Fotos gesehen und nun bin ich real in dieser Welt, die so anders ist als alles, was ich kenne. Wir passieren große orange Kräne, die sich auf Eisenbahnschienen bewegen. Das Auto hält im Schatten der Bordwand des riesigen Containerschiffs, das höher als ein durchschnittliches Mehrfamilienhaus in die Luft ragt. Das Quietschen der Kräne, LKW-Geräusche und die Rufe der Arbeiter dringen an mein Ohr, als wir aussteigen. Ich bin völlig reizüberflutet.

Als der Agent den Kofferraum öffnet, steht plötzlich ein kleiner, fröhlich grinsender Philippino neben mir und begrüßt mich mit »Hi, Ma'am«. Weil er mich Ma'am genannt hat, bin ich zu perplex, um etwas erwidern zu können, und lächle ihm deshalb nur zu. Er winkt mir und ich folge ihm über die Gangway, die einer Leiter aus Stahl gleicht. Dabei wird mir schnell klar, dass meine Flip-Flops nicht das geeignetste Schuhwerk sind. Aber egal. Wo ist denn jetzt mein Schatz? Ich hatte angenommen, er würde mich bereits an Deck erwarten und mir von oben zuwinken oder so. Stattdessen betrete ich alleine ein etwas altmodisches Büro. Auch hier keine Spur von Ben. Dafür zwei Männer, die sich als Elektriker und Erster Offizier vorstellen. Ein kleiner Smalltalk. Englisch mit osteuropäischem Akzent. Fragen, die man Reisenden eben so stellt – ich kenne das bereits.

Schließlich greift der Erste Offizier zum Telefon, um Ben anzurufen. Mein werter Herr und Meister scheint meine Ankunft verpennt zu haben. So habe ich mir das nicht vorgestellt! Als er wenige Minuten später endlich das Büro betritt, sieht er völlig verschlafen aus und riecht auch so. Die Haare stehen in alle Richtungen ab. Ich frage mich, wie viele Wochen er sich wohl nicht mehr rasiert hat. Die Begrüßung fällt spärlich aus. Umarmung, Küsschen. Hallo, schön, dass du da bist. Immerhin. Eigentlich hätte ich wissen müssen, dass Gefühlsausbrüche vor Kollegen nicht stattfinden würden. »Komm, wir gehen frühstücken«, sagt er dann und zieht mich hinter sich her in Richtung Offiziersmesse, wo wir die nächsten Wochen unsere Mahlzeiten einnehmen werden. »Aber mein Gepäck ...«, protestiere ich. »Bringt der Steward hoch.«

Die Offiziersmesse ist so gar nicht das, was man sich darunter vorstellt: zwei mit altmodischem braunem Stoff bezogene Holzbänke, Stühle aus Metallrohr mit Kunstlederbezug und einfache Plastikdecken auf den Tischen. Der Koch serviert Omelette. Wir sind kaum fertig mit dem Frühstück, da muss

Ben auch schon arbeiten. Währenddessen darf ich mich alleine in seiner Kabine aufhalten. Na toll!

Die Kabine besteht aus einem Wohn-, einem Schlafzimmer und einem kleinen Bad. Alle Türen schließen sich mechanisch von alleine und machen dabei Geräusche wie Kühlschranktüren. Brauner Teppichboden im Wohnzimmer wird ergänzt durch einen Tisch, eine Mischung aus Sofa und Bank und eine altmodische Schrankwand. Auch deren Türen schließen sich automatisch und alle Möbel sind mit dicken silbernen Schrauben am Boden befestigt. Durch ein kleines rundes Bullauge sehe ich Kräne vor dem Fenster auf und ab fahren, an denen große Container hängen. Das Schlafzimmer ist klein. Ich frage mich, wie Ben in diesem Minibett, das links von mir an der Wand steht, Platz findet. Ich muss auf einer Matratze vor der Tür zum Bad am Boden schlafen. Was man nicht alles für ein kleines Abenteuer in Kauf nimmt! Das Bad ist ebenfalls klein, aber nicht unkomfortabel: Dusche, Toilette, Waschbecken.

*

2:23 Uhr zeigt das digitale Display des kleinen Weckers neben Bens Bett an, als mich das Klingeln des Telefons aus dem Schlaf reißt. Kurz muss ich mich besinnen, wo ich überhaupt bin, dann nehme ich den Hörer ab. »Beweg deinen Hintern auf die Brücke, Frau, und bring mir eine Cola mit.« Noch bevor ich etwas erwidern kann, hat Ben auch schon aufgelegt.

Ich ziehe mir schnell ein etwa knielanges Baumwollkleidchen über, nehme eine Cola aus dem Kühlschrank und verlasse noch völlig schlaftrunken die Kabine. Hitze schlägt mir auf dem Gang entgegen und treibt mir den Schweiß aus allen Poren. Über zwei schmale, außerordentlich steile Treppen gehe ich zwei Stockwerke nach oben. Der Fußboden quietscht unter meinen Schuhen. Etwas langsamer, als ich könnte, steige ich hinauf. Ich muss mich konzentrieren, um nicht zu stolpern. Die Stufen sind ungewohnt schmal.

Ich atme kurz durch, als ich vor der schweren Eisentür stehen bleibe, die zur Brücke, der Kommandozentrale des Schiffes, führt. Ein Schild weist darauf hin, dass hier nur autorisiertes Personal Zutritt hat. Ich habe keine Ahnung, wie es hier wohl aussehen mag, ich weiß nur, dass Ben gerade da oben stehen muss und das Schiff steuert. Ich habe ein wenig Hemmungen, durch diese Tür zu gehen, weil ich ja kein autorisiertes Personal bin. Doch wenn er mich zu sich bittet, wird es schon in Ordnung sein, hoffe ich. Die Kälte der Klimaanlage schlägt mir entgegen, als die schwere Eisentür hinter mir ins Schloss fällt. Ich stehe vor einer weiteren Treppe, die in rotes Licht getaucht ist. Sonst ist alles dunkel, als ich über die Treppe den eigentlichen Raum der Brücke betrete. Es ist überraschend ruhig hier. Nichts als ein paar kleine grüne, rote und gelbe Lichter und der hellgrüne Schirm des Radars erhellen den Raum. Dazu das immer gleiche Stampfen und Vibrieren der Maschine. Bereits nach wenigen Stunden auf diesem Schiff nimmt man es nicht mehr wahr.

Meine Augen müssen sich erst an die Dunkelheit gewöhnen. Ben sitzt in einem Sessel vor einer Unmenge von Geräten, kleinen Schaltern und bunten Lämpchen und blickt in die schwarze Nacht hinaus. Er dreht sich nicht um, als ich zu ihm gehe. Wortlos reiche ich ihm die gewünschte Cola und schaue erst mal hinaus aufs Meer. Dahin, wo im Moment eigentlich gar nichts zu sehen ist. Die Schwärze der Nacht überwältigt mich. Panik steigt in mir auf, als mir bewusst wird, dass wir mit ziemlich hohem Tempo ins Schwarze rasen. Es fühlt sich an, wie in ein schwarzes Loch zu stürzen – nur waagerecht statt nach unten. Ich trete näher an die Fensterscheibe heran und schaue Meter weit hinunter, sieben Stockwerke tief auf das Deck, wo im Dunkeln viele kleine bunte Kisten stehen. Seitlich davon sehe ich das Wasser, das weißen Schaum bildet, wo es auf das dicke Metall der Schiffswand trifft.

Der Anblick des Schiffes unter mir beruhigt mich ein bisschen, gibt mir Sicherheit. Es ist so groß und fühlt sich so stabil an, dass man sich irgendwie gar nicht vorstellen kann, es könnte untergehen. Ich spüre, wie Ben hinter mich tritt und wie mein Körper unmittelbar auf seine Nähe reagiert. Seit ich auf der *ConCarrier* bin, hat er mich nicht angefasst, und auch jetzt tut er es nicht. Trotzdem kann ich seine Nähe fühlen. Nur wenige Zentimeter Luft befinden sich zwischen uns. Ich spüre seinen warmen Atem an meinem Ohr. »Seltsam, nicht«, sagt er mit leiser Stimme. »Es ist, als würde man in die Dunkelheit stürzen, ohne zu wissen wohin.« Ich nicke. »Das ist nur am Anfang so. Man gewöhnt sich ziemlich schnell daran«, fügt er hinzu. Seine große warme Hand legt sich von hinten über meine Schlüsselbeine. Dort verweilt sie für einen kurzen Moment, bevor sie tiefer gleitet, bis unter den dünnen Baumwollstoff meines Kleides. Seine Finger ergreifen meine linke Brustwarze, drücken sie ein wenig und halten sich daran fest. Wie ein Blitz läuft diese Berührung durch meinen Körper. Ich bin elektrisiert. Mein Brustkorb beginnt sich schneller zu heben und zu senken. Ben ist jetzt näher an mich herangetreten und ich kann seinen Atem noch immer an meinem Ohr spüren. »Schatz«, sage ich leise, indem ich meinen Hinterkopf an seine Schulter lehne. Nach wie vor schnell atmend. »Mh?« – »Ich bin so, so geil.« Die letzten drei Worte spreche ich betont langsam. »Ich weiß.« Ein kleines Lachen. Sonst keine Reaktion.

In solchen Momenten hasse ich ihn für seine Beherrschung. Und das, obwohl ich genau weiß, dass sie eines der Dinge ist, die mich so sehr an ihn fesseln. Aber wenigstens einen Versuch war es wert. Wir stehen jetzt einfach nur weiter so da und stürzen waagerecht in die Dunkelheit. Ich ertrage mein Verlangen kaum noch. Mein Unterleib brennt und sendet heiße Wellen aus, die sich über meinen ganzen Körper verteilen. Es fühlt sich an, als würde sich die Energie in den Spitzen meiner Finger und Zehen sammeln, so dass sie zu kribbeln beginnen. Und mit jedem Moment wird das Kribbeln stärker. Ich stelle mir vor, wie er endlich unter meinen Rock greift und wie er mich danach von hinten fickt. Er soll jetzt unter meinen Rock greifen! Sofort! Doch nichts geschieht. Die Geilheit läuft mir die Oberschenkel hinunter und ich kann nicht verstehen, wie er einfach nur hinter mir stehen und nichts tun kann. Na ja, schließlich kenne ich ihn. Ich atme tief und tiefer ein.

Da löst er sich von mir und geht zurück zu seinem Sessel. Er setzt sich und kontrolliert scheinbar konzentriert ein paar Hebel, Lämpchen und Bildschirme. Dann lehnt er sich zurück. »Komm her«, sagt er. »Blas mir einen.« Einerseits bin ich froh, dass sich die sexuellen Handlungen immerhin fortsetzen, andererseits weiß ich nicht, wohin mit meiner Geilheit, die sicherlich noch wachsen wird, wenn ich mich gleich vor ihn knien werde. Ich öffne seine Hose und hole seinen Schwanz heraus. Wie immer ist er noch nicht hart. Irgendwie ärgert mich das jedes Mal aufs Neue. Wie geht das denn? Nicht einmal zehn Wochen Enthaltsamkeit scheinen auszureichen, um dieses Ding auch nur einmal unkontrolliert zum Stehen zu bringen. Er sagt, er findet das unangenehm in der Hose, weshalb er ihn immer schön nach unten hängen lässt. So etwas habe ich noch nie erlebt. Dass man das kontrollieren kann?

Ich meine, als Mann. Verfluchte Selbstbeherrschung! Geliebte Selbstbeherrschung. Wie so vieles in meinem Leben ist auch diese Sache paradox.

Ich schließe meine Lippen um ihn, was ihn glücklicherweise ziemlich schnell hart macht. Während ich lutsche und sauge, überlege ich, was wohl passieren würde, wenn in diesem Moment der Kapitän die Brücke betreten würde. Ziemlich unwahrscheinlich um diese Uhrzeit! Wer verlässt schon freiwillig mitten in der Nacht sein Bett? Das Ding in meinem Mund hat sich zwischenzeitlich ziemlich schnell von hart in bretthart verwandelt. Ich weiß, dass es nun nicht mehr lange dauern wird, bis er mich am Hinterkopf packen und mich daran hindern wird aufzuhören. Ein bisschen aufgestaute Geilheit scheint bei ihm wohl doch vorhanden zu sein. Als ich seine Hände bereits nach ungewöhnlich kurzer Zeit in meinen Haaren spüre, fällt mir auf, dass wir heute ziemlich schnell zum Punkt kommen. Fest und fester wird sein Griff. Kein Entkommen für mich! Und die Bewegungen werden schneller und schneller. Einen kurzen Moment noch. Ich schnappe ein letztes Mal nach Luft, versuche meinen Würgreiz zu unterdrücken, kurz bevor er sich mit einem kleinen Seufzer entlädt. Ich schmecke sein salziges, warmes Sperma auf meiner Zunge. Ein bisschen was davon läuft aus meinem Mund, über die Lippen und tropft auf meine Brust. Ich habe ihn vermisst. Er streichelt mein Gesicht und sieht dabei entspannt und noch ein wenig entrückt aus. Ich blicke in seine blauen Augen. Er lächelt. »Geh jetzt nach unten. Wenn ich komme, will ich dich mit dem Arsch in der Luft auf dem Tisch.«

Wie ein Kühlschrank hört sich die Kabinentür an, als er sie hinter sich schließt. Eine altmodische braune Lampe verbreitet spärliches Licht im ebenso braunen Raum. In den zehn

Minuten, die er für die Wachübergabe gebraucht hat, hat es mich viel Beherrschung gekostet, mich nicht selbst von meiner Geilheit zu erlösen,während ich auf ihn wartete. Die befohlene Position hat es mir nicht gerade einfacher gemacht. Sicherlich wäre es in meinem momentanen Zustand kein Problem, zwei Orgasmen direkt hintereinander zu haben, doch lieber ist mir einer, der dafür umso intensiver ausfällt.

Bens große Hand landet klatschend auf meinem Hintern und beendet meine Gedanken. Ich höre, wie er den Schrank öffnet. Aus dem Augenwinkel nehme ich Seile wahr. Am Boden befinden sich Ösen aus Stahl. Ob die wohl immer da sind? Wofür sonst könnte man sie noch verwenden, wenn nicht zum Festzurren einer nackten Frau auf einer Tischplatte aus Holzimitat? Ein Seil nach dem anderen legt sich um meinen Körper. Mit jedem werde ich ein bisschen geiler, fühle ich mich ein bisschen mehr ausgeliefert, hilfloser, aber auch ein bisschen sicherer. Zum Schluss fixiert er meine Hände und Füße mittels besagter Ösen am Boden. Nun bin ich nichts anderes mehr als sein Besitz, Mittel zur Befriedigung seiner Lust. Und meiner. Für einen kurzen Moment geschieht wieder nichts. Dann schlägt er mir klatschend mehrfach mit der Hand auf den Hintern. Ich frage mich jedes Mal aufs Neue, warum eigentlich seine bloße Hand mehr schmerzt als bei anderen Männern der Rohrstock. Ich atme aus. Spüre, wie seine Hand sich langsam nähert und zwischen meine Beine greift. Dabei ist er so sanft, dass ich ihn mehr ahnen als spüren kann, und genau das macht mich noch viel schärfer, als ich es sowieso schon bin. Langsam arbeitet er sich vor, beginnt wie in Zeitlupe seinen Finger in mich zu schieben. Nur das letzte kleine Stückchen geht ganz schnell, bevor er innehält. Unvermittelt bewegt er sich ein paar Mal fast schon grob vor und zurück. Ich schreie auf.

Ist es Lust oder Schmerz oder beides? Ich bin so von meinen Gefühlen eingehüllt, dass ich anfangs gar nicht merke, wie er sich an meinem Kitzler zu schaffen macht. Ich bin nur noch Geilheit, nur noch Gefühl und kann kaum noch lokalisieren, an welchem Teil meines Körpers diese Geilheit entsteht. Sie hüllt mich voll und ganz ein, sie ist überall – vom Scheitel bis zur Sohle, von den Fingerspitzen bis in die Zehen. Für einen kurzen Moment komme ich noch mal zu mir. Ich habe das Gefühl, sein Finger und mein Unterleib werden eins. Es ist, als würde ich an ihm kleben, als wären wir magnetisch.

Ich muss mich an ihm reiben, bis ich komme. Es gibt keine andere Möglichkeit, kein Zurück mehr und von Dauer kann heute keine Rede sein. Mehrfach lässt er den Finger ruhen und bringt mich so fast um den Verstand. Ich versuche, meinen Hintern zu bewegen, doch die Seile um meinen Körper hindern mich daran. Diese Bewegungsunfähigkeit macht mich rasend, ungeduldig, wie von Sinnen, aber sie kickt mich auch. Und dann greift er endlich zu. An der Art, wie er mich berührt, spüre ich, dass er ihn jetzt will: meinen Orgasmus. Innerhalb von Sekundenbruchteilen, fremdgesteuert, bricht es über mich herein. Ich habe keine Kontrolle mehr über meinen Körper, spüre nur noch, wie sich Bens Hand über meinen Mund legt, um meine Schreie zu dämpfen, dann befinde ich mich für gefühlte zehn Minuten in einem Zustand geistiger Entrückung. Das Nächste, was mein Bewusstsein wieder wahrnimmt, ist, wie sich sein Schwanz in mein eng zusammengekrampftes Inneres schiebt und es mit jedem Stoß weitet. Wieder beginne ich zu stöhnen, seine große Hand wie bereits kurz zuvor über meinem Mund. »Oh Baby, ich habe dich so sehr vermisst«, sagt er, bevor er zum zweiten Mal kommt.

2.

Paradoxe und andere Annehmlichkeiten

»Wer das Paradoxe nicht bekämpft, sondern als Teil seiner selbst annimmt, der wird das Leben in all seinen Facetten genießen können.« Das ist der erste Satz, den mir Ben in der *SZ* schreibt (ich nenne unsere beliebte Internetcommunity auch gerne das inoffizielle sadomasochistische Einwohnermeldeamt Deutschlands). Zu diesem Zeitpunkt kenne ich ihn noch nicht. Dass er mir mit diesem Satz eine Beschreibung eines ziemlich wichtigen Teils seiner Persönlichkeit liefert, kann ich deshalb auch noch nicht wissen. Ich lese ein wenig unachtsam darüber hinweg und antworte ihm eher aus Höflichkeit. Weder sein Foto noch der Inhalt seines Profils sprechen mich besonders an.

Zu viele Enttäuschungen und Ernüchterungen habe ich auf meiner jahrelangen Suche nach dem richtigen Dom erleben müssen. Die meisten habe ich bereits nach einem kleinen Wortwechsel als zu dumm entlarvt, als dass sie mir auch nur ansatzweise das Wasser reichen könnten. Und ich frage mich: Wie will einer mein Dom sein, der das nicht kann? Viele waren bereits mit dem dritten Satz verbal schachmatt, ohne dass sie es so recht wahrhaben wollten, und natürlich ist auch die Anzahl der Lügner und der Verheirateten ziemlich hoch, die einem als devoter, alleinstehender Frau so begegnen. Die meisten Männer scheinen eine Frau, die sich als submissiv outet, verlockend zu finden. Als wären devote Frauen nichts weiter als willenlose Schlampen, die sich alles gefallen lassen.

Mag schon sein, dass Frauen, die sich in der SM-Szene bewegen, oftmals sexuell lockerer unterwegs sind als die meisten Stinos, aber das heißt ja noch lange nicht, dass der Mann deshalb nichts zu bieten haben muss. Das ganze Gegenteil ist der Fall. Heute denke ich sogar, wir verlangen viel mehr von unseren Männern als die meisten Stino-Frauen. Letztendlich ist eben jede Beziehung ein Geben und ein Nehmen. Aufgrund solch falscher Annahmen gibt es überraschend viele Männer, die ihre Dominanz plötzlich entdeckt haben wollen, während sie einer devoten Frau beim obligatorischen Kennenlern-Kaffee gegenübersitzen. Viele denken, dass uns das nicht auffällt. Devot = dumm? Wo steht das denn geschrieben?

Vorsichtshalber reihte ich Ben anfangs auch erst mal in die Riege dieser Herren ein. Da ich ihn aber für nicht ganz dumm erachtete, schien mir ein Gespräch mit ihm trotzdem eventuell lohnenswert. Bereits nach der dritten Nachricht fragt mich Ben, wie man mein Herz gewinnen kann und was ich von meinem Dom erwarte. »Mit Hardcore-Sadisten kann ich nichts anfangen«, schreibe ich. Hätten wir das schon mal klargestellt. »Wenn ich es mir aussuchen könnte, sollte er eher dominant als sadistisch sein. Groß außerdem und nicht zu dünn. Am liebsten blond, aber das zählt natürlich im Ernstfall nicht. Intelligent, im Idealfall klüger als ich und dazu fähig, sich ein paar nette Psychospielchen auszudenken, mit denen er mich überraschen und in hochemotionale Zustände versetzen kann. Das ist das Wichtigste und mehr fällt mir nicht ein.« Seine Antwort besteht nur aus zwei Wörtern. »That's me!«, schreibt er. »Und zwar in jeder Hinsicht.« *Ja ja, klar!*, denke ich. *Das sagen sie doch alle.*

Er schlägt auch gleich ein Telefongespräch vor. Ich wiegle ab. Vielleicht irgendwann mal, denke ich. Entsprechend kurz fallen meine weiteren Nachrichten an ihn in den nächsten Wochen aus, doch er scheint regelrecht auf mich zu lauern, scheint meine Online-Zeiten ganz genau zu kennen. Der ist echt hartnäckig.

»Da ist sie ja«, schreibt er mir, als ich eines Abends online bin. »Nur kurz«, antworte ich, was eine Lüge ist. Natürlich fällt ihm das wenig später auf. »Hey, du bist ja immer noch da«, stellt er fest.

»Nicht so richtig«, wiegele ich ab. »Ich dachte, du wärst unterwegs. Ist die Party bei dir?« Er lässt nicht locker. Hat der eigentlich keinen Stolz? Schließlich habe ich mich abweisend genug benommen! »Andere Leute haben auch Internet«, antworte ich. »Oha. Bei anderen Leuten auf der SZ rumdüsen. Wenn das keine Eingeweihten sind, könnte das peinlich enden.« – »Meine Freunde sind größtenteils eingeweiht, die stellen sonst immer so blöde Fragen.«

Dieses Mal schicke ich immerhin schon ein kleines virtuelles Lächeln mit, weil es mir irgendwie doch gefällt, dass er sich nicht so leicht abwimmeln lässt. »Und haben sie schon gefragt, wem du da schreibst?« – »Nein, das interessiert doch niemanden. Zumindest nicht, bevor einer richtig in mein Leben tritt.« – »Na gut, das sehen wir dann später, ob sie mich mögen werden. Wünsche noch viel Vergnügen. Ich muss morgen früh raus und ich hoffe, wir hören uns morgen Abend.«

Manchmal frage ich mich, ob diese Männer tatsächlich ein so riesiges Selbstbewusstsein haben, wie sie vorgeben, oder ob das alles nur Strategie ist. Sicherlich kommt man bei Frauen umso besser an, je selbstsicherer man sich gibt. Das lernen die wahrscheinlich schon mit zwölf.

»Darf ich dich anrufen?«, fragt Ben mich per SMS, während ich am nächsten Abend in Richtung München düse, um meinen Bruder zu besuchen. Eigentlich ist diese Autofahrt ja ziemlich langweilig, aber ich habe keine Freisprecheinrichtung und natürlich Sorge, die Polizei könnte mich mit dem Handy hinterm Steuer erwischen. Wenn ich mir meinen dicken Schal um den Hals wickele, könnte ich das Telefon vielleicht irgendwo zwischen Schal, Schulter und Ohr klemmen. So würde es niemand sehen.

Meine Idee funktioniert tatsächlich und ist dazu auch noch überraschend bequem. Ben und ich telefonieren während der vollen zwei Stunden, die ich von Stuttgart bis München brauche. Er ist mir viel sympathischer, als ich eigentlich dachte. Seine Stimme gefällt mir, wenn er auch teilweise andere Ansichten hat als ich.

Er steht auf Bondage. Damit konnte ich bisher nicht viel anfangen. Auf verbale Erniedrigung will er sich nicht einlassen. Seine Sub soll auf Augenhöhe mit ihm sein. Wie soll das denn bitte gehen? Ich will doch die totale Unterwerfung! Vom Hinternlecken hält er auch nichts, Sperma muss nicht zwingend geschluckt werden und 24/7 funktioniert sowieso nicht. Kurzzeitig kommen mir sogar Zweifel, ob er überhaupt richtig dominant ist. Ich wundere mich ein wenig darüber, gehe aber nicht näher auf diese Dinge ein.

Zu diesem Zeitpunkt kann ich mir noch nicht vorstellen, dass von diesem Abend an kein Tag mehr vergehen wird, an dem wir nicht telefonieren. Sein Erfolgsrezept? Er behandelt mich einfach ganz normal und scheint es überhaupt nicht nötig zu haben herumzuprotzen. Trotzdem schwingt in seinen Äußerungen etwas mit, das mich schon am Telefon geil macht. Auch wenn ich mir das nicht so richtig erlauben will, weil ich Angst habe, wieder mal Opfer meiner eigenen unerfüllten Fantasien und Sehnsüchte zu werden.

Wie oft habe ich in der Vergangenheit Eigenschaften in Männer hineininterpretiert, die nicht der Realität entsprachen. Jedes Mal musste ich hinterher die Wahrheit erkennen und wurde wieder enttäuscht. Wenn ich zum Beispiel nur an diesen Menschen denke, der mich in seinen Kofferraum sperren wollte und dem ich schon mit dem kleinsten bisschen Gegenwehr den Wind aus den Segeln genommen habe. Oder an diese Typen, die völlig engstirnig auf eine ganz bestimmte Sache festgelegt sind. Die Frau muss Latex tragen oder gar Gummistiefel – alles schon vorgekommen –, damit er einen hoch bekommt. Ich frage mich: Wo bleibe ich denn da als Frau? Soll er doch seine geliebten Gummistiefel einer Gummipuppe anziehen, wenn ihm dabei einer abgeht. Nein, ohne dass ich mich als Frau wichtig, geliebt und einzigartig fühlen kann, ging das bei mir noch nie. Was nicht heißen soll, dass ich in solch einem Fall nicht gewillt wäre, Gummistiefel zu tragen, wenn das meinem Partner Freude bereitet.

Sicherlich kann man viel Negatives gegen meine Jugendliebe Andi vorbringen, doch für eine Sache bin ich ihm sehr dankbar: Dass er mir schon damals, als mit knapp 18 Jahren alles begann, gezeigt hat, dass die Wertschätzung meiner Person und die Liebe zwischen zwei Menschen an oberster Stelle zu stehen hat. Genauso sieht Ben das auch und das bringt ihm die ersten Pluspunkte auf meiner inneren Liste ein.

In den nächsten Tagen und Wochen erfahre ich viel über Ben: Dass er angehender Seemann ist, kurz vor dem Diplom steht und bald das halbe Jahr um die Welt segeln wird. Dass er noch in Aachen wohnt, obwohl er dort schon lange nicht mehr studiert, und dass er sich noch bis vor gar nicht allzu langer Zeit für seine perversen Veranlagungen geschämt hat. Schon bald kann ich die Abende kaum abwarten, bis ich endlich seine Stimme höre. Das geht ganze zwei Wochen so, bis wir endlich ein Treffen vereinbaren, dem ich mit mehr als gemischten Gefühlen entgegensehe. Zu groß ist die Angst, er könnte mir ein falsches Bild von seiner Person vermittelt haben – so wie bereits viele andere zuvor. Wir beschließen, uns am übernächsten Wochenende in Wiesbaden zu treffen. An diesem Wochenende habe ich keine Zeit. Ich werde nämlich den Samstagabend zusammen mit Ron, meiner aktuellen Affäre, auf einer SM-Party verbringen. Das ist kein Problem, weil Ben angeblich auch keine Zeit hat. Auch auf seinem Plan steht eine Party. Ob mit oder ohne aktueller Affäre, das weiß ich nicht und ich rede mir ein, dass es mir völlig egal ist.

*

Meine Freundin Frau Franz, mit der ich einige Jahre einen stressigen Werbeagentur-Alltag geteilt habe, wie man ihn aus allen existierenden Klischees kennt, steht schon vor der Tür, als ich das Büro verlasse. Vor Kurzem habe ich in der Agentur gekündigt und mir eine Arbeit mit festen Zeiten und Überstundenabbau gesucht – und mit einer Bezahlung, die man guten Gewissens als Gehalt bezeichnen kann. Frau Franz trägt eine weiße Reisetasche.

Eine Woche ist es nun her, dass ich mit Ron auf dieser SM-Party war und dass zu meiner Überraschung Ben dort aufgetaucht ist. Das Date in Wiesbaden ist somit geplatzt. Niemals hätte ich damit gerechnet, dass Ben 450 Kilometer weit fahren würde, nur um mich zu sehen. Und das, wo er doch noch nicht mal wusste, ob es sich lohnen würde. Aber offensichtlich war er sich ganz sicher, in mir seine Frau fürs Leben gefunden zu haben. Daran hat er zumindest keinen Zweifel gelassen. Er hat mir an diesem Abend einen Heiratsantrag gemacht, was mich total verwirrt hat. Ich war froh, dass er wenigstens noch keinen Verlobungsring dabeihatte. Das wäre mir dann wirklich unheimlich gewesen. Ich war ziemlich hin und her gerissen und hielt die ganze Geschichte eigentlich für ein bisschen zu verrückt. Wer bekommt denn schon einen Heiratsantrag mitten im Spielzimmer eines SM-Clubs?

Frau Franz und ich steigen in meinen Smart ein und machen uns auf den Weg nach Frankfurt, um dort ein paar Designer-Kollegen zu besuchen. Ich erzähle ihr ausführlich von meinem letzten Wochenende, von meiner Verwirrung und meinem inneren Zwiespalt in Bezug auf Ben. Schon auf der Autofahrt spüre ich eine magische Kraft, die mich weiter nach Norden zieht. »Wenn du morgen früh nach Aachen weiterfahren willst, setz mich einfach in Köln ab. Ich werde mir dort einen schönen Tag machen und kann dann abends mit dem Zug nach Hause fahren.« Ich bin Frau Franz dankbar für diese Aussage. Wenn ich nicht am Steuer sitzen würde, hätte ich sie umarmt. Am liebsten würde ich den Besuch in Frankfurt einfach auslassen und sofort zu Ben fahren.

Die Party mit unseren Designer-Freunden kann ich dann auch gar nicht so recht genießen. Die ganze Zeit denke ich an Ben und telefoniere mehrfach mit ihm. Er muss mich für verrückt halten, denn natürlich eröffne ich ihm ziemlich schnell, dass ich am nächsten Tag bei ihm aufkreuzen werde.

*

Ben steht schon auf dem Parkplatz und sieht mir entgegen, als ich das kleine Sträßchen in Richtung Studentenwohnheim hinauffahre. Ich kann immer noch nicht verstehen, was mich derart zu diesem Menschen hinzieht. Als ich aus meinem Smart steige und er mich in seine Arme schließt, fühle ich mich sofort wieder unsagbar wohl. Wir gehen durch eine Parkanlage mit mehreren Häusern aus rotem Backstein. Solche Häuser gibt es bei uns im Süden der Republik nicht. Davor stehen Stühle, Bänke, Einkaufswagen, Fahrräder, Flaschen und sonstiges Zeug herum. Dazwischen sitzen vereinzelt ein paar Leute, rauchen, quatschen und trinken zusammen. Diese Welt ist für mich ganz weit entfernt, sie erinnert mich an Schule, Zeltlager, Waldheim oder Ähnliches.

Das Studentenwohnheim betrete ich mit gemischten Gefühlen. Lange geflieste Gänge mit Türen aus blauem Plastik. Neben jeder der Türen hängt ein kleines Namensschild. Ich fühle mich fernab meiner gewohnten, ach so durchgestylten Luxuswelt. Das ändert sich aber zum Glück, als ich Bens Zimmer betrete. An allen vier Wänden liegen weiße Kieselsteine, die den Raum einrahmen. Mehrere Pflanzen schaffen eine gemütliche Atmosphäre. Dazu zwei dunkle chinesische Schränke, auf denen Windlichter brennen. Ein Zimmerbrunnen plätschert leise vor sich hin. Es riecht nach Räucherstäbchen und auf dem Fensterbrett steht ein großer rot-goldener Buddha. Das Bett besteht aus schwarzen Eisenstangen, direkt darüber hängt ein Spiegel mit schwarzem Rahmen. Auf seinem Schreibtisch in der Ecke herrscht heilloses Chaos.

Ich fühle mich hier sofort wohl. Das ganze Zimmer ist nicht mal halb so groß wie meine Wohnung. Er setzt sich aufs Bett und zieht mich an sich. »Zieh dich aus«, sagt er mit ruhiger Stimme, ohne sich besonders lange mit höflichem Geplänkel aufzuhalten. Als ich nur noch meine Unterwäsche anhabe, schaue ich ihn fragend an. Er nickt. Das reicht wohl erst mal. Ich muss mich auf den Rücken legen. Ich liege nicht gern auf dem Rücken, weil ich dabei immer das Gefühl habe, nicht richtig atmen zu können. Ich spüre seine Hände auf meinem Körper. »Entspann dich.« Er wartet einfach ab, so lange, bis ich wieder ganz ruhig geworden bin.

Kurze Zeit später bin ich komplett nackt. »Spreiz die Beine«, sagt er und beginnt mich zu streicheln. Ich spüre, wie sehr mich dieser Mann anmacht. Schon lange habe ich keine so tiefgehende sexuelle Energie mehr erlebt. Es ist viel mehr als die reine Geilheit und ich schaue ihn an und frage mich schon wieder, woher das kommt. Ich finde ihn kein bisschen schön im herkömmlichen Sinne und kann mir das alles nicht erklären. Trotzdem denke ich in diesem Moment: Ich will diesen Mann! Ich will ihn einfach nur fühlen: seine Nähe, seine Wärme und das, was er mit mir macht. Ich schließe die Augen. Mehrfach und ziemlich schnell bin ich kurz davor zu kommen, doch er lässt mich nicht. Stattdessen richtet er mich auf. Nun kniet er hinter mir, ich lehne mich an ihn, lege meinen Kopf nach hinten auf seine Schulter und fühle nur noch.

»Mach die Augen auf«, verlangt er plötzlich. Ich gehorche und sehe mich selbst im Spiegel über seinem Bett. Und was ich da sehe, gefällt mir gar nicht. Etwas genießerisch Ruhiges liegt auf meinem Gesicht. Das mag ich nicht. Ich sehe seine Hand auf meiner Brust und ich mag auch sie nicht. Ich mag mich nicht. Ich finde mein Gesicht nicht schön. Ich trage zu wenig Schminke, meine Augen leuchten nicht wie sonst. Es ist, als habe sich ein Schleier darübergelegt. Leicht entrückt. »Was siehst du?«, fragt er mich zu allem Übel auch noch. Das bringt mich total aus dem Konzept. Ich weiß nicht, was ich ihm antworten soll. Gern würde ich ihm voller Stolz sagen können, dass ich dort im Spiegel eine wunderschöne Frau sehe, die ich aus ganzem Herzen liebe. Aber das kann ich nicht. »Mich«, sage ich deshalb einfach nur. »Wer bist du?«, fragt er. Ich blicke ratlos in den Spiegel. Verzweiflung kriecht in mir hoch. Ich möchte auch diese Frage beantworten, zucke stattdessen aber nur mit den Schultern. Die Verzweiflung und die Traurigkeit über meine eigene Unfähigkeit werden immer größer. Ich fühle mich so klein, so schlecht.

Ben streichelt mich, seine Hand schiebt sich über mein Gesicht und schließt meine Augen wieder. Er drückt meinen Kopf zurück auf seine Schulter und sagt jetzt nichts mehr. Normalerweise würde ich mich als Versagerin fühlen, aber ich weiß, es ist alles gut, und entspanne mich. Er nimmt mir meine Unfähigkeit in dieser Situation nicht übel. Seine Hand gleitet hinunter zwischen meine Beine. Als ich komme, hält er mich mit seinem riesigen Arm fest um den Bauch. Mein erster Orgasmus, den er erlebt. Als er mich loslässt, kippe ich völlig erschöpft vornüber auf die Matratze. Er streichelt meinen Rücken, meinen Kopf und streicht mir das Haar aus dem Gesicht. »Leg dich hin«, sagt er. »Ruh dich aus, schlaf ein bisschen.« Dann steht er auf. »In zwei Stunden bin ich wieder da.« Er verlässt das Zimmer. Unter der Decke, die nach ihm riecht, fühle ich mich klein. Dieses Mal aber angenehm klein. Und ich sinke schnell in einen traumlosen Schlaf.

*

Der Ton meines Handys holt mich zurück in die Realität. Verschlafen blinzelnd schaue ich aufs Display. »Ich bin in zehn Minuten da. Du wirst mit verbundenen Augen auf dem Bett knien, Arsch zur Türe«, schreibt Ben. Ich schaue mich um. Auf dem Fensterbrett liegt ein Tuch. Schnell und ohne lange zu überlegen, bringe ich mich in Position. Während ich da knie, merke ich, wie geil mich das macht. Ich muss mich beherrschen, mich nicht schon mal selbst zu berühren. So schnell bin ich normalerweise nicht wieder bereit für einen Mann.

Schon kurze Zeit später dreht sich der Schlüssel im Schloss und ich höre, wie er den Raum betritt. Er legt seine Jacke ab, tritt hinter mich und streichelt meinen Po. Ich bemerke, wie groß seine Hände sind. Dann schiebt er meinen String zur Seite und fühlt meine Nässe. Klatschend landet seine Hand auf meinem Hintern. So schmerzhaft hat mich mit der bloßen Hand noch keiner geschlagen. Er schiebt kurz einen Finger in mich, löst sich von mir und setzt sich an den Schreibtisch vor den Computer. Ich höre das Klicken der Maus. Eigentlich sollte ich das jetzt als Unverschämtheit empfinden, tu es aber nicht. Ich weiß ja, dass er mich nur ein bisschen warten lässt, dass er sich gleich wieder um mich kümmern wird.

Wieder tritt er hinter mich und streichelt mich. »Wie eng du bist«, stellt er fest. Ich höre das Knistern des Plastiks, als er das Kondom auspackt. Wenig später ist er in mir. Ich bekomme am ganzen Körper Gänsehaut und möchte, dass es ewig dauert. Er bewegt sich kraftvoll, irgendwie aber auch zärtlich. Es fühlt sich so ganz anders an als alles, was ich bisher erlebt habe. Der Grund dafür könnte sein, dass da ein Zwei-Meter-Mann mit weit über 100 Kilo hinter mir steht. Seine Hände ruhen ganz sanft auf meiner Hüfte, krallen sich nicht in mein Fleisch. Wir gehen zusammen unter die Dusche und beschließen, den Abend mit unserem ersten gemeinsamen Restaurantbesuch zu beenden.

*

Als wir das kleine afghanische Restaurant betreten, bin ich unsicher. Schon auf dem Weg dorthin habe ich mich so gefühlt. Wir gingen einfach nebeneinander her. Wie Freunde. Ich spürte seine Distanz. Zärtlichkeiten in der Öffentlichkeit gibt es nicht, sagt er. Ich habe wahnsinnigen Hunger und freue mich, dass ich endlich etwas zu essen bekomme. Trotzdem fühle ich mich nicht wohl und würde am liebsten flüchten: zurück in sein Zimmer, zurück in sein Bett, wo ich mir sicher vorkomme und wo er mir wieder nahe ist.

Irgendwie bin ich verwirrt, kann den Abend nicht genießen. Ich will hier weg! Am liebsten würde ich mich sofort in mein Auto setzen und nach Hause fahren. Er ist mir plötzlich so fremd und der Gedanke daran, dass er mich später noch berühren könnte, ist mir in diesem Moment zuwider. Ich verstehe selbst nicht, woher diese komischen Gefühle kommen, und ich beschließe, ihnen nicht nachzugeben.

Als ich mich später im Bett befinde, abgeschminkt, die Zähne geputzt, legt er ein Hörspiel ein. Eine Vampirgeschichte. Obwohl ich solche Geschichten mag, quält mich mein Unterleib schon wieder, als ich so neben ihm liege. Ich lege mein Bein über seines und drücke mich eng an ihn, in der Hoffnung, dass er es von selbst merkt und dass ich nichts sagen muss. Plötzlich schäme ich mich für diese – wie sie mir im Moment vorkommen – niederen Triebe.

Er fasst mich an der Hüfte und dreht mich so, dass ich, das Gesicht von ihm abgewendet, in seinem Arm liege. Seine Hand ruht zwischen meinen Beinen. Das macht mich noch verrückter, als wenn er sie bewegen würde. Ich will doch, dass er mich streichelt, aber er tut es nicht. »Beweg dich«, sagt er stattdessen – erst als es mir schon längst nass die Pobacken hinunterrinnt.

Während ich mich an ihm reibe, hält er seine Hand ganz ruhig. »Nimm dir, was du brauchst.« Das ist ganz neu für mich, aber wie ich mein Becken vor und zurück bewege und bald nicht mehr weiß, wie ich das aushalten soll, komme ich mir gut vor. Nur mit dem Handballen drückt er meinen Unterleib gegen die Matratze, so dass ich ganz still liegen muss. Mit ein paar Bewegungen seines Fingers hat er mich dann so weit. Ich bin nicht mehr Herr meiner Sinne, als ich mich auf allen vieren vor ihn knie und ihn dazu auffordere, mich zu ficken. Was macht dieser Mann da mit mir? Eben noch beim Essen wollte ich sofort nach Hause fahren. Und jetzt bin ich mir wieder sicher, dass ich nie mehr von ihm weg will.

*

Im Halbdunkel sehe ich ihn vor mir, als ich in der Nacht mit kalten Füßen von der Toilette komme. Er liegt auf dem Bauch, schlafend, das eine Bein unter der Decke hervorgestreckt. Was für riesige Füße er hat! Ich glaube, ich habe noch nie so große Füße gesehen. Ich lege mich wieder neben ihn. Höre auf seinen Atem. Merke, dass ich kein Bedürfnis habe, ihn im Schlaf zu streicheln. Über den Rücken oder so, wie man das manchmal tut. Ich verstehe mich selbst nicht, drehe mich weg von ihm zum Fenster, bevor ich wieder einschlafe.

Als ich erwache, schaut er mich verschlafen an. »Ich will Kaffee«, sagt er. Ich erhebe mich, nehme mir gegen die Kälte die Decke mit und werfe die Kaffeemaschine an. Als ich ihm die Tasse bringe, klopft er mit der Hand auf den freien Platz neben sich und bedeutet mir, mich wieder hinzulegen. Ich döse noch ein bisschen vor mich hin, während er trinkt. Plötzlich spüre ich seine Hand in meinem Haar. Er will mich unter die

Decke ziehen. »Blas mir einen«, sagt er. Ich wehre mich vehement. Er sieht mich fragend an, lässt mich aber los. »Doch nicht so früh am Morgen«, sage ich trotzig. Er drückt meinen Kopf auf seine Brust und streichelt mir übers Haar.

Als ich ihm die zweite Tasse Kaffee hole, bringe ich mir auch eine mit. Im Schneidersitz sitze ich auf der Matratze vor ihm und schaue ihn an. »Stell die Tasse ab. Komm her«, sagt er. Jetzt bringt er mich doch dazu, seinen Schwanz in den Mund zu nehmen. Er hebt mich über sich und beginnt, mich zu lecken – 69. Eigentlich mag ich das gar nicht, weil ich mich dann weder auf mich selbst noch auf den anderen konzentrieren kann. Aber ich wehre mich nicht. Ich will wissen, ob es mir zum ersten Mal nach Jahren wieder gelingt, in dieser Stellung abzuschalten. Und es gelingt tatsächlich. Es dauert nicht mal sehr lange. Dann knie ich mich zwischen seine Beine und mache weiter. Er kommt in meinem Mund. Als ich den Kopf hebe, schaut er mich zärtlich an. Fast erschrecke ich ein wenig darüber. Er streichelt über mein verschmiertes Gesicht. »Das hat noch keine geschafft«, sagt er. Ich kann ihm das kaum glauben, bin aber stolz wie Oskar und zeige das natürlich nicht.

Wenig später sitze ich auf seinem Schoß – oder besser gesagt, auf einem seiner Beine. Wie ein kleines Mädchen komme ich mir auf diesem riesigen Bein vor. Und das fühlt sich gut an. Ich weiß, dass ich weg muss. So sehr, wie ich gestern Abend noch gehen wollte, so wenig will ich es jetzt. Ich lege meine Arme um seinen Hals und küsse ihn. Kuschel mich an ihn. »Du willst nicht fahren, stimmt's?«, sagt er und ich schüttle den Kopf. Der Abschied ist trotzdem wieder sehr kühl und distanziert. Warum nur? Ein kleines Küsschen. »Ruf an, wenn du zu Hause bist.« Mehr nicht. Auf dem Heimweg bin ich verwirrter als zuvor. Am nächsten Wochenende wird er zum ersten Mal zu mir kommen.

Einen Tag später werde ich krank. Schon am Abend bei der Arbeit tut mir alles weh und der Hals schmerzt. Bis Ben am Wochenende kommt, muss ich fit sein. Ich gehe zum Arzt und lasse mir Antibiotika verschreiben. Da ich die ganze Woche krankgeschrieben bin, beschließt Ben, schon am Donnerstag zu kommen. Weil ich weiß, dass er auf dem Weg zu mir ist, tigere ich schon Stunden vorher nervös durch die Wohnung.

Als es klingelt, bekomme ich fast einen Herzinfarkt. Er wirft eine riesige dunkelgrüne Reisetasche auf den Boden im Flur. Ich bin glücklich, dass er da ist, gehe in die Küche, schenke ihm ein Glas Wein ein und setze mich vor dem Sofa auf den Boden, während er trinkt. Ich trage ein schwarzes, weit ausgeschnittenes Wickelkleid, halterlose Strümpfe, schwarze Lack-High-Heels und knallroten Lippenstift. Keine Unterwäsche. Die Füße schmerzen schon bald in den unbequemen Schuhen.

»Stell dich dahin«, sagt er irgendwann und deutet auf die Mitte des Raumes. Ich erhebe mich und komme seinem Wunsch nach. Wie ein kleines Mädchen stehe ich vor ihm. Unsicher. Ich weiß nicht, wohin mit meinen Händen. Vor lauter Verlegenheit verstecke ich sie auf dem Rücken. »Was willst du?«, fragt er mich und sieht mich dabei durchdringend an. Was ist denn das jetzt für eine Frage? Ja wie kann er mir denn befehlen, mich da hinzustellen, nur um mir eine solche Frage zu stellen? Ich zucke die Schultern und komme mir total blöd vor. Er sieht mich immer noch fragend an. Mein Blick sucht Hilfe. *Erklär mir doch, was du von mir willst*, denke ich. »Gut«, sagt er, als ich weiter schweige, »dann bleibst du jetzt da stehen, bis du mir eine Antwort geben kannst.« Ich sehe auf meine Fußspitzen. »Schau mich an«, sagt er. Ich gehorche und fühle mich so unwohl wie schon lange nicht mehr. »Und?«, fordert er mich auf. Ich fasse mir ein Herz und sage das Einzige, was mir einfällt: »Ich möchte da vor dir auf dem Boden sitzen und meinen Kopf auf deinen Oberschenkel legen.« Ich deute auf den Platz vor der Couch. »Und warum tust du das dann nicht?« – »Weil du mir doch gesagt hast, ich soll hier stehen bleiben.« – »Ich habe dir auch gesagt, du sollst mir immer sagen, was du willst. Erinnerst du dich?« Ich nicke kleinlaut, bewege mich aber immer noch keinen Millimeter. Erst als sich ein Lächeln auf sein Gesicht legt, habe ich den Mut, auf ihn zuzugehen, und setze mich auf den Boden vor ihn.

»Darf ich meine Schuhe ausziehen?«, frage ich. »Nein.« Ich sitze da, meine Wange auf seinem Oberschenkel, und er streichelt mir übers Haar. Wir schweigen eine kleine Weile. »Baby, wenn ich dich frage, was du willst, warum mach ich das dann wohl?«, will er schließlich von mir wissen. »Vielleicht willst du mich verunsichern. Vielleicht willst du mir damit irgendetwas klarmachen.« Er schüttelt den Kopf. »Wenn ich dich frage, was du willst, dann will ich das tatsächlich wissen und dann sollst du das auch sagen. Es ist mir wichtig, deine Bedürfnisse zu kennen.« Das verstehe ich irgendwie nicht. »Warum willst du das?«, frage ich völlig verwirrt. »Weil du mir wichtig bist und weil ich möchte, dass du stolz bist.« – »Stolz?« Die Frage, ob ich ihn überhaupt besitze, diesen Stolz, stelle ich mir schon lange. Nur manchmal begehrt er auf – dann, wenn ich mich wirklich ungerecht behandelt fühle. Ben nickt. »Ich könnte mir sonst auch einen Hund kaufen.« – »Darf ich jetzt meine Schuhe ausziehen, bitte?«, insistiere ich. Meine Füße quälen mich schon die ganze Zeit. »Natürlich darfst du die Schuhe ausziehen. Mach's dir bequem. Wer bin ich denn, dass ich dir das verbieten könnte? Was sollte es mir bringen? Ich dachte schon, du fragst nie mehr.« Dieser Mann verwirrt mich ungemein.

Nachdem er seinen Wein ausgetrunken hat, zieht er mich vor meinen großen Spiegel im Flur. Da stehe ich nun und weiß schon wieder nicht, was ich da soll. »Was siehst du?« – »Mich.« – »Wer bist du?« – »Anna Bunt.« – »Findest du dich schön?« Ich schüttle den Kopf und schaue betreten zu Boden. »Soll ich dir mal sagen, was ich da sehe?« Er tritt hinter mich und legt mir einen Arm um die Brust. Ich möchte es überhaupt nicht hören. Im Spiegel sehe ich ihn an. »Ich sehe eine wunderschöne Frau. Eine, die sich schick gemacht hat, die sich überlegt hat, was sie anziehen soll, um mir zu gefallen. Aber ich sehe auch das kleine Mädchen, das sich so leicht verunsichern lässt und auf das du irgendwann von irgendjemandem reduziert wurdest. Soll ich dir sagen, was ich da irgendwann sehen will?« Ich nicke und muss die Tränen zurückhalten, weil ich um mich selbst trauere. Genauer gesagt, um die Frau, die ich mal war. »Irgendwann soll da eine Frau stehen, aufrecht, mit stolzgeschwellter Brust, eine, die sagt: Das bin ich und ich bin wunderschön und ich habe sehr viele Talente und es gibt wenige Menschen, die mit mir mithalten können. Diese Frau sehe ich in dir. Eine, die viel Stärke besitzt. Anna, du musst diese Frau wiederfinden. Dann bist du die, die ich verehren und bewundern werde und die für mich die Perfekte ist.« Für mich ist das momentan alles ein bisschen viel. Ich stelle mir vor, wie ich mich fühlen würde, wenn ich mich so sehen könnte, und denke: Muss das schön sein! Aber wie ich da hinkomme, das weiß ich nicht. Noch nicht.

*

»Sag mal«, frage ich Ben, kurz bevor er sich auf den Weg nach Hause macht, »wie viele Orgasmen hatte ich eigentlich in den letzten drei Tagen?« – »Das weißt du nicht mehr?« Ich verneine lächelnd und er nimmt mich in den Arm. »Ich fühle mich irgendwie, als wäre ich die ganze Zeit betrunken gewesen.« – »Ich kann es dir ganz genau sagen: acht Stück.« – »So viele? Wirklich?« – »Findest du das viel?« Ich nicke. »Das werden noch viel mehr, du wirst schon sehen«, verspricht er mir, küsst mich erst auf den Mund, danach auf die Stirn und dann verlässt er mich.

3.
Jungenträume

»Mach die Augen zu.« Bens Stimme klingt ein wenig blechern durch die Sprechanlage zu mir herauf. Ich öffne meine Wohnungstür und bleibe blind im Flur stehen. »Umdrehen«, sagt er, als er die Treppe heraufgekommen und hinter mich getreten ist. Aber ich will ihm doch um den Hals fallen! Jetzt, wo er endlich da ist. Stattdessen drehe ich mich von ihm weg, wie er es verlangt. Ich spüre, wie etwas Kühles, Weiches die Haut auf meinem Rücken streichelt. Ich trage ein schwarzes kurzes Kleid, halterlose Strümpfe und schwarze spitze Schuhe mit hohem Absatz und einem Riemchen um den Knöchel. Er küsst mich auf die Schulter, dreht mich um und ich öffne die Augen und schaue ihn an. Er hat mir tatsächlich Rosen mitgebracht. Rote Rosen. Ich umarme ihn ganz fest. Küsse ihn. Er lächelt mich an. Ich wundere mich ein bisschen, weil er so gute Laune hat.

Meiner Ansicht nach habe ich mich in den letzten Stunden nicht gerade mit Ruhm bekleckert. Obwohl ich genau wusste, dass es für ihn dieses Wochenende sehr schwierig war, zu mir zu kommen, habe ich darauf bestanden, statt selbst nach Aachen zu fahren. Er sagt ja immer, ich soll egoistischer werden und klar äußern, was ich will. »Ich möchte, dass du zu mir kommst«, habe ich deshalb gesagt und mich dabei natürlich trotzdem schlecht gefühlt. Umso mehr wundere ich mich, dass er mein Verhalten offensichtlich gar nicht schlimm findet.

»Du hättest mir wenigstens etwas kochen können«, sagt er gespielt vorwurfsvoll, als er hinter mich tritt, während ich den Strauß roter Rosen in eine Vase stelle. Das hätte ich wirklich tun können. Ich habe gar nicht daran gedacht. Ich verfrachte ihn ins Wohnzimmer aufs Sofa mit einem Glas Wein und begebe mich in die Küche, um mein Vergehen schnell wiedergutzumachen.

Noch bevor ich richtig angefangen habe, kommt er zu mir, ergreift meine Haare und drückt mich mit dem Oberkörper auf die Arbeitsplatte. Er schiebt meinen Rock nach oben, fasst mir von hinten zwischen die Beine, fühlt meine Erregung und streichelt mich. »Auf die Knie«, sagt er und ich denke, ich muss ihm jetzt einen blasen. Doch er zieht mich auf allen vieren an den Haaren hinter sich her aus der Küche ins Schlafzimmer. »Aufs Bett, Arsch nach oben.« Ich achte peinlich genau darauf, dass mein Rock nicht wieder herunterrutscht und meinen Hintern bedeckt. »Ich bin so geil auf dich. Ich habe mich die ganze Woche auf dich gefreut«, sagt er. Ich höre, wie er seine Hose öffnet, und kann es selbst kaum erwarten. Ich höre noch das obligatorische Knistern der Kondomverpackung, dann legt er seine große Hand auf meinen Hintern, zieht mich an sich und kommt in mich. Ich genieße es, nachdem ich ihn zwei Wochen nicht gesehen habe, und ich genieße vor allem seine extreme Geilheit. Es dauert nicht lange, bis er kommt, und als er sich zurückzieht, gibt er mir einen Klaps auf den Hintern, während er seine Hose zumacht. »Los! Kochen!«, sagt er. Ich schiebe meinen Rock nach unten, während ich in die Küche gehe, und ordne mein Haar. Er kehrt ins Wohnzimmer zurück zu seinem Rotwein und wartet dort auf mich.

Ich setze mich auf ihn und küsse ihn, während die Parmigiana im Ofen brutzelt. Er lächelt, schiebt seine Hand zwischen meine Beine und zwingt mich so, den Hintern anzuheben.

Dann beginnt er mich zu streicheln. In der einen Hand das Rotweinglas – ab und zu nimmt er einen Schluck – die andere Hand zwischen meinen Beinen. »Du wirst fragen, bevor du kommst«, sagt er. Ich bin schon so erregt von seiner bloßen Anwesenheit und von allem, was in der kurzen Zeit, die er da ist, passiert ist, dass ich es kaum aushalte.

Ich liege mit dem Oberkörper auf seiner Schulter, mein Gesicht an seinem Hals. Und ich schwitze. Mir ist unglaublich warm. Ich weiß gar nicht, woher das kommt. Ein paar kleine Haarsträhnen kleben mir nass im Gesicht. Meine linke Hand hält sich an seinem Nacken fest. Und dann bin ich kurz davor. Ich bin mir nicht sicher, ob ich es schaffe zu fragen, bevor ich komme. Solche Anweisungen lenken mich immer von meinen Gefühlen ab. Andererseits würde ich mich aber auch nicht trauen, seine Anweisung nicht zu befolgen.

»Darf ich kommen?«, ringe ich mich also durch. »Nein.« – »Bitte!« – »Nein, noch nicht!« Ich merke, dass ich mich sofort konzentrieren muss, sonst kann es jeden Moment zu spät sein, und ich denke an eine große, süße Sahnetorte. Das bringt mich normalerweise immer ganz schnell ganz weit runter. Dieses Mal reicht es aber nur gerade so aus, um den drohenden Orgasmus eben noch abzuwenden. Jeden Moment muss ich mich darauf konzentrieren, dass es nicht gleich wieder losgeht. Und er macht unerbittlich weiter. Dummerweise macht mich gerade das noch viel geiler. Zu wissen, dass die Bewegungen seines Fingers weder weniger werden, sich verändern oder gar für einen kurzen Moment ganz aufhören werden. Und schon frage ich wieder. »Darf ich kommen? Bitte, bitte ...«

Er schweigt. Ich weiß nicht, was nun. Lange schaffe ich es nicht mehr. Das steht fest. »Fünf ...«, sagt er. Wie geil, denke ich, jetzt zählt er runter ... »Vier ...« Darf ich eigentlich schon kommen, wenn er bei Eins ist? »Drei ...« Nein, ich darf erst, wenn er bei Null ist. »Zwei ...« Was, wenn ich die Kontrolle verliere und zu früh komme? »Eins ...« Was, wenn ich es jetzt vor lauter Angst zu versagen gar nicht mehr kann? Es folgt eine längere Pause. Ich warte. »Null.« Einen kurzen Moment brauche ich noch und dann kommt die Erleichterung. Erleichterung hauptsächlich darüber, dass ich jetzt spüre, dass ich es schaffen werde. Der Orgasmus ist nicht mehr abzuwenden. Ich entspanne mich und lasse es einfach kommen. Und dann erschüttert er mich.

Ben hält mich fest, stützt mich dabei, so dass ich mich wenig darauf konzentrieren muss, meinen Körper in Position zu halten. Es war schon lange nicht mehr so intensiv und es kommt mir vor, als dauere es eine Ewigkeit. Als ich entspannt wieder auf seine Schulter sinke, als sich meine Hand in seinem Nacken entkrampft, macht er noch ein bisschen weiter. Ich finde das unangenehm. Nicht schmerzhaft, aber jetzt ist alles extrem empfindlich. Immer wieder zucke ich zusammen, weil sich mein Unterleib verspannt, und wünsche mir, er möge aufhören. Aber er quält mich noch ein bisschen. »Das Essen!«, fällt mir ein. Die Rettung! Er lacht, weil er weiß, dass ich versuche, abzulenken und mich aus der Situation zu befreien. Ich warte ab, solange er nichts sagt. Seine Hand landet auf meinem Hintern. »Hol es schon raus«, sagt er.

*

Am nächsten Nachmittag machen wir einen Spaziergang über die Felder. »Du bist zu dick«, sagt er plötzlich und ich meine, mich verhört zu haben. Irgendwie bin ich so perplex, dass ich gar nichts sagen kann »Und dein Auto ist auch scheiße«, macht er weiter. »Hat ja kein Mensch Platz in dieser Murmel.« Was ist denn mit dem auf einmal los? »In deinem Schlafzimmer fühle ich mich nicht wohl und deine Wohnung ist kein bisschen SM-tauglich. Außerdem nervt mich, dass ich bei dir in der Badewanne duschen muss. Und deine Bettdecke ist auch zu klein.«

Ärger steigt in mir auf. Ich lasse seine Hand los. Was hat er nur? »Was soll das jetzt?«, frage ich, weil ich nicht so recht weiß, ob ich auf das Genörgel überhaupt eingehen soll, und er schweigt. Es tut mir weh, aber ich zeige es ihm nicht. Über meine Figur hat er sich nicht zu beklagen, denke ich. Er ist selbst noch viel dicker als ich. Als Mann darf man das wohl. Als Frau scheint man immer ein kleines, dünnes Püppchen sein zu müssen. Das war ich noch nie. Was tut es zur Sache, ob er mein Auto mag oder nicht? Mein Schlafzimmer könnte ich ändern, will ich aber nicht. In meiner Wohnung muss ausschließlich ich mich wohlfühlen. Was tut es da zur Sache, ob ich Fesselvorrichtungen habe oder nicht? Bis jetzt hat das alles immer ganz gut so funktioniert. Mein Bad werde ich wohl auch nicht umbauen. Und überhaupt: Ich habe so eine schöne Wohnung! Wie kommt er eigentlich dazu, daran herumzumäkeln? Selbst nur ein Zimmer im Studentenwohnheim besitzen und sich dann auch noch beschweren!, denke ich trotzig. Und die Decke: Soll er doch seine eigene von zu Hause mitbringen! Wir reden nicht mehr über sein Genörgel, aber den ganzen Tag trage ich ein seltsames Gefühl mit mir herum.

»Komm auf mich«, sagt er, als wir wieder zu Hause sind. *Muss das sein?*, denke ich. Ich mag es nicht, oben zu sein, will jetzt aber nicht auch noch anfangen rumzumaulen und tu deshalb, wie mir geheißen. »Beweg dich«, sagt er. *Mach ich doch die ganze Zeit!* Dann schlägt er mich ins Gesicht. »Komm schon!« Ich versuche es ja! Es folgt ein zweiter Schlag ins Gesicht. Ich weiß nicht recht, wie mir geschieht. Plötzlich merke ich, wie mir Tränen über die Wangen laufen. Ich habe sie gar nicht aufsteigen gespürt. Ich weine schon, bevor ich es realisiere.

Und dann ist mir, als wäre da etwas in mir geplatzt. Als hätte ich eine Kugel aus Beton in mir, in deren Zentrum sich konzentrierte Energie befindet. Für einen kurzen Moment ist diese Energie in mir aufgeflammt und durch die harte Betonschale an die Oberfläche gedrungen. Dazu ein Gefühl der Erlösung. Gleichzeitig Kummer. Und unter mir liegt auf einmal ein ganz anderer Mensch.

Er sieht mich an und hat wohl begriffen, dass er es heute zu weit getrieben hat. Ich bin verwirrt. Immer noch weinend, schlage ich die Hände vors Gesicht. »Oh, mein Baby. Komm her«, sagt er. Ich bewege mich nicht. Er zieht mich an sich. Ich weine an seiner Schulter. »Ist doch alles gut.« Er streichelt meinen Rücken. Ich möchte einfach nur weinen, so lange, bis alle Gefühle draußen sind. Ich weiß selber nicht, was da gerade mit mir vorgeht. Seltsamerweise mache ich mir keine Gedanken, was nun aus seiner Befriedigung wird und ob ich ihm noch einen Orgasmus verschaffen muss. Es ist einfach klar, dass er das jetzt nicht mehr braucht. Zu meiner eigenen Überraschung beruhige ich mich schnell wieder. Fühle mich dann aber klein und verletzlich und irgendwie instabil.

Dieses Gefühl ist auch am nächsten Morgen noch da. Er scheucht mich aus dem Bett, um ihm Kaffee zu machen. Normalerweise tue ich das gern. Heute finde ich es unverschämt von ihm. »Ich mag nicht«, sage ich deshalb und drehe mich einfach wieder um. »Hey, was ist los?«, sagt er und hebt die

Decke an. Ich greife danach und versuche trotzig, sie wieder über mich zu ziehen. Ich liege da, das Gesicht von ihm abgewendet. »Schau mich an«, sagt er. Das fällt mir schwer. Ich setze mich auf, ziehe die Decke bis unters Kinn und seh ihn trotzig an. »Ich habe gesagt, du sollst mir Kaffee machen. Wo ist das Problem?« Ich zucke nur die Schultern.

Wie würde ich mich jetzt an seiner Stelle verhalten? Bestimmt nicht so. Er packt mich. Zieht mich auf seinen Schoß. Den Hintern in der Luft, liege ich da. Ich wehre mich nur ganz leicht. Habe ja rein körperlich keine Chance gegen ihn. Seine Hand landet klatschend auf meinem nackten Hintern. Der Trotz wird nur noch stärker. Und zusätzlich kommt Wut in mir hoch.

Was soll das jetzt? Hat der sie eigentlich noch alle? Ich wehre mich, versuche, mich aufzurichten. Er hält mich. Dann ein zweiter Schlag. »Hör auf damit!«, rufe ich und versuche wieder, frei zu kommen. Der dritte Schlag. Jetzt schießen mir Tränen in die Augen. Tränen der Wut. »Lass mich sofort los!«, schreie ich ihn an. Und endlich scheint er zu begreifen. Ich rappel mich auf und rücke an den äußeren Rand des Bettes.

Seltsamerweise schäme ich mich. Ich weiß, dass ich das nicht sollte, aber ich will einfach nur weg hier. Weg von ihm und weg aus dieser blöden Situation. Am liebsten würde ich mich irgendwo in einer Ecke verkriechen und nicht mehr da sein. Ich versuche, aus dem Bett zu flüchten. Doch er hält mich fest und zieht mich an sich. Ich wehre mich dagegen, gebe aber schnell auf, als ich in seinem Arm liege. Er streichelt mich wortlos und ich beruhige mich.

Später bekommt er seinen Kaffee. Allerdings am Frühstückstisch. Ich finde nicht, dass er für sein Verhalten eine Belohnung verdient hat. Insgeheim stelle ich mich schon wieder auf eine erneute Enttäuschung ein. Es wäre auch zu schön, wenn mal eine meiner Beziehungen funktionieren würde. Ich habe immer noch dieses instabile Gefühl in mir und bin den ganzen Tag extrem kuschelbedürftig. Was ist nur mit mir los?

*

An einem Nachmittag beim Einkaufen mitten im Supermarkt beginnt Ben plötzlich, lauthals über die Schwaben zu schimpfen. Ich weiß nicht, was schlimmer ist: die Peinlichkeit gegenüber den anderen Menschen oder die Tatsache, dass das Gemecker schon wieder losgeht. Ich bin sauer. So richtig. »Soll ich vielleicht nach Hause fahren?«, fragt er mich später im Auto mit aggressivem Unterton. »Warum das denn?« – »Vielleicht möchtest du alleine sein.« Will er jetzt weg von mir und sagt mir das durch die Blume? Gehe ich ihm etwa auf die Nerven? »Ich will nicht alleine sein, ich will, dass du bleibst. Aber hör endlich auf mit dieser Meckerei. Was ist denn auf einmal in dich gefahren?« Er schweigt.

Als wir zu Hause sind, nimmt er mich in den Arm. »Es tut mir leid. Ich bin so blöd«, sagt er. Ich nehme das so hin, stelle keine weiteren Fragen.

*

Am Nachmittag liegt Ben im Bett und schläft. Ich sitze im Wohnzimmer und blättere in einer Zeitschrift, weil mir nicht nach Schlafen zumute ist. Ob wir heute Abend wie geplant auf eine Party gehen, ist noch nicht ganz klar. Im Stundentakt ändert er seine Meinung. Mal ja, mal nein. Ich habe schon gar keine Lust mehr hinzugehen, wenn er mir mit seinem ewigen Hin und Her schon vorher alles vermiest. Kurze Zeit später klingelt mein Handy. Christian-Flugbegleiter ist dran. »Wie kommst du denn auf die Schnapsidee, dir einen Typen anzuschaffen?«, wundert er sich. Das werde ich mich wohl auch bald fragen, wenn das noch eine Weile so weitergeht. Ich erzähle ihm ein bisschen davon, wie man auf solche Schnapsideen kommen kann, und alleine durch den Klang seiner Stimme und sein Lachen muntert er mich etwas auf.

»Schatz?«, ruft Ben aus dem Schlafzimmer, als ich aufgelegt habe. »Wer war das?« – »Bist du jetzt endlich aufgewacht?«, stelle ich die Gegenfrage, als ich das Schlafzimmer betrete und mich zu ihm ins Bett kuschele. »Christian-Flugbegleiter«, sage ich. »Was wollte er?« Ben kennt Christian bisher nur aus meinen Erzählungen. »Wissen, wie ich auf die Schnapsidee komme, mir einen Typen anzuschaffen, und fragen, ob wir heute Abend mit ihm weggehen wollen.« – »Nö, wir gehen auf die Party.« – »Ach? Jetzt doch?« – »Ja.« – »Bleibt das auch dabei?« – »Ja.« Hoffen wir das Beste.

*

»Stell dich da hin«, sagt Ben, als ich eigentlich gerade meine Wäsche in den Schlafzimmerschrank räumen will, »und zieh das Shirt aus.« Nur mit einem String bekleidet stehe ich vor ihm. Er macht sich an seiner Tasche zu schaffen und fördert drei Seile zutage. Das erste legt er mir um den Hals und knüpft vorn zwei Knoten. Das zweite zieht er zwischen meinen Beinen hindurch, befestigt es hinter mir und fixiert meine Hände gleichzeitig auf dem Rücken. Schon das macht mich wieder geil. Trotz des ganzen Stresses der vergangenen Stunden. Die anderen beiden Seile knüpft er vertikal um meinen Körper.

Das eine um die Brüste, das andere um den Bauch. Dann muss ich mich im Spiegel ansehen. Gar nicht so schlecht, denke ich. Ich liege auf meinem Bett auf dem Bauch und er fesselt mir auch noch die Fußgelenke im rechten Winkel nach oben an die Hände.

Jetzt kann ich nur noch breitbeinig daliegen. Seine Hand schiebt den String zur Seite und berührt mich. Ich möchte, dass er weitermacht. Doch er verlässt den Raum. Das Seil zwischen meinen Beinen ist ein wenig nach rechts gerutscht. Schade, denke ich. Ich könnte mich jetzt ein bisschen daran reiben. Die Seile geben mir nicht das Gefühl, eingesperrt zu sein. Sie geben mir Halt. So ein bisschen eingepackt, fühle ich mich sicher.

»Geht's dir gut?«, ruft Ben ab und an. Offenbar hält er sich in der angrenzenden Küche auf. *Ein Dom in der Küche, da würde so manch einer schon wieder ein Identitätsproblem bekommen*, denke ich und lächle in mich hinein. »Ja, alles gut«, antworte ich. Irgendwann kommt er zurück zu mir ins Schlafzimmer, setzt sich hinter mich und lässt seine Hand wieder zwischen meine Beine gleiten. »Lass es dir kommen«, sagt er und ich tue, wie mir geheißen. Ich glaube, ich muss meine Meinung zur Sinnlosigkeit von Bondage noch mal überdenken. Das war wieder ein schönes Erlebnis und ich hoffe, Bens Meckerkrise ist damit überstanden.

*

»Die würde ich auch ficken. Schau dir den Hintern an.« Wir sitzen auf einer schwarzen Ledercouch im neuen SM-Club der Stadt und ich traue meinen Ohren kaum. Geht das schon wieder los, denke ich genervt, übergehe aber den Kommentar.

Als ich mir in der nächsten halben Stunde Bens Aussagen anhöre, kommt es mir so vor, als wären alle anderen Frauen in diesem Club Schönheiten und ich das hässliche graue Entlein. Und dann reicht es mir. »Noch einer von diesen Kommentaren und ich fahre nach Hause«, sage ich. »Was ist denn jetzt plötzlich los?« Er scheint aus allen Wolken zu fallen. »Was los ist?«, meine Stimme wird hysterisch. »Dein Gerede passt mir überhaupt nicht!« – »Man wird doch wohl noch sagen dürfen, dass andere Frauen gut aussehen.« – »Nicht, wenn man mich dadurch abwertet.« Er schaut zur Seite und sagt nichts mehr. *Soll er auch besser gar nichts sagen als so etwas*, denke ich.

Als ich ihm wenig später an der Bar etwas zu trinken hole, genieße ich die gierigen Blicke der Männer, die mich in meiner engen Korsage beobachten. Beim Warten an der Bar stellt sich einer so nah hinter mich, dass ich seinen Atem in meinem Nacken spüren kann. Ich weiche ihm nicht aus, wie ich es sonst getan hätte, und werde nur noch wütender auf Ben. Vielleicht habe ich nicht die perfekte Figur, aber hässlich bin ich ganz und gar nicht. Und er muss doch wissen, dass er eine tolle Frau an seiner Seite hat. Das hat er mir doch selbst oft genug gesagt. Alle meine Zweifel habe ich für ihn in den Wind geschlagen. Und nun? Bin ich vielleicht nur seinem männlichen Jagdtrieb erlegen? Bin ich uninteressant – jetzt, wo er mich hat? Die Party kommt zumindest für uns nicht mehr richtig in Gang. Kein Wunder.

Als wir schon relativ früh zu Hause sind, öffnen wir noch eine Flasche Sekt und setzen uns damit ins Wohnzimmer. Ich trinke ein Glas. Ben den Rest. »Ich muss dir was sagen«, setzt er an. Ich warte gespannt. Was kommt denn jetzt? Ich zwinge mich dazu, ganz ruhig zu bleiben und nicht gleich in Panik zu verfallen. Es kommt, wie es kommen muss, und ich sage mir, dass ich auch nichts daran ändern werde. »Ich weiß nicht, ob ich das kann mit uns«, sagt Ben. Ganz ruhig sitze ich da. »Vielleicht komme ich im Sommer vom Schiff und trenne mich von dir.« Wie anmaßend. »Warum?« – »Weil ich mir immer vorgenommen habe, richtig Party zu machen, wenn ich mal mein erstes Geld verdient habe, und dann bist du ein Klotz am Bein. Richtig dekadent leben. Party, Sex und Alkohol und so, verstehst du?« – »Aha«, sage ich, »und du meinst, das ist es wert, mich zu verlassen?« – »Ich weiß es nicht. Es tut mir leid, dass ich so ehrlich bin. Ich kann dir im Moment keine Sicherheit geben.«

Wie soll ich mich denn auf eine solche Beziehung einlassen, wenn er mir keine Sicherheit geben kann? Genau das ist es doch, was ich will: einen Mann, der mir zumindest das Gefühl von Sicherheit gibt. Was ist nur passiert, dass er sich in den letzten Tagen so verändert hat?

»Und da ist noch etwas«, fährt er fort. Ich schaue ihn gespannt an. Im Moment kann mich nichts mehr umhauen. »Es gibt da eine andere Frau.« Das kann jetzt wohl nicht sein Ernst sein. »Also nicht, dass ich mich mit ihr getroffen hätte. Wir schreiben uns bisher nur, aber sie schreibt so tolle Sachen und vielleicht ist sie auch ein bisschen intelligenter als du. Ich möchte sie kennen lernen. Was denkst du darüber?« Ich schweige. Was werde ich wohl darüber denken? Soll das jetzt ein Versuch sein, die Vielweiberei in unserer Beziehung einzuführen? *Intelligenter als ich ...* Seine Worte hallen in meinem Kopf nach. Ist der eigentlich noch ganz dicht?

Ich wundere mich über mich selbst, dass ich mich gar nicht aufrege. Kein bisschen. Ich bin ganz ruhig. Und wieder der Gedanke: *Lass ihn gehen. Du kannst nichts erzwingen.* »Wenn du das meinst, dann musst du es tun«, sage ich deshalb nur. Er schaut mich an. Dann sieht er ganz schnell wieder weg. »Wirklich? Du würdest es akzeptieren?« – »Ich kann dir nichts verbieten. Wenn du nicht freiwillig bei mir bleibst, dann kann ich dich auch nicht dazu zwingen.« Ich sehe, dass er nachdenkt.

Auch mein Hirn beginnt auf Hochtouren zu arbeiten. Eigentlich möchte ich ihn nicht wieder hergeben. Die Chance, dass diese andere tatsächlich besser ist als ich, schätze ich, realistisch betrachtet, als sehr gering ein. *Der muss erst mal wieder eine finden, die mit mir mithalten kann*, denke ich und werde tatsächlich ein wenig sauer bei diesem Gedanken. Ich schaue ihn von der Seite an und plötzlich kommt es über mich: Ich krieche zu ihm, schlage meine Arme um seinen Hals, schaue ihn an. »Ben, ich liebe dich«, sage ich. Es kommt mir vor wie eine Art Warnung. Ich sage das zum ersten Mal, wenn ich es auch schon lang denke. Den Moment für dieses Bekenntnis hatte ich mir allerdings anders vorgestellt. Schöner und weniger dramatisch. In diesem Moment teile ich ihm mit: Überlege dir gut, was du tust und ob du alles kaputt machen willst.

Er streichelt mir über den Kopf, dann küsst er mich. Nimmt mich an den Haaren. »Runter!«, sagt er und ich rutsche vom Sofa vor ihm auf den Boden. »Lass uns ins Bett gehen«, sagt er und hält mich immer noch fest. »Ich muss aber Pipi.« Wortlos schleift er mich an den Haaren hinter sich her ins Bad. Ich weiß nicht so recht, warum ich mir das gefallen lasse. Irgendwie scheint er in sich selbst versunken. »Mach!«, sagt er und ich klettere auf die Kloschüssel. Wie ein kleines Mädchen sitze ich da, während es unter mir zu plätschern beginnt. Ich schaue zu ihm hoch, direkt in seine Augen. Etwas Zärtliches liegt in seinem Blick, das ich erwidere.

Als ich fertig bin, krieche ich auf allen vieren hinter ihm her ins Schlafzimmer. Er wirft mich aufs Bett, kommt über mich und küsst mich lange. Irgendwann richtet er sich auf. Ich liege auf dem Rücken, nackt, mit gespreizten Beinen. Er sieht mich an und kommt mir dabei total entrückt vor. Als befände er sich in einem Zustand geistiger Umnachtung. Was mag wohl gerade in ihm vorgehen? Ich warte ab und irgendwann merke ich, dass er im Begriff ist, in mich einzudringen. Aber er tut es noch nicht, sondern reibt sich nur ein bisschen an mir. Ich überlege, ob ich jetzt was sagen muss. Als er kurz davor ist, tatsächlich in mich zu kommen, erhebe ich die Stimme. »Du hast etwas vergessen.« Er sieht mich an, als wäre er gerade aus einem Traum aufgewacht. Sein Gesichtsausdruck wird klarer. »Was?«, fragt er. »Du hast das Kondom vergessen.« – »Oh ja, entschuldige«, sagt er und greift nach dem kleinen Plastikpäckchen.

Als er in mir und auf mir ist, bekommt er wieder diesen entrückten Blick. So hat er mich noch nie angesehen. Ich bin mir nicht sicher, was da gerade in ihm vorgeht. Als wir fertig sind, folgt ein kurzer Gutenacht-Kuss, dann dreht er sich auf die Seite. Ich weine leise, bevor ich neben ihm einschlafe.

*

»Guten Morgen«, weckt mich Ben. Ich spüre sofort, dass mein Gesicht vom Weinen aufgedunsen ist. »Morgen«, murmel ich und bleibe, von ihm abgewendet, einfach liegen. Wie erkläre ich das jetzt? Seine Hand tastet nach meinem nackten Hintern und streichelt darüber. »Mach mir Kaffee«, sagt er und ich schüttel den Kopf. »Ich habe keine Lust«, murmel ich in mein Kopfkissen. Ich spüre meinen Trotz. »Lass mich!«, sage ich und kurze Zeit geschieht nichts.

Dann spüre ich, wie er hinter mich kommt und wie sich seine Arme um mich schließen. »Was ist mit dir?«, fragt er. Ich antworte nicht. Weiß ja nicht, was ich ihm sagen soll. Ich fühle mich schon wieder so komisch emotional instabil. »Dreh dich um«, sagt er. Als ich nicht reagiere, zwingt er mich dazu. Ich öffne die Augen und schaue ihn an. Sein Blick hat wieder diese Zärtlichkeit. Er streichelt mein Gesicht. »Komm mal her«, sagt er und umarmt mich ganz fest. Ich kann nicht mehr anders und beginne wieder zu weinen. »Lass es raus«, sagt er.

Als ich mich beruhigt habe, beginne ich, darüber zu sprechen, was mich belastet. Ich weiß einfach nicht, wie ich mich nach dem Gespräch gestern Abend auf unsere Beziehung einlassen soll. »Wie soll ich dir denn vertrauen, wenn du so unsicher bist? Wie soll ich mich fallen lassen, wenn da kein stabiles Netz ist, das mich auffängt?« Solche und ähnliche Fragen stelle ich ihm, erwarte aber keine Antwort darauf. Ich stecke ja schon viel zu tief in dieser Sache drin, um da noch schmerzfrei wieder herauszukommen. Vielleicht wäres es doch besser, jetzt gleich alles zu beenden, bevor es zu einem späteren Zeitpunkt noch schlimmer wird.

An diesem Morgen gibt es keine Antworten mehr auf meine Fragen. Später frühstücken wir zusammen, aber zwischen uns herrscht eine seltsame Distanz. Ich habe das Gefühl, dass mein Bild, das ich von ihm habe, eine Illusion sein könnte. Vielleicht ist er gar nicht der, für den ich ihn halte. Vielleicht will ich ihn ja nur als das sehen, was ich mir erträume und was ich mir wünsche. Und doch kommen mir alle seine Verhaltensweisen auch im Nachhinein noch ehrlich vor. Nach wie vor habe ich das Gefühl, alles, was er mir je gesagt hat, kam von Herzen.

Nach dem Frühstück fährt Ben nach Hause und ich hänge meinen Gedanken nach. Ich will ihn nicht aufgeben, aber vielleicht muss ich es doch tun, aus reinem Selbstschutz. Nur ob ich es schaffen werde, ihm das zu sagen? Kann ich erklären, was ich eigentlich nicht will? Es wäre eine reine Vernunftentscheidung. Ich weiß nicht, wie ich das schaffen soll. Erst mal will ich mit meinen Gedanken alleine sein.

Ich spiele innerlich durch, wie es sein wird, wieder Single zu sein. Mein Leben vor Ben ist mir noch nicht so unbekannt geworden, dass ich mir nicht vorstellen könnte, es einfach wieder aufzunehmen. Aber ich darf gar nicht daran denken, wie es wäre, mich wieder mit Hunderten von Idioten unterhalten zu müssen, bevor mal einer kommt, bei dem man wenigstens ein bisschen Hoffnung schöpfen kann. Nur um hinterher wieder Enttäuschungen zu erleben. Und dann: Mir wieder Männer suchen zu müssen für nichts als ein bisschen Sex? Und das, wo ich doch jetzt den Beginn von etwas ganz anderem erlebt habe. Wie könnte ich denn jetzt wieder mit dem alten Zustand zufrieden sein?

Im Sekundentakt wechsle ich meine Meinung. *Ich muss mich trennen*, denke ich, *es führt kein Weg daran vorbei.* Und dann wieder: *Ich möchte nie mehr ohne ihn sein.* Ich kann mich nicht auf jemanden einlassen, der selbst nicht stabil ist. Ich kann ihm das aber nicht sagen. Und selbst wenn, dann würde ich das nicht lange durchhalten. Er brauchte nur vor der Tür zu stehen – vorausgesetzt, er würde das tun – und ich würde meine Meinung ganz schnell revidieren. Was soll ich nur tun? In meinem Kopf herrscht Chaos.

Ratlos setze ich mich an den Computer und logge mich in die *SZ* ein. Hauptsache, ich kann irgendwo mein Leid abladen. Am besten bei jemandem, der komplett außen vor ist. Ich weiß ziemlich genau, dass mir jeder Außenstehende im Moment raten würde, ich solle schnellstmöglich die Finger von der Sache mit Ben lassen. Wenn mir das aber einer empfiehlt, der das eigentlich gar nicht beurteilen kann, dann kann ich den Rat ja hinterher bedenkenlos in den Wind schlagen.

Während ich meine Nachrichten an Leute verfasse, die ich gar nicht kenne und die mir total egal sind, klingelt das Telefon. Es ist Ben. Eigentlich will ich gar nicht abheben. Ich bin innerlich der Entscheidung, dass ich mich von ihm trennen werde, schon ein Stückchen näher gekommen. Trotzdem drücke ich nach kurzem Zögern auf den kleinen grünen Hörer. Natürlich merkt er sofort, dass ich mich bereits in den wenigen Stunden, die wir jetzt getrennt sind, emotional von ihm distanziert habe. »Schatz, vergiss alles, was ich dir erzählt habe«, sagt er ohne große Umschweife. *Wie jetzt?* Mein Herz macht einen Sprung, ich versuche mir das aber dennoch nicht anmerken zu lassen. »Auf dem Weg nach Hause habe ich die ganze Zeit darüber nachgedacht, warum ich so blöd bin, warum ich jetzt mit solchen Geschichten anfange, wo ich endlich die Frau gefunden habe, die ich immer gesucht habe. Es tut mir so leid, wenn ich dich mit alldem verletzt habe. Ich bin ein blöder Idiot. Ich meckere an dir herum, ich suche nach deinen Fehlern, ich verhalte mich dir gegenüber respektlos durch die Art, wie ich über andere Frauen spreche, bis hin zu dem, dass ich mich mit einer anderen treffen will.«

Ich kann ihm nicht widersprechen und höre nur zu. »Und warum tust du das?«, frage ich schließlich. »Weil ich nicht lieben kann.« – »Das ist nicht der wahre Grund.« Für einen kurzen Moment schweigt er. »Deine Nähe macht mir Angst«, sagt er dann. Das verstehe ich nun überhaupt nicht, wie ihm genau das Angst machen kann, was ich selbst so sehr genieße. »Noch nie ist mir ein Mensch so schnell so nahe gekommen wie du. Deshalb kommt die Angst hoch und ich weiß nicht warum und dann suche ich alle möglichen Gründe, um aus dieser Nähe zu flüchten. Ich suche Fehler an dir, um hinterher sagen zu können: Okay, mal wieder Pech gehabt, es war eben wieder nicht die Richtige.« – »Lass dir Zeit«, sage ich. »Keine Panik. Du überreagierst im Moment ein wenig. Beruhige dich erst mal und schlafe eine Nacht darüber.« Ben schweigt für einen Moment. »Ich verspreche dir, es wird alles gut«, sagt er und an diesem Abend schlafe ich glücklich, wenn auch allein, ein.

*

Mitten in der Nacht reißt mich mein Telefon aus dem Schlaf. Ich murmel ein verschlafenes »Hallo« in den Hörer. »Schatz«, es ist Ben, »ich muss dir etwas sagen.« Was kommt denn jetzt? »Wie spät ist es überhaupt?«, will ich wissen. »Fünf. Du darfst gleich weiterschlafen. Ich wollte dir nur sagen, dass ich dich liebe.« Ich schweige, er auch. Ich bin ganz gerührt. »Ich bin betrunken«, fährt er fort, als ich nichts sage. »Und ich habe die ganze Nacht mit meiner Freundin Barbara geredet. Sie hat gesagt, ich bin ein riesiger Idiot, weil ich mit meinen Zweifeln alles kaputt mache und weil ich so gemein zu dir bin. Sie hat mir richtig den Kopf gewaschen und von mir verlangt, mich zusammenzureißen und aufzupassen, dass ich dich nicht verliere.«

Irgendwie kann ich nach diesem Telefonat nicht mehr einschlafen. *Kann ein Tag perfekter beginnen?*, frage ich mich, als ich schon um sieben bei der Arbeit aufkreuze. Den ganzen Tag über bin ich zwar etwas müde, aber das ist mir egal. Ich bin nämlich auch unheimlich glücklich. Jetzt ist alles wieder in Ordnung und auch in den darauffolgenden Tagen gibt Ben mir das Gefühl, dass er seine Krise überwunden hat.

*

Zwei Wochen haben Ben und ich uns nicht gesehen, als ich wieder auf dem Weg nach Aachen bin. Freitagabend gleich nach der Arbeit fahre ich los und fluche jetzt schon über die 450 km, die wir noch so oft werden überwinden müssen.

Ben nimmt mich in den Arm und küsst mich, als ich sein Zimmer im Studentenwohnheim betrete. Ich stehe im Kerzenschein und auf seinem Schreibtisch hat er ein kleines Buffet für mich aufgebaut. Zwei Arten gefüllter Champignons, Weißwein, Brot und verschiedene Sorten Käse. »Eigentlich wollte ich noch viel mehr machen, aber die Zeit wurde etwas knapp«, entschuldigt er sich. »Das macht doch nichts, es ist wunderschön«, sage ich und umarme ihn. Auf dem Bett sitzend, beginne ich zu essen. Es schmeckt toll. Ich trinke ein Glas Rotwein und entspanne mich. Wir sprechen kaum.

Als wir fertig gegessen haben, setze ich mich auf seinen Schoß und wir küssen uns. Dann holt er seinen Computer. Ich sehe Bilder von einem Haus. Sieht nach Griechenland aus. Das Haus liegt oberhalb einer kleinen Bucht in der Nähe eines Dorfes. Es ist in vielen kleinen Terrassen mit Blick aufs Meer angelegt. Einfach traumhaft! »Dieses Haus oder so ein ähnliches kaufe ich dir. Das war schon immer mein Lebenstraum. Was meinst du?« Ich tue seine Idee als kleine romantische Spinnerei ab, doch er versichert mir, dass er es ernst meint.

*

Am Morgen gehen wir auswärts frühstücken und machen einen kleinen Bummel durch die Stadt. Wieder im Studentenwohnheim zurück, will ich Sex. Ich ziehe mich einfach aus und lege mich aufs Bett. Er reagiert gar nicht darauf. Stattdessen setzt er sich vor seinen Computer. Als ich es endlich geschafft habe, ihn zu mir ins Bett zu ziehen, dreht er sich von mir weg. Was ist denn jetzt los? Was soll ich tun? Ich überlege kurz und setze mich dann auf ihn und küsse ihn. Unwirsch brummelt er mich an. Ich verstehe etwas von »müde«. Bevor er noch böse wird, lege ich mich wieder neben ihn und überlege, wie ich jetzt mit meinem Unterleib klarkomme. »Schatzi ...«, sage ich mit meiner Lieblingsannastimme und mit langem iiii. »Mmmmh ...?«, brummt er. »Ich bin geil.« Er schweigt. Leise höre ich ihn atmen. »Schatzi ...« Ich stupse ihn an. »Ich bin geil.« – »Und ich will jetzt schlafen.« Er dreht sich kurz zu mir um, gibt mir ein Küsschen und schließt dann wieder die Augen. »Ich kann jetzt aber nicht schlafen«, quengle ich. »Mir egal. Dann geh raus und mach sonst was.« – »Ich habe Hunger.« – »Wir kochen später was.«

Dann kein Wort mehr. Ich habe wirklich Hunger. Unter anderem deshalb höre ich nicht auf zu nerven. »Okay, Deal«, sagt Ben und ich sehe ihn gespannt, mit etwas übertrieben gespielter Aufmerksamkeit an. »Wir gehen was kochen, wenn du mir vorher einen bläst.« – »Dann werde ich ja noch geiler!« Er zuckt mit den Schultern und grinst. »Also gut ...«, gebe ich mich wohl oder übel geschlagen und er lehnt sich unverschämt grinsend zurück, verschränkt die Hände hinter dem Kopf und schließt die Augen.

Schon wenige Minuten später könnte ich ihn insgeheim umbringen, weil er sich richtig schön viel Zeit lässt. Ich habe keine Ahnung, ob er das mit Absicht tut. Wahrscheinlich. Bei diesen Sadisten weiß man das ja nie. Egal, beruhige ich mich. Hauptsache, ich bekomme schnell etwas zu essen. Die Zeit, die ich da unter der Decke verbringe, kommt mir wie eine

Ewigkeit vor. Ich beginne zu schwitzen, schlage die Decke zurück. Doch er zieht sie wieder über mich und hält mich fest. Er packt mich seitlich an den Haaren und stößt schnell und tief in mich hinein. Ich lasse ihn gewähren und versuche, meinen Würgereiz bestmöglich zu unterdrücken. Als er endlich gekommen ist, sinke ich erschöpft auf die Matratze.

»Ich habe Hunger«, sage ich dann mit Nachdruck. Er nickt. Es ist schon später Nachmittag und ich habe seit dem Morgen nichts mehr gegessen. Ich bin ganz schnell angezogen. Doch er lässt sich Zeit und jetzt bin ich richtig genervt. »Beeil dich mal«, fordere ich ihn auf. Er reagiert nicht. »Blödes Studentenwohnheim. Das kotzt mich schon an hier«, meckere ich weiter. Ich habe richtig schlechte Laune. »Warum?«, fragt er. »Wenn du jetzt eine gescheite Wohnung hättest, könnten wir gemütlich ohne Klamotten kochen gehen, einen Wein dabei trinken und das schön zelebrieren. Aber nein!« – »Tja, das ist eben so«, sagt er, nimmt mich in den Arm und küsst mich »Komm.« Wir begeben uns in die Küche im unteren Stockwerk.

Die Küche ist voller Leute. Alle schauen auf den großen Bildschirm in der Ecke. Irgendein Action-Film läuft. *Wie langweilig*, denke ich. Sie sitzen gebannt da und die Welt um sie herum scheint sie nicht zu interessieren. Wir beginnen zu kochen. Ben hat Muscheln gekauft. Ich habe mich bereit erklärt, ab und zu mit ihm Fisch zu essen, wenn er akzeptiert, dass es bei mir kein Fleisch gibt. Insgeheim plane ich natürlich, ihn irgendwann auch zum Vegetarier zu machen. Der arme Fisch, der leider manchmal für mich sterben muss, was mir durchaus ein schlechtes Gewissen macht, bringt also sozusagen ein ideelles Opfer.

Mein Hunger wird immer größer. Ich spüre, wie sich meine schlechte Laune verstärkt. Außerdem fühle ich mich zwischen all diesen fremden Menschen unwohl. Ben hält immer wieder inne, um auf den Bildschirm zu schauen. Eine Unterhaltung ist nicht möglich. Irgendwann stehe ich nur noch dumm in der Ecke herum und verfluche den Fernseher. So ein blödes Ding! Ich weiß schon, warum ich meinen bereits vor Jahren abgeschafft habe. Fernsehen ist Volksverdummung. Am liebsten würde ich hingehen und dem blöden Kasten einfach die Scheibe einschlagen.

»Wollen wir hier essen?«, fragt mich Ben. »Wie bitte? Niemals!«, entgegne ich zickig. »Warum nicht?« Er wirkt erstaunt. »Wir essen oben in deinem Zimmer, basta.« Er schaut mich verwundert an. »Was ist los?« – »Mich kotzt das hier alles an«, sage ich leise. »Warum denn?« – »Das ist alles so unentspannt hier. Bitte, ich möchte oben essen.« Er nickt.

Dann öffnet er den Ofen und bekommt einen Tobsuchtsanfall. Die Muscheln sind ein bisschen zu dunkel geworden. »Warum nur verbrennt mir bei dir immer alles?«, flucht er. »Schatzi, ganz ruhig, die sind nicht verbrannt«, versuche ich ihn zu beschwichtigen. »Doch! Sind sie«, ruft er trotzig wie ein kleines Kind und schlägt mit der flachen Hand auf die Arbeitsplatte. Ich gehe zu ihm und berühre ihn am Arm in der Hoffnung, das könne ihn beruhigen. »Zeig mal«, sage ich, schiebe mich an ihm vorbei, nehme mir eine der kleinen dunklen Schälchen vom Blech und probiere sie. »Ein bisschen trocken, aber sonst sehr gut«, lobe ich ihn und lüge nicht einmal dabei. »Wirklich?«, sagt er und sieht mich mit Hundeblick an. »Was ist denn los? Ist doch nicht so schlimm«, sage ich und nehme ihn in den Arm. »Doch, ist es.« – »Warum?« – »Weil dein blöder Italiener sicherlich viel besser kochen konnte als ich.« Aha, daher weht also der Wind. Ich lächle und schaue ihn an. Streichel ihm über die Wange. Obwohl er das eigentlich nicht mag, lässt er es geschehen. »Ach, der Italiener. Das ist doch vorbei«, sage ich, »der hatte ja auch ein paar Jahre Vorsprung mit der Kocherfahrung. Dafür bist du schon sehr, sehr gut.« – »Na toll!«, ruft Ben und schlägt wieder mit der Hand auf die Arbeitsplatte. Dann dreht er sich in meine Richtung.

»Schatz, bist du eigentlich glücklich mit mir?«, fragt er ganz kleinlaut. »Aber ja!«, rufe ich aus und umarme ihn wieder. »Sehr sogar.« – »Wirklich?« Ich nicke. »Ganz wirklich, wenn du nicht wieder anfängst zu meckern und mich zu dick findest.« Wir legen die Muscheln auf einen Teller und nehmen noch ein bisschen Brot und Käse mit nach oben.

Als nur noch leere Muschelschalen und ein paar restliche Zitronenscheiben vor uns liegen, geht es mir schon viel besser. »Zieh dich aus«, sagt Ben und greift lächelnd nach einer der Zitronenhälften. Was er wohl damit will? »Ich habe Lust auf Austern«, sagt er. Auf Austern?, denke ich und muss unwillkürlich an dieses wabbelige Zeug denken, das wie ein Schluck Meerwasser, das drei Tage in der Sonne gestanden hat, schmeckte, als ich es ein einziges Mal probierte.

Nackt führt er mich zu seinem Schreibtisch, auf dem wie immer Chaos herrscht. Ich muss lachen, als er alles, was sich auf dem Tisch befindet, mit einer einzigen Bewegung auf den Boden befördert. »Das darfst du nachher aufräumen«, prophezeit er mit einem schiefen Grinsen. Die Glasplatte des Tisches trifft kalt auf meine Haut, als ich mich mit dem Rücken darauflege. Ich spüre, wie eine kleine Menge Flüssigkeit auf meine Scham tropft, bevor er meine Beine auseinanderdrückt und mich mit der Wärme seines Mundes und der Weichheit seiner Zunge liebkost.

4.

Hammonia

Am Stuttgarter Flughafen bin ich ein wenig aufgeregt, weil ich ganz alleine nach Hamburg fliegen muss. Ben ist schon da, er hat dort irgendein Seminar absolviert, bei dem man unter anderem im Hafenbecken herumschwimmen muss. Ich denke gerade darüber nach, ob ich Flugangst bekommen sollte, als zum Glück mein Handy klingelt. Es ist Ben. »Baby, wann fliegst du zurück?«, will er wissen. »Montag, 15.30 Uhr, warum?« – »Weil ich mit dir zusammen fliege.« – »Wie?«, wundere ich mich. »Ich komme nach diesem Wochenende mit zu dir.« Ich freue mich. »Wie lange kannst du bleiben?« – »Zwei Wochen. Vorausgesetzt, du erträgst mich so lange.«

Klar ertrage ich ihn! Das wird schon mal die erste Übung werden, was das Zusammenwohnen betrifft. Richtig mit Alltag und so. In wenigen Monaten wird er sein Zimmer im Studentenwohnheim kündigen, und wenn er nicht auf See ist, wird er bei mir wohnen. Das erschien uns als die vernünftigste Variante. Zumindest so lange, wie wir noch nicht in Griechenland wohnen. Ich erinnere mich an seinen Spruch: »Nie werde ich nach Spätzles-City ziehen!« Denkste!

Der Flug wird überraschend angenehm. Ich schnappe mir die *Brand Eins* und erfreue mich an der schönen Gestaltung. Ich habe mir fest vorgenommen, in Hamburg kein Taxi zu nehmen, sondern selbstständig mit dem Bus vom Flughafen zur Seemannsmission zu finden. Die S-Bahnstation kenne ich.

Die ist mitten in Altona. Das muss doch zu finden sein, denke ich.

Als ich in Hamburg im Bus sitze, mein Köfferlein zwischen den Knien, ruft er mich wieder an. Er will mich an der Haltestelle abholen. Umso besser, denke ich. Als ich mich von der Rolltreppe ans Licht befördern lasse, sehe ich ihn schon da stehen. »Hätte dir gutgetan, die Treppe zu benutzen, junge Dame«, sagt er mit einem Lächeln. »Aber der Koffer ...«, rede ich mich raus und kuschle mich an ihn.

Auf unserem Zimmer angekommen, schieben wir erst mal die Betten zusammen und testen auch gleich, ob die was aushalten. Das Zimmer ist einfach gehalten und doch fühle ich mich hier unglaublich wohl. Es ist wie aus einer anderen Welt, hat ein bisschen was von einer Jugendherberge. Männer aus aller Herren Länder bewegen sich auf den Gängen und vertreiben sich die Zeit am Tischkicker. Direkt vor unserem Fenster steht der Hamburger Michel, den ich eingehend bestaune. Den Abend verbringen wir in einem kleinen portugiesischen Restaurant und träumen von der Zukunft.

*

Es ist noch früh am Morgen, als wir über die Reeperbahn schlendern und die Boutique Bizarre betreten. Ein junger Mann begrüßt uns mit einem Wischmopp in der Hand. Ich strahle ihn an. Hübsch finde ich ihn. Nachdem wir uns kurz im Erdgeschoss umgesehen haben, gehen wir ein paar Stufen hinunter. Ein netter Verkäufer kommt auf uns zu und fragt nach unseren Wünschen. Ein Lackröckchen soll es sein, ein kurzes, passend zu meiner Korsage. Zum Glück gibt es ein paar Sachen, die mir passen. Das beste Stück ist schön kurz, mit ein paar Rüschen und Spitzen dran und Ben testet in der Kabine, wie weit ich mich damit bücken kann beziehungsweise soll und wie geschickt ihm das vorkommt.

Das Röckchen wird als kurz genug befunden und gekauft, dann führt uns unser Weg weiter über die Reeperbahn in den Dark Fashion Shop. Hier ist die Auswahl noch größer als in der Boutique Bizarre und ich glaube, das wird in Zukunft mein Lieblingsladen werden. Ein Kleidchen wünscht sich Ben für mich. Ich nehme drei Teile mit in die Umkleidekabine. Eines ist ganz ähnlich wie das Röckchen, das wir soeben gekauft haben. Als ich es anhabe, finde ich es toll, weil ich mir in den vielen schwarzen Rüschen wie ein kleines Mädchen vorkomme. Das zweite passt nicht. Und das dritte sieht auf dem Bügel wie die Kittelschürze meiner Uroma aus, nur dass es eben nicht so ein hässliches Muster hat und aus Lack ist. Als ich es anhabe, gefällt es mir doch erstaunlich gut. Es ist ganz einfach: kurz, mit V-Ausschnitt und ohne viel Schnickschnack.

Als ich aus der Kabine trete, sehe ich sofort, dass dieses Kleid Bens Favorit ist. Auch der Verkäufer nickt zufrieden. »Umdrehen«, sagt Ben. Ich stehe mit dem Rücken zu ihm. »Beug dich nach vorne. Langsam.« Es macht mir gar nichts aus, dass der Verkäufer zusieht. »Genug«, sagt Ben. »Sehr schön, das nehmen wir. Jetzt brauchst du nur noch Overknees dazu.«

Der Verkäufer, der sich gerade dezent etwas von uns entfernt hat, wartet nun mit einem weiteren Kleid auf. »Vielleicht würde Ihnen ja auch etwas mit Leder gefallen. Ein sehr schönes Stück«, sagt er zu Ben und hält ihm den Bügel vor die Nase. »Nein, gefällt mir nicht«, ist die Antwort. »Aber vielleicht gefällt es Ihrer Frau.« Oh ... seiner Frau. Machen wir etwa den Eindruck, als wären wir schon ewig zusammen und verheiratet? »Es ist egal, ob es ihr gefällt, mir gefällt es jedenfalls nicht«, sagt Ben. Der Verkäufer schaut ihn zuerst etwas verlegen an, dann legt sich ein Lächeln auf sein Gesicht. »Ach, so ist das bei Ihnen«, sagt er und Ben nickt und lacht.

Ben steht mit dem Verkäufer an der Kasse. Die beiden unterhalten sich, als ich aus der Kabine komme und mein Kleid auf den Tresen lege. »Schatz, wir gehen heute Abend ins Playground«, sagt Ben und legt den Arm um mich. »Was ist das?«, will ich wissen und dabei legt sich die Aufregung kribbelnd gegen meine Magenwände. »Lass dich überraschen.« Der Verkäufer kritzelt eine Handynummer auf einen Zettel, gibt ihn Ben und sagt: »Rufen Sie einfach mal an. Und das Schuhgeschäft ist, wie schon gesagt, direkt gegenüber.« Ich bewundere unterdessen die Halsbänder aus Edelstahl, die unter dem Tresen liegen. Sie sind schön und unauffällig. Ben sieht meinen Blick und lächelt mich an. Damit sagt er mir, dass ich so eines von ihm bekommen werde. Irgendwann.

Wir verlassen den Laden und überqueren die Straße. Als wir das Schuhgeschäft betreten, fühle ich mich mitten in einer Masse aus Schuhen mit extrem hohen Absätzen sofort wohl. Am liebsten würde ich den halben Laden leer kaufen. Ben bewegt sich schnurstracks auf die Stiefel zu. Er entscheidet sich für ein Paar überkniehoher Lackstiefel: mit extrem hohen Absätzen und Plateau und an der Seite zum Schnüren. In Schwarz. Zum Glück sind die Absätze breit. »Schatzi, die sind bestimmt bequem«, sage ich. »Der Absatz ist nicht so dünn.« – »Probier die mal an«, verlangt er und drückt mir die Dinger in die Hand. Die Verkäuferin hilft mir dabei, den Reißverschluss zu schließen, und ich fühle mich einfach toll in den Dingern. Jetzt bin ich fast so groß wie Ben. Ich gehe auf ihn zu und umarme ihn. »Nehmen wir die?«, sagt er und ich nicke.

»Willst du nicht noch andere anprobieren?« Ich schüttel den Kopf. »Gefallen sie dir?« – »Ja!« – »Gut, dann bekommst du sie.«

Unser Weg durch die Stadt führt uns noch in die Speicherstadt, ins Deutsche Zollmuseum, aufs Museumsschiff Rickmer-Rickmers, wo ich einen Eindruck von der Art Seefahrt bekomme, die es heute gar nicht mehr gibt. Auch die Cap San Diego, eine Hafenrundfahrt und den Besuch der Haifischbar lassen wir uns nicht entgehen. Es fühlt sich ein kleines bisschen an wie ein erster gemeinsamer Urlaub.

Wieder in unserem Zimmer in der Seemannsmission angekommen, bin ich eigentlich müde, muss aber trotzdem das neue Kleidchen und die Stiefel anziehen und mich in alle möglichen Posen begeben, während Ben gemütlich auf dem Bett liegt. Dann macht er Fotos von mir und fickt mich. Um mich kümmert er sich dabei nicht, wenn ich auch ein wenig quengele. »Du wartest bis heute Abend«, sagt er, greift nach seinem Handy und wählt die Nummer, die ihm der Verkäufer im Dark Fashion Shop aufgeschrieben hat.

Der Abend ist gebongt und ich bin aufgeregt. Während ich mich im Bett an seine Schulter kuschel, sage ich: »Schatzi, aber du machst nichts Schlimmes mit mir heute Abend?« Er lacht. »Was könnte ich denn Schlimmes tun?« – »Na so was, was ich nicht mag und so. Ich will dich ja nicht blamieren. Nicht, dass ich mich dir öffentlich widersetzen und dich anzicken muss oder so, wo dann alle denken: Was hat der arme Mann nur für eine unfolgsame Sub?« Wieder lacht er. »Hast du dich denn jemals widersetzen müssen?« Ich schüttel den Kopf. Nicht wirklich. »Vertrau mir doch einfach.« Tu ich ja im Grunde auch, aber noch mal drüber sprechen kann ja nicht schaden, denke ich.

»Mach den Mantel zu«, sagt Ben, als ich gegen 22 Uhr fertig gestylt neben ihm stehe. Ich trage meine neuen Stiefel und das ebenfalls neue einfache Kleid. »Warum?«, frage ich grinsend. »Nicht, dass die dich an der Rezeption sehen und ich hier rausfliege, weil die denken, ich habe mir eine Nutte kommen lassen. Das ist hier nämlich verboten.« Ich hätte zwar große Lust, an der Rezeption der Seemannsmission für eine Nutte gehalten zu werden, aber natürlich möchte ich nicht, dass Ben Stress bekommt. Deshalb halte ich mich unauffällig im Hintergrund, als er das Taxi bestellt, und achte peinlich genau darauf, dass mein langer schwarzer Mantel sich nicht öffnet. Die umstehenden Männer schauen mich trotzdem an. Immerhin sieht man einen Teil meiner Schuhe und mit meinen schwarzen Augen und den blutroten Lippen bin ich auch nicht gerade unauffällig geschminkt.

Der Taxifahrer lässt uns in einem Wohngebiet vor einem ganz normal aussehenden Haus aussteigen. Zuerst finden wir den Eingang nicht. Keiner würde auf die Idee kommen, dass sich in diesem Haus eine größere Ansammlung von Menschen trifft. Wir betreten das Gebäude durch einen langen Flur wie in einem ganz normalen Club, nur mit dem Unterschied, dass es hier keinen Türsteher gibt. Durch eine Schwingtür kommen wir in einen riesigen Raum. Obwohl nicht auf den ersten Blick erkennbar ist, dass es sich hier um was anderes als eine normale Diskothek handelt, steigt schon wieder dieses kribbelnde Gefühl in mir auf. Es ist geheimnisvoll und irgendwie spannend, eine Mischung aus Aufregung und Erregung.

Wie immer beim Betreten einer solchen Location scheinen sich meine Sinne sofort um 100 % zu schärfen. Die Dame an der Bar winkt uns zu sich. Mit ihren langen blonden Haaren und dem hochgeschlossenen schwarzen Kleid wirkt sie zwar sehr elegant, aber für eine solche Veranstaltung schon fast zu zurückhaltend gekleidet. Nachdem sie uns begrüßt hat, zeigt sie uns, wo wir unsere Jacken aufhängen können. Ben erzählt ihr, dass wir nicht aus Hamburg kommen und deshalb zum ersten Mal hier sind. »Dann führe ich euch am besten erst mal durchs Haus«, schlägt sie vor.

Vorher trinken wir aber etwas und ich schaue mich um, während wir an der Bar sitzen. Der Raum, in dem wir uns befinden, ist so hoch wie das ganze Haus. Drei Stockwerke könnte man hier gut einziehen, denke ich mir. In der Mitte des Raumes befindet sich eine große Tanzfläche, darüber hängt ein riesiger Stern, der in allen erdenklichen Farben leuchtet. An der linken Seite führen Treppen nach oben. Unter den Treppen gibt es einen Bereich mit Sofas. Es herrscht angenehm gedämpftes, leicht rötliches Licht. Die Anwesenden sind für meine Begriffe erstaunlich normal gekleidet. Alle tragen zwar Schwarz, aber nur wenige Lack und Leder oder gar Latex. Nackte sehe ich zu meiner Verwunderung nicht.

Als ich mein Entspannungssektchen gekippt habe, beginnt die Führung. Die Barfrau geht mit uns die Treppen nach oben. Zunächst gelangen wir auf eine Art Podest, wo es einen mit schweren roten Vorhängen abzutrennenden Raum gibt. Ein Sofa, ein Tisch, ein Andreaskreuz und eine brennende Kerze machen die Einrichtung aus. Um diese Uhrzeit ist der Raum noch leer.

Wir gehen weiter nach oben zu den Umkleideräumen und Duschen und dann noch ein paar Treppen höher in die Orient-Lounge. Ich fühle mich ans *Km 5* auf Ibiza erinnert: Unter grün-roten Zelten sitzen ein paar Männer auf altmodisch gemusterten Sofas. Zu ihren Füßen Frauen auf Perserteppichen, die in einem anderen Umfeld vielleicht altmodisch gewirkt hätten. Hier passen sie perfekt. Die meisten Frauen sind angezogen, manche halbnackt und eine sitzt sogar komplett ohne Kleidung da.

Wir gehen weiter an die Bar, wo sich einige Leute unterhalten, trinken und rauchen. Der Bar gegenüber schaut man hinunter auf die Tanzfläche. Es kommt mir unendlich hoch vor. Wir gehen weiter in den Members-Bereich, wo ein Buffet aufgebaut ist. Es gibt mehrere Sitzecken mit Spielmöglichkeiten: Tische mit Löchern in der Mitte, unter den Sitzen eine Art Verlies mit Gittern davor. Die Polster kann man nach oben klappen und dem, der sich im Verlies befindet, den Hintern und sämtliche Geschlechtsteile entgegenstrecken. Vielleicht eignen sich diese Möbel auch noch für ganz andere Dinge, über die ich lieber nicht genauer nachdenken möchte. Auch mehrere lange Tafeln sehe ich, an denen diniert wird. Insgesamt erinnert die Atmosphäre an ein gemütliches Wohnzimmer.

Weiter geht's in den Klinikbereich. Der sieht tatsächlich aus wie eine etwas veraltete Frauenarztpraxis. Die Wände sind weiß gekachelt, keine Fenster, grelles Licht, ein elektrischer Gynstuhl, ein Tropf daneben. Wir verlassen den Raum schnell, was mir nur recht ist, und befinden uns nun auf einer Art Empore. Vor uns geht es wieder weit in die Tiefe. Über eine Treppe gelangt man hinunter auf ein weiteres Podest, wo sich zwei Räume befinden. Im ersten gibt es ein großes Rad, an das man eine Person fesseln kann, um sie dann auf den Kopf zu stellen. Daneben besichtigen wir einen Raum mit einem Bett, dessen Höhe elektrisch verstellbar ist, überzogen mit einem Laken aus Latex.

Die Atmosphäre hat sich mittlerweile komplett verändert: Hier komme ich mir eher wie in einer alten Kirche vor. Über eine weitere Treppe gelangen wir ins Erdgeschoss. Die ganze

Halle ist im gotischen Stil gehalten. An den Wänden hängen Bilder mit zweideutigen Szenen, in der Mitte des Raumes stehen ein Pranger, ein Andreaskreuz und ein goldener Thron, auf drei Stufen erhöht, mit einem kleinen Podest davor. Im hinteren Bereich hängt ein rechteckiger Rahmen horizontal von der Decke herab. Er ist mit vier dicken Eisenketten an der Decke befestigt. Dahinter steht ein Bock aus Leder. Die Wände sind fantasievoll, aber für meinen Geschmack ein wenig zu kitschig mit Drachen und Feen bemalt.

Durch einen Rundbogen gehen wir durch eine Art Wohnzimmer mit Kamin in den romanischen Bereich. Diese Location ist unglaublich riesig und scheint kein Ende zu nehmen. Dabei übt sie einen äußerst prickelnden Einfluss auf meine Stimmung aus. Ich erblicke eine Bar, die auch als Kulisse in einem Film über König Artus dienen könnte, ein Fenster wie aus einer Kirche, darunter mehrere übermannshohe Holzpflöcke mit Fesselmöglichkeiten und eine lange Tafel wie in einem Rittersaal. Der massive Tisch ist aus grobem Holz, eiserne Kronleuchter hängen darüber. Der gesamte Raum ist langgestreckt wie ein Kirchenschiff.

Als wir am Ende sind, fällt unserer Führerin ein, dass sie sogar noch einen Raum vergessen hat, Ich wundere mich hier über nichts mehr. Also begeben wir uns wieder in der gotischen Halle nach oben und gehen über die Treppe in einen kleinen dunklen Raum, der in zwei Teile getrennt ist. Meine Augen müssen sich erst an das rot schimmernde Licht gewöhnen. Vor mir steht ein Bock, der es ermöglicht, die Beine und Arme beim Daraufknien seitlich abzustützen. Wenn man kleine Eisenstangen vorschiebt, gibt es aus der Position auf allen vieren kein Entkommen und man ist gezwungen, mit dem Hintern zur Tür zu knien, so dass jeder, der den Raum betritt, einem direkt zwischen die Beine sehen kann. Der hintere Teil des Raumes kann mit einem Vorhang abgetrennt werden, hinter dem eine Liebesschaukel baumelt.

Nachdem uns unsere Führerin verlassen hat, gehen Ben und ich wieder nach draußen und schauen über das Geländer nach unten in den großen Raum. Mittlerweile haben sich dort mehrere Leute eingefunden. Eine Lady, die ich zwischen 40 und 50 schätze, macht sich an ihrem Sklaven zu schaffen. Sie trägt Lackstiefel mit sündhaft hohen Absätzen, dazu halterlose Strümpfe, Hotpants und ein knappes, geschnürtes Oberteil, ebenfalls aus Lack.

Ich bewundere ihr Aussehen, denn trotz ihres schon etwas fortgeschrittenen Alters kann sie diese Kleidung sehr gut tragen. Der Sklave kniet nackt auf allen vieren vor ihr. Er mag etwa im gleichen Alter sein. Sie verbindet ihm die Augen und schlägt ihn mit einer langen Gerte. Der Gedanke, ich könnte an seiner Stelle sein, macht mich irgendwie an. Sie fixiert ihn am Andreaskreuz, setzt Klammern an seine Brust und an sein erigiertes Glied. Und alle schauen zu. Er verzieht kurz schmerzerfüllt das Gesicht, bevor sie ihm die Klammern mit der Gerte vom Körper schlägt. Obwohl ich so etwas noch nie erlebt habe, kann ich mir gut vorstellen, wie das wehtun muss. Dem Mann ist eindeutig anzusehen, dass er sich sehr beherrschen muss, um nicht vor Schmerzen laut aufzubrüllen. Die Domina tritt an ihn heran und nimmt seinen Schwanz in die Hand. Ihr Gesicht nähert sich langsam dem seinen, dann küsst sie ihn kurz, während sie beginnt, ihn zu massieren. Ich könnte mir vorstellen, dass die beiden Lehrer sind. Ich sehe sie vor meinem inneren Auge gemeinsam an ihren Schreibtischen im Lehrerzimmer eines deutschen Gymnasiums sitzen. Diese Vorstellung passt hervorragend.

Plötzlich spüre ich Bens große Hand auf meinem Rücken. Er drückt mich mit dem Oberkörper nach vorn auf die Balustrade, an der wir stehen, und fasst mir zwischen die Beine. Ich bin nass wie immer. Es ist mir überhaupt nicht aufgefallen. Er schlägt meinen Rock nach oben und beginnt, mich mit der Hand auf den Hintern zu schlagen. Warum tut das bei ihm nur immer so weh? Ich reiße mich zusammen, dass mir nicht zu laute Schreie über die Lippen kommen, während ich der Lady und ihrem Sklaven bei ihrem Treiben weiter zusehe. Ein zweites Paar betritt jetzt den Raum unter uns. Der Mann und die Frau sind beide klein und dünn. Sie hat dunkle Haare und trägt ein schwarzes kurzes Kleid, halterlose Strümpfe und Stiefel. Die beiden gehen um den Pranger herum und unterhalten sich leise. Es scheint, als würden sie sich kaum kennen. Die Frau wirkt sehr schüchtern und unsicher.

Wir begeben uns eine Ebene weiter nach unten, wo wir das Schauspiel aus einem anderen Blickwinkel betrachten können. Ich knie mich auf einen Stuhl und bekomme weitere Schläge auf den Hintern. Mittlerweile hat die Lady ihren Sklaven losgebunden und sich auf den Thron gesetzt, wo er ihr jetzt die Stiefel lecken darf. Ben macht mich immer geiler, während ich den beiden zusehe. Mal schlägt er mich, dann ist er wieder mit seiner Hand zwischen meinen Beinen und lässt seinen Finger um mich kreisen. Manchmal sanft, manchmal so fest, dass ich es kaum aushalte. Die Schüchterne wird von ihrem Begleiter angewiesen, sich mit dem Oberkörper nach vorn zu beugen und ihren Kopf in den Pranger zu legen. Dort fixiert er ihn. Ebenso die Hände. Das Ganze dauert eine Weile. »Diese Frau ist sehr devot«, sagt Ben, »aber der Typ ist unfähig.« Ich schaue ihn an, er greift mir ins Haar und küsst mich. Die Frau steht jetzt am Pranger, den Oberkörper nach vorn gebeugt, doch es geschieht nichts. Er geht nur ein wenig um sie herum und macht sie dann umständlich wieder los. Danach verschwinden die beiden. *Was war denn das jetzt?*, frage ich mich.

Immerhin muss der Sklave jetzt vor seiner Lady knien und sie holt ihm einen runter. Auch das Andreaskreuz wurde von einem weiteren Paar wieder in Beschlag genommen. Ein junger Mann fesselt seine unscheinbar wirkende Freundin an das Holz. Auch er tut das extrem umständlich. »Komm«, sagt Ben, zieht mich an den Haaren von meinem Stuhl und an der Hand hinunter in den Raum. Er geht so schnell, dass ich ihm auf meinen hohen Absätzen kaum folgen kann. Vor dem Pranger bleibt er stehen und nach einer kleinen Kopfbewegung von ihm stelle ich mich breitbeinig davor, die Hände auf dem Rücken. Er nickt und lächelt mich an. Ich senke meinen Oberkörper auf das weiche Leder vor mir, lege den Kopf in die große Aussparung und die Hände in die beiden seitlichen kleineren.

Ich tue mich schwer, auf meinen hohen Absätzen nicht wegzurutschen, und muss immer wieder mal das eine oder andere Bein näher zum Pranger heranziehen. Ben schiebt meinen Rock weiter nach oben. Der junge Mann ist immer noch mit dem Fesseln seiner Freundin beschäftigt. Die Domina hat von ihrem Sklaven abgelassen, er sitzt jetzt entspannt zu ihren Füßen. Ich merke, dass sie uns beobachten. Die Schüchterne steht mit ihrem Begleiter etwas abseits im Raum. Ein paar Leute kommen herein. Seltsamerweise ist es mir egal, dass mir jeder zwischen die Beine schauen kann. Es macht mich nicht mal sonderlich an, ich warte nur gespannt ab, was Ben jetzt tun wird. Er tritt hinter mich, streichelt meinen Hintern, fasst mir zwischen die Beine und schiebt sich langsam nach vorne in Richtung meines Kitzlers.

Im ganzen Raum ist es extrem still. Keine Musik, keiner gibt einen Ton von sich. Nur hinter mir höre ich irgendjemanden leise flüstern. Die ganze Atmosphäre ist geprägt von Ruhe und Entspannung. Ich beginne leise zu stöhnen und hoffe, dass ich nicht gerade unter dem Pranger auf den Boden tropfe. Er macht noch ein bisschen weiter, dann stellt er sich vor mich und streichelt meinen Kopf. Ich hebe ihn leicht an, soweit es eben geht, und schaffe es, ihm ins Gesicht zu sehen. Er bekommt mit, dass ich ihm etwas sagen will. Etwas, das niemand sonst hören soll. Er beugt sich zu mir herunter. »Was ist, mein Schatz, geht es dir gut?«, flüstert er. Ich gebe ihm mit einem kleinen Nicken zu verstehen, dass alles in Ordnung ist. Er lächelt und wartet ab. Als ich nichts sage, kommt er mit seinem Ohr noch ein kleines Stück näher an meinen Kopf. »Schatz«, flüstere ich, »du würdest mich doch nie hier lassen und einfach weggehen?« Ich weiß gar nicht, was ich befürchte, das mir hier eigentlich passieren sollte. Selbst wenn er gehen würde, könnte ich immer noch jemanden um Hilfe bitten, mich loszumachen. Aber das wäre mir sehr peinlich. Ben lacht laut auf. »Nein, das würde ich nicht tun«, sagt er, »zumindest jetzt noch nicht.«

Ich senke den Kopf wieder, er tritt hinter mich und klatschend landet seine Hand auf meinem Hintern. Es brennt. Ich verkneife mir aber, irgendeinen Ton von mir zu geben. Abwechselnd schlägt er mich links und rechts. Manchmal kurz nacheinander, manchmal in unregelmäßigen Abständen. Nach einer kleinen Pause schlägt er mich in ganz kurzen Abständen immer wieder auf dieselbe Stelle. Das Brennen wird so stark, dass mir jetzt doch ein Stöhnen entweicht. Ich beginne zu zittern. Als er nach einer ganz kurzen Pause weitermacht, steigen mir die Tränen in die Augen. »30 abwärts«, sagt er und ich beginne zu zählen. 30 ... 29 ... 28 ... Ab und zu lässt er mir eine kurze Pause. 15 ... 14 ... 13 ... Er fasst mir zwischen die Beine. »Geiles Stück«, sagt er. »Na? Schaffen wir den Rest auch noch?« Ich nehme das als rhetorische Frage und sage nichts. Da schlägt er richtig zu, so dass ich kurz aufschreie. »Du hast mir zu antworten«, fordert er. »Ja«, sage ich schnell. »Was ja?« – »Ja, den Rest schaffen wir auch noch.« – »Gut.« Er schlägt wieder zu. 12, zähle ich, 11 ... 10 ... 9 ... 8 ... Pause. Meine Knie zittern. 7 ... 6 ... 5 ... Ich spüre, wie mein Hintern brennt, als er zwischendurch sanft seine Hand darübergleiten lässt. Dann legt sich seine andere Hand auf meinen unteren Rücken, was mir ein Gefühl der Sicherheit gibt. In diesem Moment spüre ich, wie sehr ich ihn liebe. Es folgen die letzten vier Schläge, bevor alles vorbei ist und ich mich entspanne.

Ich atme tief durch und spüre nicht den kleinsten Widerstand beim Luftholen, ich fühle mich so lebendig. Kurz lässt Ben seine Hand noch mal zwischen meine Beine gleiten, dann löst er meine Fesseln. Ich bleibe kraftlos auf dem Bock liegen und lasse die Arme seitlich fallen, ziehe die Beine an, nehme sie ein bisschen zusammen und gehe leicht in die Knie. Ben tritt wieder hinter mich, schiebt seine Hand unter meinen Bauch und zieht mich nach oben. Ich habe die Augen geschlossen. Er dreht mich um, dass ich mit dem Gesicht zu ihm stehe. Ich öffne die Augen und schaue ihn an. Wir sprechen nicht. Er streichelt mir über den Kopf. »Das hast du schön gemacht, mein tapferes Mädchen«, sagt er und ich küsse ihn.

Eine kleine Weile stehen wir noch so da, er umarmt mich, drückt mich fest an sich und küsst mich auf die Stirn. »Komm«, sagt er, zieht mich aus dem Raum an die Bar und bestellt mir etwas zu trinken. Der Sekt steigt mir schnell in den Kopf. Ich sitze da wie benebelt, mit brennendem Hintern, was keiner sieht, geröteten Wangen und wahrscheinlich etwas glasigen Augen. Ich fühle mich seltsam in mich selbst zurückgezogen und sehr entspannt.

Ben unterhält sich angeregt mit der Dame hinter der Bar. Manchmal schaut sie mich etwas besorgt an, weil ich jetzt so still bin, wo ich doch vorher noch so fröhlich geplappert habe. Ich lächle sie entspannt an. »Geht's dir gut?«, fragt sie. Ich nicke und Ben streichelt mir über den Kopf. Er stellt sich neben mich, während er sein Bier trinkt, und ich lehne mich gegen seinen großen, warmen Körper. »Möchtest du noch etwas trinken?«, fragt er. Ich nicke. »Cappuccino«, sage ich und grinse. Irgendwie ist mir danach. Er schaut mich etwas verwundert an und wendet sich dann an die Bardame: »Habt ihr Cappuccino?« Sie nickt und wir setzen uns etwas abseits auf ein Sofa. Ich lehne mich an ihn und fühle mich einfach nur wohl. Alles ist so schön hier. Ich lasse meinen Blick schweifen: so sauber und ruhig und harmonisch und angenehm.

Wenig später gehen wir wieder nach oben, streifen etwas umher, halten mal hier, mal dort an. In der Orientlounge steht eine nackte Frau, vornübergebeugt auf ein Sofa gestützt. Ein Mann steht hinter ihr und schlägt sie mit einer Gerte. Er kommt mir bekannt vor, ich weiß aber nicht, woher. »Der ist kein Weichei, der hat richtig Zug drauf«, kommentiert Ben. »Das könnte ich mit dir nicht machen.« Warum ist er sich dessen so sicher? So wehleidig bin ich auch wieder nicht.

Er führt mich in den kleinen Raum mit dem Bock, auf dem man so schön knien kann und mit Metallstäben fixiert wird. Ohne abzuwarten, gehe ich auf das Ding zu, schiebe meinen Rock nach oben und knie mich hin. Er fixiert mich und dann schlägt er mich wieder. »Nur zehn«, sagt er. »Mitzählen!« Ich spüre keinen Widerstand in mir und lasse es einfach geschehen. Ab und zu betreten Leute hinter uns den Raum. Als er sich wieder zwischen meine Beine schiebt und mich dort streichelt, gebe ich leise Laute von mir. Wie ich das auch zu Hause tue. Es ist mir mittlerweile egal, wer mich hört. Er macht immer weiter, bis ich kurz vor dem Orgasmus bin. Doch ich bekomme ein Verbot. »Noch nicht«, sagt Ben, macht mich los, schiebt den Vorhang im hinteren Teil des Raumes zur Seite und bedeutet mir, mich in die Liebesschaukel zu legen.

Komischerweise finde ich das heute kein bisschen peinlich und merke, dass das ein sehr angenehmes Gefühl ist. Ich kann mich total entspannen. Und bei jeder Bewegung schwingt das Ding sanft hin und her. Ich fühle mich nahezu schwerelos. Erst mal bleibt Ben zwischen meinen Beinen stehen und streichelt mich weiter. Immer wenn er merkt, dass ich kurz davor bin zu kommen, übt er starken Druck auf meinen Kitzler aus und zögert die Sache so noch eine Weile hinaus.

Außer uns ist keiner mehr im Raum. Ich befinde mich in einem Zustand der absolut entspannten Geilheit. Es ist mir egal, was er mit mir macht. Was es auch ist, ich bin jetzt an einem Punkt angelangt, wo mich einfach alles geil macht. Als er mir einen Finger vorn rein und einen in den Hintern schiebt, kann ich mich kaum noch beherrschen. Schnell hört er deshalb damit auf und öffnet seine Hose. »Erst will ich dich noch ein bisschen ficken«, sagt er und tut das dann auch. Ich bin so eng, dass er es kaum schafft, in mich zu kommen. Ich sehe ihn dabei an – erkunde seinen Gesichtsausdruck im Halbdunkel in dem Moment, als er in mich kommt, und dann, als er zustößt. Seine Hände krallen sich in meine Hüften und ich bin jetzt nicht mehr still. Ich habe meine Hemmungen verloren. Vielleicht kann ich ja so kommen, denke ich und genieße jede Bewegung, spüre, dass ich Gänsehaut bekomme. Ich sage ihm, dass ich ihn liebe, und kurz darauf kommt er mir zuvor, tritt neben mich und sein warmes Sperma tropft auf mein Gesicht. Ich öffne den Mund und schlucke einen Teil davon. Er küsst mich. Ich mache keine Anstalten, mir das Sperma aus dem Gesicht zu wischen. Dann stellt er sich wieder vor mich. Ein Finger auf meinem Kitzler, einer vorne in mir und einer hinten. Jetzt muss ich mich nicht mehr zurückhalten und er zählt auch nicht runter. Ich kann mich einfach gehen lassen. Ich zögere es aus freiem Willen noch so weit hinaus, wie ich kann.

Als ich so weit bin, dass ich weiß, es gibt jetzt kein Zurück mehr, betreten zwei Männer den Raum und unterhalten sich. Kurz öffne ich die Augen und schaue Ben an. Müssen die gerade in diesem Moment kommen? Er nickt mir aufmunternd zu und ich versuche, mich wieder zu entspannen. Die beiden bleiben im Raum und plötzlich bringt mich das dazu, mich gerade deshalb noch mehr gehen zu lassen. Ich werde immer lauter, entspanne mich völlig und habe nur noch die Absicht, diesen Orgasmus jetzt zu genießen, entsprechend heftig bricht er dann auch über mich herein. Erst als ich fertig bin, verlassen die beiden Männer den Raum wieder und ich spüre eine solch tiefe Entspannung, dass ich mir wünsche, diese Schaukel würde bei uns zu Hause hängen und ich könnte jetzt einfach so darin einschlafen.

Stattdessen finden wir uns leider wenig später wieder unten an der Bar ein und genehmigen uns zum Abschluss noch etwas zu trinken. Beiläufig schaue ich auf die Treppe, wo gerade zwei Personen herunterkommen. Der Mann ist der, der vorher die nackte Frau mit dem Rohrstock geschlagen hat und mir dabei so bekannt vorgekommen ist. Und plötzlich weiß ich, woher ich die beiden kenne: Ich habe sie vor Jahren auf Ibiza kennengelernt. Wie sich herausstellt, erinnern sie sich ebenfalls noch an mich. So kommt es, dass wir den Abend bei einem netten Gespräch ausklingen lassen, in dem ich erst mal erklären muss, wie es denn kommt, dass man mich in einem solchen Laden wie diesem hier trifft.

5.

Kerzenlicht

Nichts ahnend komme ich von der Arbeit nach Hause. Ich freue mich auf den ersten Abend, seit wir aus Hamburg zurück sind, an dem Ben und ich mal nichts vorhaben. Ben schreibt zurzeit an seiner Diplomarbeit. Die ersten Alltagsproblemchen haben sich auch schon eingestellt – er ist mir einfach viel zu unordentlich und ich fühle mich wie seine Putzfrau. Und jeden Abend haben wir uns mit jemand anderem aus meinem Freundeskreis getroffen, damit ihn alle kennenlernen.

»Stehen bleiben«, befiehlt Ben, als ich die Wohnungstür hinter mir geschlossen habe. Der Duft von gutem Essen steigt mir in die Nase und ich stelle mich auf ein Candlelight-Dinner oder zumindest so etwas Ähnliches ein. Stattdessen werden mir erst mal der Mantel und die Handtasche abgenommen und ich muss die Schuhe ausziehen. »Im Bad liegt deine Kleidung«, sagt er. Als ich das Badezimmer betrete, sehe ich zu meiner Verwunderung nichts als meine schwarzen Lack-Overknees auf dem Boden. Ich ziehe sie an, setze mich ansonsten völlig nackt auf den Klodeckel und warte, was passiert. Ohne Aufforderung das Badezimmer zu verlassen traue ich mich nicht. Ich kann schlecht atmen, weil ich aufgeregt bin.

Eine ganze Weile lässt er mich da sitzen, bevor er endlich zu mir kommt. Er steht vor mir, streichelt mir übers Haar und küsst mich. Dann bedeutet er mir, mich auf die Knie zu begeben. Auf allen vieren krabbel ich hinter ihm her ins Wohnzimmer. Der Duft nach Räucherstäbchen steigt mir in die Nase. Ich höre leise Musik und eine mir unbekannte Stimme beginnt plötzlich zu sprechen: »Seit Anbeginn der Zeit herrscht zwischen den Mächten des Lichts und der Dunkelheit ein ewiger Kampf. Immer wieder versucht die dunkle Seite, die Kräfte des Guten aus dem Gleichgewicht zu bringen und die Herrschaft an sich zu reißen. Doch Ungeahntes wurde dadurch erweckt. Höret die Worte der Propheten.«

Was ist das denn?, frage ich mich. Es befremdet mich, aber irgendwie gefällt es mir auch. *Macht nichts*, denke ich, Hauptsache, es versetzt mich in die richtige Stimmung. Mitten im Wohnzimmer steht mein brauner Hocker aus Leder. Davor zwei brennende Kerzen. Ben bedeutet mir, mich über den Hocker zu legen. Ich bin immer froh, wenn ich eine bequeme Stellung einnehmen darf, schließe die Augen und versuche mich zu entspannen. Ganz will es mir nicht gelingen. Der anstrengende Arbeitstag sitzt mir noch im Nacken. Durch meine geschlossenen Augenlider nehme ich das Flackern der Kerzen wahr und spüre, wie er beginnt, meinen Hintern zu streicheln. Dann prüft er, ob ich bereits nass bin. Zu wenig, befindet er.

Eine Weile geschieht nichts. Angenehm warm ergießt sich plötzlich ein riesiger Schwall Wachs über meinen Hintern und meinen Rücken. Er hat mal wieder genau den Punkt getroffen, an dem die Wärme gerade noch angenehm ist. Erst leicht beginnt er meinen Hintern zu tätscheln. Ich weiß schon, was das bedeutet, und das gefällt mir gar nicht. Auch weiß ich, dass das jetzt wieder so sehr schmerzen wird. Aber welche Wahl habe ich denn? So ganz kann ich mich heute nicht dafür begeistern, dass ich schon wieder ein bisschen leiden muss. Es ist mir sogar fast schon zuwider. Ich frage mich, ob ich irgendwann mal an den Punkt kommen werde, dass ich mich gegen diese Schläge wehre und das gar nicht mehr zulassen kann. Oder wird es mir mit der Zeit immer besser gefallen? Ich muss daran denken, wie es war, als Männer ständig Analverkehr von mir wollten. Sie verfolgten ihr Ziel mit einer derartigen Penetranz, dass ich irgendwann schon auf 180 war, wenn sie mit ihrem Finger nur in die Nähe meines Hinterns kamen. Wird es mir mit den Schlägen auch irgendwann so gehen? Und dann? Wie wird Ben damit umgehen?

Während ich noch darüber nachdenke, trifft mich der erste Schlag. Ich habe heute wirklich keine Lust darauf, aber ich sage nichts. Ich fühle mich wie eine kleine Heulsuse und dementsprechend verhalte ich mich auch. Ich versuche, es zu ertragen. Erstens weil ich eine gute Sub sein will, zweitens weil ich das Glücksgefühl danach so sehr liebe und drittens weil ich insgeheim davon träume, wieder mit schönen bunten Striemen auf dem Hintern herumzulaufen, die ich noch die ganze Woche bei der Arbeit spüre. Auch wenn ich mir vorstelle, dass ich eines Tages Striemen trage, die kleine Narben auf meinem Rücken bilden und die nie mehr verschwinden, finde ich das toll. Natürlich würde ich mir solche Striemen nicht von irgendjemandem zufügen lassen. aber wenn ich sie immer mit mir herumtrage als Beweis dafür, dass ich Ben gehöre – diesen Gedanken finde ich ganz schön reizvoll. Nur darf ich dann eben nicht so wehleidig sein. *Also, Zähne zusammenbeißen, wenn ich nicht ewig eine Heulsuse bleiben will.*

Nachdem Ben meinen Hintern mit seiner Hand ein bisschen angewärmt hat, trifft mich die Gerte ziemlich unvermittelt. Sie brennt zwar fies, aber nur auf einer kleinen Fläche. Ich hatte schon ganz vergessen, dass der eigentliche Schmerz erst etwas später eintritt, erinnere mich aber sehr schnell daran, als ich bemerke, dass er dieses Mal erst kommt, als ich mich gerade wieder entspannen will. Ben gönnt mir eine kurze Pause, dann schlägt er erneut zu. Ich beginne zu schreien. Dass ich viel mehr jammere, als ich das zum Beispiel in Hamburg getan habe, liegt das vielleicht daran, dass wir zu Hause sind? Er tätschelt mich mit der Gerte immer auf die gleiche Stelle. Daher weiß ich, wo mich gleich der nächste Schlag treffen wird.

Manchmal schlägt er aber auch unvermittelt zu, in regelmäßigen Abständen oder unregelmäßig. Wenn ich denke, der Schmerz wird zu schlimm, richte ich mich zwischendurch mit dem Oberkörper halb auf und strecke die Beine aus. Wenn er mich lässt, falle ich jammernd und zitternd auf den Hocker zurück. Er streichelt mich und gönnt mir eine Pause. »Dein Hintern ist gerade mal ein bisschen rot«, sagt er. Ich kann mir nicht vorstellen, dass man da so gar nichts sehen soll. Das tut doch so weh ... Vielleicht überlege ich mir das mit den Striemen doch noch einmal ...

Ben bewegt sich von mir weg und ich höre, wie er etwas vom Tisch nimmt. »Ich glaube, es ist genug für heute«, sagt er und in mir macht sich Enttäuschung breit, auch wenn ich weiß, dass er recht hat. Er kommt wieder neben mich, nimmt meinen Kopf und dreht ihn in seine Richtung. Meine Augen sind immer noch geschlossen. Ich spüre etwas Kaltes an meinen Lippen und öffne den Mund. Undefinierbare, kalte Süße schmecke ich. Ein bisschen wie Vanille, ein bisschen wie Sahne und ein bisschen wie Quark. Was hat er denn da zusammengemixt? Ist mir eigentlich egal, Hauptsache, es schmeckt gut. Viel bekomme ich leider nicht davon. Nur zwei Löffel. »Kleiner Vorgeschmack«, sagt er, tritt wieder hinter mich und prüft, ob ich auch schön nass bin. Ich strecke mich ihm entgegen, will, dass er weitermacht. Doch er tut es nicht. Stattdessen höre ich, wie er seine Hose öffnet.

*

Es ist Wochenende und wir betreten den uns wohlbekannten SM-Club kurz vor Mitternacht. Hier haben wir uns vor einigen Monaten zum ersten Mal gesehen – an dem Abend, an dem meine Verwirrung so groß war wie vielleicht noch nie zuvor in meinem Leben. Trotzdem habe ich schon damals deutlich gespürt, dass Ben und ich zusammengehören.

Als wir an der Kasse stehen, wunder ich mich wie immer, wie das gehen kann, dass man hier jedes Mal denkt, es sei noch keiner anwesend, obwohl der Laden gesteckt voll ist. Ich trage wieder mein Hamburg-Outfit und fühle mich toll darin. Wir betreten den Ort der Veranstaltung. Schwarz gestrichene Wände bestimmen das Ambiente, der Party-Bereich erinnert an ein altes Industriegebäude. Ben holt mir erst mal etwas zu trinken und ich schaue mich ein bisschen um.

Viele Leute sind hier, die ich schon öfter gesehen habe. Aber wenige von ihnen kenne ich wirklich. Bis Ron auftaucht. Ich freue mich, ihn zu sehen, und hoffe, dass sich die gespannte Stimmung zwischen ihm und Ben nicht wieder aufbaut, da die Fronten nun geklärt sind. Ron war meine aktuelle Affäre, als ich Ben kennenlernte, und eigentlich war ich an dem Abend, als ich Ben zum ersten Mal sah, mit Ron verabredet. Es versteht sich von selbst, dass damals keiner der beiden Männer besonders erfreut über die Anwesenheit des anderen war. Wenn zwischen Ron und mir auch nie eine Beziehung zur Debatte gestanden hat, so lässt sich sicherlich kein Mann gern die Butter vom Brot nehmen. Noch dazu in aller Öffentlichkeit.

Zum Glück ist Ben überraschend freundlich zu Ron und ich bin froh darüber. Wir stehen ein bisschen herum, und wenn ich Ben von der Seite anschaue, tue ich das immer mit ein bisschen Stolz: *Mein großer, starker Mann, der auch noch so klug ist und der mir so gut tut.* Wenn wir auf SM-Partys sind, finde ich ihn irgendwie immer noch viel toller als zu Hause. Das muss wohl am Umfeld liegen. Hier ist alles erlaubt, keiner stört sich an irgendetwas. Ben könnte mir plötzlich und ohne Vorwarnung ins Gesicht schlagen und keiner würde es seltsam finden, außer mir selbst vielleicht. Außerdem herrscht hier eine ganz andere Atmosphäre als überall sonst. Man fühlt sich wie ein besonderer Mensch in einer anderen Welt.

Auf der Tanzfläche beginnt eine Show, die wir alle drei gähnend langweilig finden. Mich stört in erster Linie, dass sie nur von Frauen vorgeführt wird. Und dann ist sie auch noch so schlecht gemacht, dass man sogar sieht, wie sich die Klinge des Plastikmessers biegt, bevor Kunstblut aus der Spitze heraussickert. Also nicht, dass ich scharf darauf wäre, echtes Blut zu sehen, ganz und gar nicht, aber wenn man der Illusion schon von Anfang an gar keine Chance gibt, dann finde ich das irgendwie auch blöd.

Wir machen uns davon. Kurz bevor Ben mich in die Spielräume ziehen kann, tritt ihm eine blonde Dame in den Weg und begrüßt ihn überschwänglich. Ich kenne sie bereits. An dem Abend, als ich Ben zum ersten Mal gesehen habe, war sie auch da und ging mir damals ziemlich auf die Nerven, weil sie versuchte, sich an Ben ranzumachen. Ich hatte mich zwar noch nicht so richtig entschieden, ob ich ihn nach jahrelanger Suche als meinen Dom haben wollte, aber ihr Erscheinen setzte mich irgendwie trotzdem unter Druck. Ich wende mich also demonstrativ von ihr ab, tue so, als hätte ich sie nicht gesehen, und unterhalte mich lieber mit Ron. Doch irgendwann nimmt Ben meine Hand und ich muss mich zwangsläufig in ihre Richtung drehen. Er legt den Arm um mich und die Blonde sieht mich abschätzig an. »Ach, du bist ja auch wieder dabei«, sagt sie in arrogantem Ton und reicht mir die Hand. Ich nicke nur, ignoriere die mir gebotene Hand und schweige. Ich weiß ja, dass von ihr keine Gefahr ausgeht. Und dass die blöde Kuh auf meinen Mann steht, gefällt mir ja auch irgendwie. Vor allem weil ich weiß, dass sie chancenlos bleiben wird. *Was will die überhaupt von ihm?*, frage ich mich. *Sich etwa von ihm verhauen lassen? Oder sich vielleicht mal richtig durchnehmen lassen, statt immer nur unterwürfige Hündchen vor sich knien zu haben?*, denke ich etwas gehässig und bin froh, dass Ben das Gespräch ziemlich schnell beendet und mit mir in die Spielräume geht.

Im Vergleich zum industriell anmutenden Party-Bereich sind die Wände hier grob verputzt, auf dem Boden liegen breite dunkle Holzdielen und es gibt ein paar Balken im Fachwerkstil. Ein bisschen kommt man sich vor wie in einem mittelalterlichen Bauernhaus. »Hier habe ich dich das erste Mal geküsst. Weißt du noch?«, erinnert sich Ben, als wir an der entsprechenden Stelle stehen bleiben, und nimmt mich in den Arm. Klar weiß ich das noch. Es ist ja noch nicht einmal drei Monate her. »Und hier hast du mir etwas Wichtiges gesagt«, erwidere ich. »Was denn?« Er sieht mich herausfordernd an. »Dass du mich heiraten willst.« Ich schaue verlegen zu Boden. Er legt mir den Zeigefinger unters Kinn, hebt meinen Kopf und küsst mich. »Ja mein Schatz.« – »Willst du das jetzt eigentlich immer noch?«, frage ich. »Aber sicher, mehr denn je.«

Wir schweigen eine Weile, bevor er wieder zu sprechen beginnt. »Ich würde vorschlagen, ich fessele dich jetzt mal ein bisschen dort hinten«, sagt er und deutet auf eine Art Sprossenwand am anderen Ende des Raumes. »Und was, wenn ich etwas dagegen hätte?«, frage ich frech. Gleichzeitig werden meine Knie weich. Es sind mir zu viele Leute im Raum und irgendwie finde ich es auch viel zu hell hier. *Da kann ja jeder alles sehen,* denke ich und weiß genau, dass dieser Zwiespalt der Gefühle irgendwie zu mir gehört.

Im ersten Moment ziere ich mich gern ein wenig und alles scheint mir peinlich und zu krass zu sein, aber eigentlich will ich an die Hand genommen und zu meinem Glück gezwungen werden, wenn ich es nicht alleine schaffe, über meinen Schatten zu springen. Ich glaube, früher war ich nicht so verklemmt, aber wie so vieles scheint auch das mit Ben ein wenig anders geworden zu sein. Irgendwie habe ich jetzt mehr das Bedürfnis nach Privatsphäre und doch macht es mich gleichzeitig unglaublich an, keine zu haben. Wären wir denn hier, wenn ich mir nichts als Privatsphäre wünschen würde?

Ben zieht mich einfach hinter sich her, ohne auf meinen Kommentar einzugehen, und drückt mich gegen die Sprossenwand. Ich bemerke, dass uns die Leute beobachten. Vor allem ein junger hübscher Mann, der in der Ecke auf einem Sofa sitzt. Ben schiebt mir den Rock hoch und überzeugt sich, dass ich geil bin. »Habe ich dir nicht gesagt, du sollst deine Hand- und Fußfesseln mitnehmen?« Seine Stimme klingt fast drohend ganz nah an meinem Ohr, während er sich von hinten gegen mich lehnt. Erst da fällt es mir wieder ein. Ich habe sie tatsächlich vergessen und ärgere mich über mich selbst. Nicht, weil das Vergessen jetzt wehtun wird, sondern vielmehr, weil ich so unachtsam war. Bevor er zuschlägt, streichelt er noch ein bisschen meinen Hintern und ich muss die ganze Zeit an den jungen Mann denken, der da in der Ecke sitzt und uns beobachtet. Das gefällt mir. *Schlag ruhig fester zu*, denke ich, sage das aber lieber nicht. Ich genieße es wie immer, als er seine Hand zwischen meine Beine gleiten lässt, und ich genieße es noch mehr, dass uns jemand dabei zusieht. Ich schließe meine Augen und lege den Kopf dabei in den Nacken. Bens Hand ruht auf meiner Stirn, bevor er mich an den Haaren zieht und mich zu sich umdreht. »Hände auf den Rücken«, sagt er und ich tue, wie mir geheißen, und schaue ihn erwartungsvoll an.

Plötzlich holt er aus und schlägt mich ins Gesicht. Das laut klatschende Geräusch lässt ein paar Köpfe zu uns herumwirbeln. Ich drehe meinen Kopf, der sich durch die Wucht des Schlages auf die Seite bewegt hat, wieder ihm zu und sage ihm mit meinem Blick, dass er ruhig noch mal zuschlagen soll. So leicht lasse ich mich doch nicht unterkriegen! Aber er hält inne. Ein fieses Grinsen legt sich auf sein Gesicht. Was kommt jetzt? »Meinst du etwa, du kommst für das Vergessen der Fesseln mit ein paar Ohrfeigen davon?«, fragt er. Ich nicke vorsichtig lächelnd und ein wenig frech. »Ja, das habe ich eigentlich schon gedacht«, gebe ich wahrheitsgemäß zu und muss mir ein Grinsen verkneifen. Er tritt einen Schritt zurück. »Zeig deine Titten«, sagt er dann so laut, dass es jeder im Raum gehört haben muss. Die Schamesröte steigt mir ins Gesicht. Ich fühle mich, als hätte er mich mit der Faust in den Magen geschlagen. Bitte nicht, denke ich und stehe einfach nur so da. Irgendwie bin ich in diesem Moment so richtig gehemmt.

Ben wartet ab. Irgendwo weiter hinten höre ich jemanden lachen, ein paar Leute beginnen schadenfroh zu flüstern. Ich habe die Wahl, abzuhauen oder diese Situation zu meistern. Wie war das noch mit dem Unterkriegen? Ich hebe mein Kinn ein kleines bisschen, straffe meine Schultern und zu allem Übel sehe ich auch noch, dass meine Feindin, die blonde Domse, ebenfalls unter den Zuschauern ist. Jetzt kann ich mir natürlich erst recht keine Blöße geben. Langsam öffne ich den Reißverschluss meines schwarzen Lackkleides, bis meine Brüste zu sehen sind.

Ben reagiert nicht, ich sehe ihn an und warte. Schließlich tritt er auf mich zu, sieht mich von oben herunter scheinbar spöttisch an, schließt den Reißverschluss meines Kleides mit einem Ruck und greift mir unvermittelt zwischen die Beine. »Habe ich nicht gesagt, Hände auf den Rücken?« Schnell tu ich, wie mir geheißen, und wende meinen Blick nicht von seinem Gesicht. So kann ich es besser ertragen, dass so viele Menschen im Raum sind und mir zusehen. Einerseits macht mich das zwar geil, andererseits ist es aber nach wie vor schwer zu ertragen. Noch schwerer fällt es mir, mir nicht zu viel von meiner Lust anmerken zu lassen, die jetzt in mir aufsteigt, während ich spüre, wie Bens Finger in meine Nässe eintaucht. Plötzlich hört er auf und fasst mich am Kinn. »Knie nieder.« Auch das noch. Ich gehorche ihm und er dreht sich einfach um und begibt sich zum Ausgang. Kurz überlege ich, was ich jetzt tun soll, dann entscheide ich mich, ihm zu folgen und krabbel schnell auf allen vieren hinter ihm her. Fast übersehe ich die Füße des jungen Mannes, der uns die ganze Zeit zugesehen hat und der mich jetzt mit geilem Blick anschaut. Ich lächle ihm zu, aber viel Zeit bleibt mir nicht, weil ich auf allen vieren ja viel langsamer bin als Ben mit seinen langen Beinen.

Im angrenzenden Raum versucht sich einer am Hängebondage. Ich hoffe, dass Ben keine abschätzigen Kommentare von sich gibt. Das wäre mir peinlich. Zum Glück setzt er sich einfach nur in eine Ecke und legt seine Hand auf meine Schulter, als ich ihn – immer noch auf allen vieren – erreiche und mich an sein Bein kuschle. Eine Weile sitzen wir so und da sehe ich doch tatsächlich noch eine andere Frau auf allen vieren an der Leine hinter ihrem Herrn herkriechen. Ein unbehagliches

Gefühl kommt in mir hoch und ich wünsche mir plötzlich, stolz und aufrecht neben meinem Mann sitzen zu dürfen.

Ben erlaubt es mir zum Glück. »Magst du etwas trinken?«, fragt er mich und ich nicke. Heute scheint der Abend der paradoxen Gefühle zu sein. Auf dem Sofa sitzend warte ich auf Ben, bis er die Getränke bringt. Gegenüber sitzt eine Frau, die nichts anhat als ein Paar halterlose Strümpfe. Glücklicherweise muss ich nicht nackt sein, denke ich. Auf dem Rücken der Frau entdecke ich vernarbte Striemen. Wie weh das wohl tut, bis man so etwas hat? Würde ich mich schämen, mit so einem Rücken am Strand herumzulaufen? Oder wäre ich eher stolz? Würden die Leute blöde Fragen stellen? Hier findet das ja keiner schlimm. Aber so gezeichnet in der ganz normalen Welt?

Ein Stückchen weiter weg sitzt noch eine auf dem Boden. Angeleint. Vor ihr auf dem Sofa ihr Herr. Sie hat den Blick von ihm abgewendet. Nur wenn er sie anspricht, schaut sie ihn an, wendet den Kopf aber gleich wieder ab. Ben streichelt mir die Wange und ich sehe ihn liebevoll an. Er lächelt. Wenn ich Ben nicht ansehen dürfte, wann ich will, würde sich das komisch anfühlen.

Der junge Mann mit dem Bondageversuch ist noch nicht sehr viel weiter gekommen. Seine Sub hat jetzt einen riesigen Knoten auf dem Rücken. Ob er überhaupt noch Seile in seiner Tasche hat? Ich sehe meine blonde Feindin schon wieder an uns vorbeigehen. Vielleicht hofft sie auf eine neue kleine Show. Sie lächelt Ben zu, kommt aber nicht zu uns herüber. Umso besser!

Ich glaube, Ben wird es langsam langweilig, dem verkorksten Bondage zuzusehen, und so bedeutet er mir aufzustehen. Ich stehe vor ihm und weiß nicht so recht, was er von mir will. Als er den Arm nach mir ausstreckt, setze ich mich auf sein Bein, wenn mir das auch komisch vorkommt. Er schüttelt den Kopf, ohne was zu sagen, und ich erhebe mich schnell wieder. Er könnte ja mit mir sprechen, tut es aber nicht. Ich versuche es mal mit Umdrehen, vielleicht will er ja irgendetwas mit meinem Hintern anfangen. »Komm her«, sagt er und ich drehe mich wieder zu ihm, ich bin immer noch ratlos. »Was ist denn?«, fragt er mich und ich zucke die Schultern. »Was willst du denn von mir? Was soll ich tun?« – »Ssssch ...«, er nimmt meine Hand. Jetzt stehe ich einfach nur da, sehe ihn an und warte ab, dass er mir zeigt, was ich machen soll.

Sanft zieht er mich in seine Richtung und ich folge ihm. Als ich mit meinem Bein vor seinem Oberschenkel angekommen bin, zieht er immer weiter, so dass ich jetzt meinen Oberkörper nach vorn bewegen muss. Als ich endlich auf seinem Schoß liege, frage ich mich, was eigentlich so schwierig daran war, seinen Wunsch zu verstehen. Vielleicht habe ich es gar nicht in Betracht gezogen, dass er sich hier in gemütlicher Runde mit anderen, die sich unterhalten, ein bisschen mit meinem Hintern beschäftigen will.

Weil er noch nichts tut, beobachte ich unterdessen zwei, die sich an der Liebesschaukel in der Ecke zu schaffen machen. Ben zieht mal wieder meinen Rock nach oben. Zum Glück muss ich nicht die Beine spreizen, alle, die danebensitzen, könnten mir sonst aus unmittelbarer Nähe dazwischensehen. Und dann beginnt er, mich zu schlagen. Mitten in dieser illustren Runde. Ob das wohl die anderen interessiert? Ob sie überhaupt hinsehen? Ich frage mich, warum ich die Schläge in einer solchen Atmosphäre immer viel besser ertrage als zu Hause. Allerdings komme ich trotzdem schon nach nicht sehr langer Zeit an meine Grenze. Er schlägt mich immer auf dieselbe Stelle und meine Position wird mir langsam zu unbequem. Ich habe keine Lust mehr. Soll ich mich wehren? Wohl besser nicht.

Wenig später nutzt es nicht mehr viel, ich beginne leise zu jammern. Er zeigt sich unbeeindruckt und macht weiter. *Wie kann denn das sein, dass ich nicht mal seine Hand aushalte*, frage ich mich zum wiederholten Male. Mein Jammern wird immer lauter. »Stell dich nicht so an«, sagt Ben und ich versuche mich zusammenzureißen. Doch ich schaffe es nicht. Ich will, dass er sofort und auf der Stelle aufhört, ich sage das aber nicht, sondern beginne zu zappeln. Er nimmt mir meine Bewegungsfreiheit einfach nur dadurch, dass er einen Arm in meine Kniekehlen legt. Verdammter Mist! Mir steigen Tränen in die Augen und ich weiß nicht, ob aus Wut oder vor Schmerzen.

Nach einem kurzen Kontrollgriff zwischen meine Beine erhebt er sich endlich. »Mitkommen«, sagt er und zieht mich an den Haaren hinter sich her in den Darkroom. Hier haben wir gestanden, als ich mich an unserem ersten Abend rückwärts in seine Arme fallen lassen musste. Ich erinnere mich genau an diesen Moment. Wie ich dastand und nicht wusste, was er von mir wollte, als er sagte: »Lass dich fallen.« Erst beim dritten Versuch habe ich es geschafft, seinen Befehl, der eigentlich ganz banal war, zu befolgen. Damals wollte er mir damit sagen, dass er immer für mich da sein wird. Keiner hat vor ihm ähnliche Dinge von mir verlangt.

Ben drängt mich in eine Ecke. Der Raum ist voller Leute, die relativ leise zugange sind. Ab und an hört man mal ein Stöhnen, dann ein lauteres Atmen und manchmal dringen die Orgasmus-Geräusche einer Frau durch die Dunkelheit an mein Ohr. Mal wieder fällt mir auf, dass man von den Männern meist nicht viel hört, wenn sie kommen. Warum ist das so? Ich habe auch andere erlebt und fand es immer sehr geil, wenn sie laut waren, aber die Regel ist das nicht.

Die sexuell aufgeladene Atmosphäre und das Stöhnen aus der Dunkelheit machen mich rasend vor Geilheit. Ben zieht mich an den Haaren auf die Beine. »Rock hoch«, befiehlt er und ich freue mich schon darauf, endlich gefickt zu werden. Ich lehne mich mit dem Rücken gegen die Wand und wundere mich, dass Ben seine Hose wider Erwarten nicht öffnet. Stattdessen legt sich seine Hand auf meinen Hals und drückt mich gegen die Wand. Ich kann nicht frei atmen und gerate kurzzeitig in Panik, suche Blickkontakt, soweit das im Dämmerlicht möglich ist. Seine Augen beruhigen mich und ich spüre wieder das Brennen in meinem Unterleib. Er berührt mich nicht. »Los, mach's dir selbst«, sagt er dann und erst mal bin ich ein wenig enttäuscht, aber irgendwie trotzdem froh, dass ich meine aufgestaute Geilheit endlich loswerde. Meine rechte Hand gleitet zwischen meine Beine und der Orgasmus naht ziemlich schnell. Als Ben merkt, wie ich immer geiler werde und dass ich es bald nicht mehr aushalte, lehnt er sich gegen mich, um mich zu stützen. Er weiß, dass ich Probleme habe, mich auf den Beinen zu halten, wenn ich komme.

*

Ich fühle mich total verschmiert und zerzaust, als ich wenig später neben Ron sitze und an einem Käsebrötchen kaue. Wie immer danach bin ich sehr entspannt und spreche nicht viel. »Na? War's schön?«, fragt Ron und sieht mich belustigt von der Seite an. Ich nicke nur, lächle ihn entspannt an, nehme einen weiteren Bissen vom Brötchen und lehne meinen Kopf an Bens Brust. Vielleicht können wir ja zu Hause noch ein bisschen ficken, hoffe ich. Oder noch besser auf dem Weg nach Hause, irgendwo im Wald auf der Kühlerhaube oder so.

6.
Der Countdown läuft

Als ich am Freitagnachmittag das Büro verlasse, bin ich überglücklich. Ich habe Urlaub. Zehn Tage muss ich da jetzt nicht hin. Zehn Tage lang kann ich bei meinem Schatz bleiben. Noch im Auto bekomme ich eine SMS von ihm. »Nenn mich Gott, 1,0!« Das ist die Note seiner soeben bestandenen Diplomprüfung. Er betrachtet diese Prüfung nicht einfach nur als eine weitere Station auf seinem Lebensweg, so wie ich das vielleicht täte. Nein, er sieht seinen Abschluss als unser gemeinsames Ticket für ein glückliches Leben.

Natürlich will er an diesem Abend feiern gehen. Und obwohl ich müde bin, ziehe ich mich um und wir treffen uns mit seinem Freund Michael in einem kleinen Restaurant in der Aachener Innenstadt. Ich staune nicht schlecht, als ich den Laden betrete. So etwas gibt es bei uns in Stuttgart nicht. Der Innenraum scheint seit 1678 nicht mehr verändert worden zu sein. Wahrscheinlich wurde er noch nicht einmal renoviert, so kommt es mir zumindest vor. Die Stufen ins obere Stockwerk sind ausgetreten, die massiven Holztische weisen scheinbar Jahrhunderte alte Gebrauchsspuren auf und die Holzdielen auf dem Boden knarren bei jedem Schritt.

Der Alkohol fließt in Strömen und ich beschließe, mich heute ausnahmsweise auch mal zu betrinken. Mit Michael verstehe ich mich wunderbar. Bisher kannte ich ihn nur aus Bens Erzählungen. Er kommt ursprünglich aus Tübingen, was nur wenige Kilometer von meinem Zuhause entfernt ist. Ich gewinne ihn richtig lieb. Ein paar Stunden später ziehen wir zu dritt in betrunkenem Zustand weiter in die Diskothek um die Ecke. Auch die ist ganz anders als bei uns im Süden. Ich komme mir ein wenig vor wie auf einer Schuldisko, was weniger daran liegt, dass die Leute besonders jung wären. Keiner ist so richtig aufgestylt, wie ich das aus meinen geliebten House-Clubs kenne. Alle scheinen hier in dem Outfit aufgekreuzt zu sein, in dem sie normalerweise täglich in der Uni sitzen. Ich sehe sogar in das eine oder andere ungeschminkte Gesicht. In Stuttgart für einen Freitagabend undenkbar! Ich trinke noch mehr Alkohol, merke aber, dass ich mich trotzdem nicht richtig entspannen kann. Vor Bens Freund will ich mal wieder als perfekte Frau dastehen und mache mir Sorgen, dass er mich für dumm halten könnte, wo er doch einen Doktortitel trägt, was mir gehörigen Respekt einflößt. Alles in allem verbringen wir einen gelungenen Abend und fallen erst früh am Morgen völlig fertig in Bens Bett. Am nächsten Tag muss eine Runde Wellness her, da sind wir uns einig!

*

»Wollen wir nicht mal langsam rausgehen?«, fragt mich Ben und wischt sich den Schweiß von der Stirn. Ich schüttle den Kopf und grinse. Seit Jahren war ich nicht mehr in der Sauna, weil ich danach jedes Mal Kreislaufprobleme bekomme. Jetzt, wo er neben mir sitzt, schwitze ich bereits seit zwanzig Minuten und fühle mich pudelwohl. Ich kann gar nicht glauben, dass um mich herum 95 Grad herrschen sollen. Durch ein großes Fenster sehen wir hinaus auf den Pool, auf dessen Oberfläche ein paar kleine Regentropfen ihre Kreise ziehen.

Ich lehne mich an Ben, das wird ihm dann aber doch zu viel. »Auf, raus hier!«, befiehlt er und steht auf. Ich trotte hinter ihm her.

Seit Stunden schon bin ich geil, weil ich mich die ganze Zeit halb, beziehungsweise komplett nackt in seiner Nähe aufhalten muss. Er zieht mich an sich, küsst mich und fasst mir zwischen die Beine, während ein paar Regentropfen im Freien auf unseren Köpfen zerspringen. »Schatz, nicht, hier sind doch überall Leute«, protestiere ich und löse mich schnell von ihm. Während ich über die winterlichen Steine hinter ihm her ins Warme tappe, ist mir nur an den Füßen ein bisschen kalt.

Wir betreten die Vorhalle zum türkischen Dampfbad und ich wundere mich, dass ich in dieser feucht-warmen Umgebung gar keine Atemprobleme habe. Sowohl Wände als auch Fußböden um mich herum sind mit kleinen blauen Steinen verkleidet. Eine Glastür führt zu einer Nische, die nicht besonders viel Platz bietet. Gierig trinke ich das kalte Wasser, das neben uns in eine kleine goldene Schale rinnt. Benetze auch mein Gesicht damit. »Mach die Beine breit«, sagt Ben, als ich ihm gegenübersitze. So betrachtet er mich eine Weile, während ich mich zurückhalten muss, mich nicht selbst anzufassen. Er beugt sich nach vorn und berührt mich. Er kneift mich in die Brustwarzen, was meine Geilheit noch steigert, bevor seine Hand wieder zwischen meine Beine wandert. Dann muss ich mich neben ihn setzen. Den Rücken an die warme, nasse Wand gelehnt, die Beine vor mir aufgestellt, sitze ich da und schaue ihn an. Er lächelt. Dann streichelt er mich weiter. Ich schließe die Augen. Was, wenn ich jetzt kommen würde? Ich könnte es jederzeit.

Ab und zu blinze ich durch meine geschlossenen Augenlider, weil ich Angst habe, vor der Glastür könnte plötzlich ein Angestellter der Badeanstalt auftauchen und uns bei unserem Treiben erwischen. Plötzlich packt mich Ben an den Haaren und zieht mich unsanft von der gekachelten Bank auf den Boden. Er nimmt meinen Kopf, presst ihn zwischen seine Beine und beginnt, mich in den Mund zu ficken. Ich erschrecke, als auf einmal die Glastür aufgeht und mich ein kühler Windhauch streift, und traue mich anfangs vor lauter Scham, wie ich da knie, nicht aufzusehen. Zum Glück ist es nicht der Bademeister, sondern nur ein junger Mann mit seiner Freundin. Ich entspanne mich ein wenig, die beiden schließen die Tür und setzen sich uns gegenüber. Sie scheinen nur wenig jünger als wir zu sein, sind beide ziemlich dünn und nahezu am ganzen Körper tätowiert.

Weil nichts geschieht, beginne ich langsam wieder, mich auf Bens Schwanz zu konzentrieren. Aus dem Augenwinkel und durch die neblig-feuchte Luft sehe ich, wie die fremde Frau den Schwanz ihres Typen in die Hand nimmt und ihn massiert. Dann beginnt auch sie ihm einen zu blasen und ich stelle mir vor, wie es wohl wäre, wenn wir uns abwechseln würden. Aber so etwas mag Ben ja nicht. Unsere beiden Mitinsassen scheinen weniger Hemmungen zu haben als wir. Der junge Mann zieht seine Freundin jetzt nach oben und dirigiert sie auf seinen Schwanz.

Die beiden beginnen hemmungslos zu vögeln. Sie stöhnt laut auf, als er sich in ihr versenkt, und meine Geilheit wächst ins Unermessliche. Ich spüre Bens Hand in meinem Haar, wie er mich festhält. Keine Ahnung, ob ihn das jetzt gerade genauso anmacht wie mich. Normalerweise sagt er immer, er sei nicht sonderlich daran interessiert, die Geschlechtsteile anderer Männer zu betrachten. Ich hingegen ärgere mich ein wenig darüber, dass ich in meiner Position nicht genauer hinsehen kann, was die beiden da treiben. Dafür machen mich die Geräusche, die sie von sich geben, umso mehr an. Die Frau kommt mit lautem Schreien, noch bevor Ben so weit ist. Ich mache mir ein wenig Sorgen, dass jemand etwas gehört haben könnte, und die beiden verlassen dann auch ziemlich schnell den Ort des Geschehens.

Ben zieht mich wieder neben sich auf die Bank. »So war das ja nicht geplant«, sagt er und kommt mir dabei ein wenig grummelig vor. Wusste ich es doch, dass ihm solche Dinge nicht unbedingt besonders zusagen! »Wären das jetzt zwei Frauen gewesen«, fügt er mit einem Grinsen hinzu, vollendet den Satz aber nicht. Ja, ja, ich weiß schon, auch er fährt auf das ewige Klischee von zwei Frauen mit einem Mann ab, beziehungsweise besser gesagt: zwei Frauen und kein Mann. Das andere hat er nämlich schon mal ausprobiert und so musste ich ihn nicht mehr davon überzeugen, dass ein Dreier in dieser Konstellation für den Mann meistens mehr Stress als Vergnügen bedeutet.

Wir gehen hinaus und er stellt mich erst mal unter die eiskalte Dusche, weil er meint, ich könne das jetzt in zweierlei Hinsicht gebrauchen. Ich finde das gemein. Wie kann man nur den ganzen Tag so geil sein! Und warum muss man dann auch noch so etwas wie eben erleben?

Anschließend bekomme ich zum ersten Mal in meinem Leben eine professionelle Massage. Zum Glück von einer Frau. Eigentlich finde ich das total toll, aber trotzdem kämpfe ich die ganze Zeit damit, mich zu entspannen, und ärgere mich über mich selbst. Irgendwie seltsam, wenn einem ein Mensch körperlich so nahe kommt, den man gar nicht kennt. Als sie beginnt, meine Hände zu massieren, ist mir das schon fast unangenehm.

Umso mehr genieße ich es später, als Ben mich im warmen Thermalwasser wieder in seine Arme schließt und ich mich an ihn kuschle. »Du bist ein Öli«, sagt er und lächelt. Damit spielt er auf das Massageöl an, das sich noch auf meinem Körper befindet und im Wasser so schön glitschig wird. Er küsst mich und bringt mich dann dazu, mich auf die Wasseroberfläche zu legen. Als meine Ohren ins warme Wasser eintauchen, höre ich leise Entspannungsmusik. Seine Hand ruht unter meinem Rücken, um zu verhindern, dass ich untergehe. Ich schließe die Augen und er bewegt sich langsam mit mir durch das warme Wasser. Schon lange war ich nicht mehr so entspannt. Vielleicht hat die Massage ja doch ein bisschen gewirkt. Ab und zu öffne ich die Augen und schaue in den künstlichen Sternenhimmel aus vielen kleinen Lichtern über mir. Ich möchte diesen Moment festhalten. Es geht mir unendlich gut und es macht mich schon wieder an, vor allen Leuten nackt auf dieser Wasseroberfläche zu liegen.

Wir verziehen uns in ein sehr warmes Becken unter blaugoldenen Kacheln, die ein Gewölbe über uns bilden. Neben uns sitzt ein fremder Mann. Er hat mich schon angestarrt, als wir den Raum betreten haben. Und als ich ins Wasser stieg, schaute er mir ganz ungeniert zwischen die Beine. In diesem Moment musste ich daran denken, dass ich hier kaum eine Frau gesehen habe, die rasiert war. Selbst als ich mich neben Ben auf der kleinen Bank im warmen Wasser niederlasse, hört der Typ nicht auf, mich anzustarren. Aber das macht mir gar nichts aus, ganz im Gegenteil. Schließlich wird er sich mir nicht nähern, solange Ben neben mir sitzt, und so suche ich öfter mal provozierend Blickkontakt.

Manchmal bewege ich mich vor Ben, manchmal sitze ich neben ihm und küsse ihn immer wieder. »Schatzi, es ist so schön mit dir«, sage ich. Er lächelt und küsst mich, während ich mich auf ihn setze und mich an seinem Oberschenkel reibe. Seine Hand gleitet, von den Zuschauern unbeeindruckt, zwischen meine Beine. Mittlerweile bin ich so geil, dass ich keine Rücksicht mehr auf meine Hemmungen nehmen kann. Ich lege einfach den Kopf auf Bens Schulter und genieße seine Berührungen, die mich wie immer dem Höhepunkt ziemlich schnell ziemlich nahe bringen. Zwischendurch öffne ich mal kurz die Augen und sehe in das Gesicht des Mannes, der mich vorher so angestarrt hat. Seine linke Hand liegt entspannt auf dem Beckenrand, mit der rechten massiert er ungeniert seinen Schwanz. Ich lächle und sehe ihm weiterhin in die Augen, während ich den Orgasmus nahen spüre. Als ich endlich komme, bin ich natürlich nicht so laut wie sonst. Da wir uns aber ein wenig im Abseits befinden, muss ich auch nicht ganz still sein. Es dauert länger als sonst, und als es dem Ende zugeht, schließe ich meine Augen. Große Entspannung überkommt mich, die ich sehr genieße. Als ich die Augen wieder öffne, ist der Typ neben mir verschwunden.

*

Den perfekten Abschluss eines perfekten Tages zelebrieren wir in einem kleinen hübschen Restaurant, das mich an zu Hause erinnert. Wir essen Dinge, die sich seltsam anhören, aber wunderbar schmecken: Monschauer Senfsüppchen, Jakobsmuscheln auf gebratener Ananas mit Kaffeemayonnaise, Zanderfilet auf Basilikumpüree mit geschmorten Salatherzen, Kartoffel-Cheddar-Käsetaler mit Salat und Kräuterschmand. Den Höhepunkt bildet das Dessert: Karamellisierter Ziegenkäse, mit Parmaschinken umwickelt, den ich selbstverständlich nicht koste, auf einem Bett aus frischen Erdbeeren mit Lauchzwiebeln. Nicht nur der Tag war etwas ganz Besonderes, sondern auch dieses Essen. Und Ben weist mich immer wieder darauf hin, dass er jetzt ja schließlich Akademiker ist. Er scheint sehr stolz zu sein und für mich ergibt sich daraus eine ganz neue Sicht, die ich aufgrund meiner schwäbischen Erziehung nicht kenne: Es scheint nicht für jedermann selbstverständlich zu sein, sein Studium erfolgreich abzuschließen.

*

»Stiefel und Strümpfe an und dann ab ins Bad!«, sagt Ben und ich warte gespannt darauf, was jetzt wohl wieder kommt, sitze auf dem Klodeckel und rauche eine Zigarette. Ich höre Musik. E Nomine. Dann betritt Ben den Raum. Er hat ein Seil in der Hand. Wortlos drücke ich die Zigarette aus und hebe die Hände vor den Körper, damit er mich fesseln kann. Er zieht mich nach oben und ich muss vor der Badezimmertür die Arme nach oben nehmen. Als er fertig ist, klemmt er das Seil in der geschlossenen Tür ein. »Umdrehen«, sagt er und beginnt, mich mit der Hand auf den Hintern zu schlagen. »Ich liebe deinen Arsch«, sagt er. Wenig später nimmt er das Paddel und ich komme mir mal wieder wehleidig vor. Immer wieder macht er Pausen und lobt mich, wie gut ich das mache. Ich verstehe das gar nicht, wo ich mir doch selbst so jämmerlich vorkomme. Wie immer prüft er meine Feuchtigkeit und wie immer ist sie in großem Maße vorhanden. Als er mich losgemacht hat, muss ich mich über den Rand seines Bettes beugen und er fickt mich von hinten. »Ich schau mir selbst dabei so gern im Spiegel zu«, sagt er später. »Warum?«, will ich wissen. »Weil ich deinen Arsch dann auch noch aus einer anderen

Perspektive sehe und weil ich mir dann vorkomme wie ein Tier. Das verstärkt mein Gefühl der Macht über dich.« Wenig später schlafen wir in enger Umarmung ein. Ich kann mir gar nicht vorstellen, wie es sein wird, wenn Ben bald zum ersten Mal arbeiten muss und wir für mehr als vier Monate getrennt sein werden.

*

Die nächsten Tage verbringen wir in völliger Entspannung und großer Harmonie im Bett, beim Shopping, bei Freunden und beim Filmeschauen vor dem Computer. Am einzigen Tag, an dem das Wetter einigermaßen mitspielt, fahren wir ins Phantasialand. Wir fahren so oft Achterbahn, bis mir fast schlecht wird, essen Waffeln mit Sahne und Kirschen und besuchen Bens Mutter, die ich schon sehr lieb gewonnen habe.

Bei Bens bester Freundin am Kaffeetisch erfahre ich, dass ich die erste Frau bin, die er ihr vorstellt. »Warum das denn?«, will ich wissen. »Weil ich ihr immer gesagt habe, dass sie nur eine kennenlernen wird: die Richtige«, erklärt Ben.

*

»Ich habe eine Mail von der Reederei bekommen«, sagt Ben, als ich an seinem Schreibtisch sitze und gerade meine Socken anziehe. Erschrocken schaue ich zu ihm hoch. »Am 4.3. geht's los.« Das ist ja schon in wenigen Tagen! Meine Augen füllen sich mit Tränen. Offensichtlich habe ich den Gedanken an die bevorstehende lange Trennung verdrängt. Wie ein Häufchen Elend sitze ich auf dem Stuhl, schluchze und schaue ihn an. Die Socke, die ich eigentlich gerade anziehen wollte, ist auf den Boden gefallen. Verzweiflung macht sich in mir breit. Ich wusste zwar immer, dass er bald weg muss, aber doch noch nicht so bald!

Bens Gesichtsausdruck geht von Lächeln in Besorgnis über. Er steht auf, kommt auf mich zu, nimmt mich in den Arm und sagt: »Baby, das war nur ein Witz. Heute ist Ostermontag, da schreibt doch keine Reederei E-Mails.« Daran habe ich gar nicht gedacht. Einerseits fällt mir ein Stein vom Herzen, andererseits wird mir in diesem Moment aber auch bewusst, wie es sein wird, wenn der Moment wirklich gekommen ist. Ich will gar nicht daran denken und klammere mich an ihn. Wie soll ich diese vier Monate nur ohne ihn aushalten? »Baby, du kommst doch zu mir aufs Schiff, dann ist die Trennung gar nicht so lange, nur ein paar Wochen. Das geht ganz schnell vorbei«, versucht er mich zu trösten.

Ich muss dann ganz allein hier zurückbleiben, mit meinen Depressionen und Ängsten, die ich mit Sicherheit haben werde, in dieser Ecke von Deutschland, wo ich mittlerweile gar nicht mehr wohnen will, und mit diesem blöden Job, der mich so gar nicht erfüllt, dass ich ihn auch nicht mehr machen will. Alles erscheint mir auf einmal so blöd! »Im Sommer ist alles vorbei, mein Schatz«, sagt Ben und streichelt mir übers Haar. »Dann kündigst du und wir schauen uns die Welt an. Du wirst ein neues Leben beginnen, verlass dich auf mich.« Mich auf ihn zu verlassen, das ist leicht gesagt. Genauso wie einfach zu kündigen. Genau das ist ja mein Problem! Ich kann mir überhaupt nicht vorstellen, dass ich mich dann noch zu etwas nutze fühlen werde, und zu allem Übel wäre ich auch noch finanziell von Ben abhängig. Seltsamer Gedanke!

*

In der vergangenen Woche hat Ben sein Zimmer im Studentenwohnheim ausgeräumt und dieses Wochenende soll seine Abschiedsparty stattfinden. Fünf Tage habe ich ihn jetzt nicht gesehen. Weil es ja irgendwie schon ein besonderer Anlass ist, habe ich bereits am Morgen einen Rock angezogen. Ich weiß zwar, dass die Leute im Wohnheim eher weniger schick durch die Gegend laufen, aber irgendwie fühle ich mich trotzdem nicht overdressed. Das ändert sich schlagartig, als ich, nach fast fünf Stunden Fahrt gerade in Aachen angekommen, die Küche des Wohnheims betrete, die mal wieder vor Menschen fast überläuft. Wie ich da in der Türe stehe, mit meinem Lippenstift und dem kurzen Röckchen, schauen mich alle komisch an. Jetzt komme ich mir doch unpassend angezogen vor.

Auf der Autobahn, kurz vor der Ausfahrt Aachen, habe ich noch meine schwarze Leggins unter dem Rock gegen halterlose Strümpfe getauscht. Irgendwie hatte ich mir meine Ankunft anders vorgestellt: Ben in seinem Zimmer, ich mit Rock und Strümpfen und nichts drunter und dann erst mal eine Runde Sex.

Stattdessen steht er gestresst in einer alten Jogginghose am Herd und rührt in einem großen Topf Chili con Carne. »Wo kommst du denn her?«, fragt mich einer seiner Mitbewohner und mustert mich von oben bis unten. »Von der Arbeit natürlich«, antworte ich. »Lauft ihr da im Süden der Republik immer so durchgestylt rum?« Er wendet sich ab und ich beginne, mich unwohl zu fühlen. Ben begrüßt mich nur kurz und ich weiß nicht so recht, was ich tun soll. Wäre das meine Party, würde schon nachmittags um drei alles perfekt bereitstehen. Planlosigkeit kann ich nicht leiden.

Ich will mich umziehen. Ben beachtet mich gar nicht. Am liebsten würde ich mich einfach umdrehen und davonlaufen.

Stattdessen bleibe ich stehen und warte. Als er sich mir kurz zuwendet, sage ich ihm, dass ich nach oben gehen werde, um mich umzuziehen. »Du kannst auch so bleiben, mein Schatz. Ist ja nicht so, dass es mir nicht gefällt, wie du aussiehst.« Ich könnte heulen und bin wieder mal in einer Situation, die mich total überfordert. Statt einfach ich selbst zu sein, schäme ich mich in Grund und Boden, drehe mich um und gehe schnell nach oben.

Ein bisschen ärgert es mich, dass Ben nicht gleich hinter mir herkommt. In seinem Zimmer liegt nur noch die Matratze auf dem Boden. Die Trostlosigkeit des leeren Raumes beeinflusst meine Stimmung auch nicht gerade positiv. Ich reiße mich zusammen, um nicht loszuheulen. Schließlich will ich ihm nicht den Abend verderben und ich sehe ja, dass er zu tun hat, deshalb kann ich mir jetzt keinen hysterischen Anfall erlauben. Traurig ziehe ich meine Strümpfe aus, schnappe mir ein Höschen aus meiner Tasche und hoffe, dass er nicht in diesem Moment dazukommt und mich ertappt. Dann würde er vielleicht darauf kommen, dass ich vorhatte, ihn zu überraschen, und sich schlecht fühlen, weil er es nicht bemerkt hat. Tatsächlich schaffe ich es, mich umzuziehen, bevor er den Raum betritt. Er geht gleich ins Bad, um zu duschen. »Schatz, such mal mein Hemd und mein Jackett und bring's mir ins Bad, bitte«, ruft er mir zu.

Nachdem Ben geduscht hat, haben wir noch eine Stunde, bevor die ersten Gäste kommen, und das ganze Essen muss noch hinüber ins andere Haus geschafft werden. Wir rücken einen alten Tisch in den Gang, es gibt nicht mal eine Tischdecke. Ich versuche, die ganze Sache wenigstens ein bisschen schön zu machen, und lege die Löffel ordentlich aufgefächert auf der Tischplatte aus. Kaum bin ich damit fertig, schleppen zwei von Bens Mitbewohnern den riesigen Topf mit Chili heran. Sie wuchten ihn auf den Tisch und schieben ihn so nach hinten, dass mein Löffel-Kunstwerk gleich wieder zerstört wird. Sie haben nicht mal wahrgenommen, dass sich da jemand Mühe gegeben hat. Typisch! Aber ich werde jetzt nicht die zickige Tussi geben, die sowieso schon total overdressed hier ankam und sich für was Besseres hält, weil sie aus einem Teil Deutschlands kommt, wo man eben nicht alles immer nur locker sieht. Ich schlucke den Kommentar hinunter, der mir auf den Lippen liegt, und gehe einfach weg. Sollen die den Tisch doch selbst dekorieren! Oder auch nicht.

Ich stelle mich hinter die Bar und komme mir schon wieder fehl am Platz vor. Zum Glück taucht im nächsten Moment Bens Freundin Barbara auf, sie nimmt mich in den Arm, stellt ein Bier aus dem Kühlschrank vor mich und schiebt mir eine Zigarette zwischen die Lippen. Wo ist eigentlich Ben? Ich ahne Schlimmes. Zu oft schon bin ich bei solchen Gelegenheiten von Männern den ganzen Abend lang ignoriert worden. Die ersten Gäste trudeln ein und ich bin froh, dass Barbara nicht von meiner Seite weicht. Irgendwie ist es blöd, dass ich keinen hier so richtig kenne.

Ben sehe ich öfter mal aus der Ferne, und als er endlich mal zu uns hinter die Theke kommt, habe ich immerhin schon zwei Bier intus. Er macht keine Anstalten, sich in meinen näheren Umkreis zu begeben. Eine Weile warte ich noch ab, dann stelle ich mich neben ihn. Ich will doch nur ein bisschen Körperkontakt, eine kleine Umarmung, ein Küsschen, dann ist meine Welt wieder in Ordnung. Als ich ihn küssen will, weicht er zurück. »Geh weg mit deiner Zigarette«, sagt er. Ich weiß ja, dass ihn die Raucherei stört, aber damit habe ich in diesem Moment nicht gerechnet und es treibt meine Stimmung nur noch weiter in den Keller. Ich merke, dass ich kurz davor bin, die Fassung zu verlieren, und dass meine Maske der Fröhlichkeit im nächsten Moment von mir abfallen könnte.

Ich entferne mich wieder von ihm, kämpfe mit den Tränen, hoffe, dass das keiner mitbekommt, und lächle schon im nächsten Moment Barbara wieder an, als sei nichts. Mein Bier ist leer, und als ich mir das nächste aus dem Kühlschrank hole, verschwindet Ben wieder. Ich trinke etwas schneller als normal und nehme mir auch gleich das vierte Bier. Vielleicht wird damit alles besser. Bis irgendjemand vorschlägt, Tequila zu trinken. Da taucht auch Ben wieder auf und behandelt mich erneut, als wäre ich nur irgendein beliebiger Partygast. Er kümmert sich nicht mal darum, ob ich auch ein Glas bekomme. Aber Barbara versorgt mich und so langsam schlagen mein inneres Unwohlsein und meine Traurigkeit in Wut um. Der Tequila brennt angenehm im Magen, aber trotzdem lehne ich das nächste Glas ab, weil ich noch nichts gegessen habe. Schließlich dachte ich, dass es hier heute Abend genug zu essen geben wird. Aber im Angebot ist nur Chili mit ekligem Fleisch drin. Da trinke ich doch lieber noch ein Bier.

Als ich sehe, dass Ben im Begriff ist, etwas zu essen, beschließe ich, doch noch einen Versuch zu starten. Er steht an einem Stehtisch, ein Schüsselchen mit Chili vor sich. Noch sind nicht sehr viele Leute da. Schnell flitze ich zum Buffet und hole mir ein Wrap mit Salat. Ich muss mir von anderen Leuten erklären lassen, wie man das überhaupt macht, so ein Wrap. So was kenne ich nicht. Als ich es geschafft habe, gehe ich schnell zu Ben zurück und setze mich neben ihn auf einen Barhocker. Doch kaum sitze ich, rennt er auch schon wieder weg. »Was ist denn jetzt? Können wir nicht mal kurz fünf Minuten was zusammen essen?«, frage ich und kann meinen

Ärger so langsam wirklich nicht mehr unterdrücken. »Schatz, stress mich nicht«, sagt er und dann läuft er doch weg.

Ich sitze da und komme mir schon wieder saublöd vor. Ich werde mich jetzt betrinken. Etwas anderes scheint heute Abend nicht zu funktionieren. Was für ein Scheißtag! Mit meinem angebissenen Wrap begebe ich mich wieder hinter die Theke, wo wenigstens Barbara sich um mich kümmert. Einige Momente später kommt Ben auf mich zugerannt und verlangt nach einem Bier. Ohne dass ich es will, schaue ich ihn böse an, als ich es ihm reiche. Jetzt stutzt er. »Baby, was ist mit dir?« Ich erkenne leichte Besorgnis in seinem Blick. Ich winke ab und drehe mich weg, greife nach meinem Bier, nehme einen Schluck, wende mich Barbara zu und biete ihr eine Zigarette aus meiner Packung an. Wenn ich ihm jetzt sage, wie es schon den ganzen Abend in mir aussieht, muss ich weinen und das will ich nicht vor all den Leuten.

Wenig später habe ich es geschafft, meinen Alkoholpegel immerhin so weit nach oben zu treiben, dass es mir endlich egal ist, was Ben macht. Ich stehe mit Barbara herum, die genauso betrunken ist wie ich, und wir reden über Männer und Sex. Bens alte Jugendfreundin betritt nun auch noch den Raum und ich ärgere mich, als er sich eine ganze Weile mit ihr unterhält. Viel zu lange! *Für die hat er Zeit,* denke ich und frage mich gleich darauf, warum ich denn jetzt auf einmal eifersüchtig auf sie bin. Na ja, das wird wohl an der Situation liegen! Ich verdränge den Gedanken und winke ihr von Weitem zu, obwohl ich weiß, dass ich eigentlich wenigstens kurz Hallo sagen sollte. Aber im Moment habe ich keine Lust, mich um meine Höflichkeit zu kümmern, und kann mich gerade auch gar nicht von Barbaras Erzählungen losreißen. Es ist die übliche Geschichte von der Enttäuschung ihres Freundes über den ach so klischeehaften Männertraum, Sex mit zwei Frauen zu haben, worüber wir beide hysterisch lachen.

Ben dreht sich um und fragt, ob wir über ihn lästern. »Nee, nee, unterhalte du dich ruhig weiter, wir amüsieren uns auch ohne dich köstlich«, gibt ihm Barbara zur Antwort und ich höre einen leicht schnippischen Unterton heraus. Meine Vermutung wird bestätigt, als sie sich wieder an mich wendet. Es kommt mir vor, als wären wir Verbündete. »Wer ist denn die da?« Diesen Kommentar finde ich nicht gerade nett, aber sie ist ja auch betrunken. »Das ist Bens Freundin aus Schultagen, so wie du seine Freundin aus Studientagen bist«, erkläre ich ihr. »Pffff ... ich mag die nicht, die sieht schon so spießig aus«, sagt Barbara, bereits leicht schwankend, und schaut missbilligend zu Ben und seiner Freundin hinüber. Obwohl ich das nicht fair finde, tut es mir trotzdem ein bisschen gut. »Nein, die ist sehr nett, eben nur ein bisschen anders als du«, sage ich. Barbara wendet sich wieder in meine Richtung. »Egal, die juckt mich nicht, erzähl mir lieber mal, ob du guten Sex mit Ben hast.« Ich muss lachen. Wir sind wieder beim ursprünglichen Gesprächsthema. »Ich könnte mit keinem Mann zusammen sein, mit dem ich schlechten Sex habe«, erwidere ich und sie sieht mich interessiert an. »Für mich war Sex mit Ben irgendwie nie vorstellbar«, sagt sie »Vielleicht ein Fehler«, ich grinse. »Haut der dich eigentlich richtig?« – »Manchmal.« – »Und du findest das gut? Auch so mit Knien und so?« – »Manchmal.« – »Also, was du so von deinem Ex erzählt hast, diesem Andi, ich weiß auch nicht ... das könnte ich nicht. Der war ja schon krass, oder? Also, ich hab's ja gern, wenn der Mann mir beim Sex sagt, wo's langgeht, aber so?« Ich schaue sie nur an und nicke. »Zum Glück hast du jetzt einen Besseren«, fügt sie noch hinzu und stößt mit ihrer Bierflasche gegen meine. »Wenn du meinst«, sage ich und grinse. Ben ist immer noch mit seiner anderen Freundin beschäftigt und ich habe immer noch keine Lust, zu ihnen hinüberzugehen. Lieber bleibe ich weiter bei Barbara, quatsche und lache mit ihr, wir umarmen und küssen uns. »Anna, ich mag dich wirklich sehr gern«, sagt sie.

Irgendwann scheint sich Ben dann doch daran zu erinnern, dass ich auch noch da bin. Vielleicht liegt's ja am Alkohol – wovon er jetzt auch schon genug intus hat –, dass er wieder etwas liebesbedürftiger wird. Ich weiß kaum, wie mir geschieht, als er auf einmal hinter die Bar kommt, mich in den Arm nimmt und beginnt, mich zu küssen. Ich wundere mich ein bisschen, weil er mich normalerweise nicht mal so ausgiebig küsst, wenn wir alleine sind. Und jetzt hier vor allen? Aber ich freue mich auch darüber und genieße es. Ich bin jetzt kaum noch böse auf ihn.

Zum ersten Mal an diesem Abend hebt sich meine Stimmung wirklich. Trotzdem schaffe ich es wieder nicht, über meinen Schatten zu springen und mit Barbara tanzen zu gehen. Es ist Musik, zu der ich noch nie getanzt habe. »Anna, es gibt Menschen, denen Schüchternheit nicht steht«, kommentiert Barbara. Ich weiß ja, dass sie recht hat, aber ich kann einfach nicht. Lieber schnappe ich mir einen Teller mit Zitronen und mache es mir zur Aufgabe, Männer dazu zu überreden, gemeinsam mit mir so viel wie möglich davon zu essen. Außerdem führe ich Gespräche über irreale oder surreale Zahlen oder so ähnlich und lass mir erklären, dass ohne die kein Handy funktionieren würde. Ist mir doch egal, wie das funktioniert, Hauptsache, es funktioniert überhaupt. Um solche Dinge sollen sich andere Leute Gedanken machen, ich bin ausschließlich für ein bisschen mehr Ästhetik auf dieser Welt verantwortlich.

Ob Ben wohl mitbekommt, wenn ich hier die ganze Zeit mit irgendwelchen Männern quatsche? Ich will keine Konflikte deswegen, aber ich bin gut drauf und schlage meine Bedenken in den Wind. Sollte er etwas sagen, werde ich ihn daran erinnern, dass er mich immer nur schön darauf hinweisen muss, wenn ihm nicht gefällt, was ich tue. Im nächsten Moment habe ich den Arm um einen seiner Freunde gelegt und küsse ihn auf den Mund. Als ich mich wieder von ihm trenne, sehe ich in Bens Gesicht. Ich rechne damit, dass er mir vorwirft, zu weit gegangen zu sein, aber er schaut mich nur an und lächelt. Zum Glück! War ja nur ein Küsschen und außerdem bin ich betrunken.

Schon gegen drei Uhr werden wir so müde, dass wir uns verabschieden. Ich habe es tatsächlich noch geschafft, ein paar Worte mit Bens Jugendfreundin zu wechseln, und ich glaube, sie ist mir nicht böse, weil ich die ganze Zeit mit Barbara rumgehangen bin. Wir lassen die letzten paar Leute, die noch da sind, alleine zurück. »Der Letzte macht das Licht aus und die Tür zu«, sagt Ben, als wir gehen. »Ich muss jetzt noch eine Runde ficken.« *Angeber!,* denke ich, *als ob du in deinem Zustand jetzt noch einen hochbekommen würdest.*

»Und? Wie fandst du die Party?«, fragt mich Ben, als wir endlich im Bett liegen. »Gut«, lüge ich. »Stimmt nicht. Sie war schrecklich«, widerspricht er. »Warum?« – »Weil sie noch ein Teil meines alten Lebens ist, das ist mir heute bewusst geworden. Du bist aber schon Teil meines neuen Lebens, du passt da überhaupt nicht rein. Außerdem bin ich es auch nicht gewohnt, in Begleitung zu einer solchen Party zu gehen. Es tut mir leid, dass ich mich heute Abend so wenig um dich gekümmert habe. Ich verspreche dir: Das wird nie wieder passieren und wir werden auch nie wieder eine Studentenparty besuchen. Das war heute eindeutig der Abschluss meines alten Lebens.« Nach dieser Erklärung kann ich ihm endlich sein Verhalten verzeihen und schlafe beruhigt ein.

7.

Die große Depression

... 26 ... 25 ... 24 ... Die Sekunden vergehen und werden zu Minuten. Und werden zu Stunden. Und werden zu Tagen und Wochen und Monaten. 5.961.600 Sekunden liegen hinter mir – zumindest ungefähr. Flughafen Frankfurt am Main: Anna mal wieder Hauptdarstellerin in irgendeinem Film. Die große dunkelgrüne Tasche trägt er auf der Schulter, als er mich zum letzten Mal in den Arm nimmt. Zum letzten Mal für Tage, Wochen und Monate. Vor 5.961.727 Sekunden. Ungefähr zumindest. »Ich liebe dich. Pass auf dich auf.« Meine Hand hält er noch, als er sich schon von mir wegdreht. Lass es uns kurz machen! Unsere Arme befinden sich waagerecht zum Asphalt, als sich unsere Hände verlieren, und meine Tränen tropfen hinterher. Noch einmal wendet er sich um. Zu dem verzweifelten Etwas vor dem kleinen schwarzen Auto. Ich fühle mich hilflos und sage es ihm mit einem Blick. Ich sehe noch das kleine, traurige Lächeln auf seinem Gesicht. Am liebsten möchte ich hinter ihm herlaufen, in seine Tasche kriechen. Beim Anblick seiner Tränen schlage ich die Hände vors Gesicht. Er wendet sich nicht mehr um. Zwei dicke Türen aus Glas schließen sich hinter ihm. Da stehe ich. Noch einen Augenblick. Bis ich weiß, dass es nichts mehr bringt. Die Parkwächter haben sich schon lange peinlich berührt abgewendet. Und sie sehen mir nach, wie ich in meinem kleinen schwarzen Auto davonfahre. In meine erste Nacht voller Tränen.

Auf dem Weg vom Frankfurter Flughafen nach Hause habe ich die ganze Zeit geweint. Jetzt ist Ben tatsächlich weg. Für ganze vier Monate. Ich kann mir diesen Zeitraum überhaupt nicht vorstellen, das übersteigt irgendwie die Kapazität meines Gehirns. Zwischen meinen Tränen habe ich mir mit Frau Franz SMS geschrieben. Ich weiß, Ben würde sagen, das ist total gefährlich, beim Autofahren weinend SMS zu schreiben, aber es hat ja nur ein kleines bisschen geregnet. Immer wieder liefen mir die Tränen über die Wangen, wenn ich daran dachte, dass Ben beim Abschied auch geweint hat. Das hat mir sehr viel bedeutet. Gibt es einen schöneren Liebesbeweis?

Zu Hause angekommen, ist es bereits dunkel und ich setze mich vor meinen Computer und ziehe Bens verschwitztes T-Shirt an. Ihn riechen. Ich werde heute wahrscheinlich früh ins Bett gehen, weil ich total fertig bin. Am liebsten würde ich die nächsten vier Monate einfach durchschlafen. Kann nicht mal jemand eine Methode erfinden, mit der man sich einfach einschläfern lassen kann? Also, ich meine, nicht für immer, aber für eine gewisse Zeit würde ich das schon gern mal in Anspruch nehmen. Wer weiß, vielleicht schaffe ich es auch, in den nächsten Tagen krank zu werden. Mal wieder eine schöne kleine, harmlose Grippe zu haben und mit dem ganzen Kummer im Bett zu bleiben erscheint mir ziemlich verlockend.

*

Am nächsten Morgen bin ich leider noch nicht krank und muss zur Arbeit. Ich bekomme die erste Mail von Ben aus Singapur. Er schreibt, wie sehr er mich liebt, wie schwer es ihm fällt, mich allein gelassen zu haben, und dass er dem Agenten, der ihn vom Flughafen abgeholt hat, gesagt hat, er brauche keine

Girls, er sei »married«. Alle Leute um mich herum versuchen heute besonders nett zu mir zu sein: Einer meiner Kollegen bringt mir einen sogenannten Trost-Pudding und Frau Franz schreibt Aufheiterungs-E-Mails und schlägt vor, mich als »verbondagetes Paket« nach Singapur zu schicken. Wenn das alles nur so einfach wäre! So vergeht ein ganz normaler Vormittag im Büro.

Am Nachmittag rechne ich mit dem Anruf eines Kunden, als das Telefon klingelt. »Your second Mate speaking.« Das ist Bens Stimme! Es knistert und rauscht ein wenig in der Leitung. Irgendwie bin ich sprachlos und völlig perplex und kann gar nicht so richtig glauben, dass er tatsächlich am anderen Ende der Leitung ist. Tränen steigen in mir auf, die ich hinunterschlucke, weil ich ja im Büro sitze. Eigentlich möchte ich die Tür schließen, damit mir keiner zuhören kann, aber dazu muss ich ja vom Telefon weg und was, wenn dann die Verbindung abbricht? Zum Glück stellt sich heraus, dass Ben länger telefonieren kann, und so flüstere ich in den Hörer, dass ich ganz schnell die Tür schließen will. Er klingt ganz fröhlich und sagt, dass bisher alles gut gegangen ist und dass er einen deutschen Praktikanten hat, mit dem er sich hervorragend versteht. Ich kämpfe immer noch mit den aufsteigenden Tränen. Wie gerne wäre *ich* dieser blöde Praktikant! Ich will Ben sagen, dass ich ihn liebe, doch irgendwie komme ich zwischen seinen Erzählungen nicht dazu und dann bricht die Verbindung plötzlich ab. Traurig lege ich den Hörer auf. Es ist schon kurz vor sechs, eigentlich könnte ich nach Hause gehen. Trotzdem bleibe ich noch ein bisschen, sortiere meine Jobs, räume meinen Desktop auf – immer in der Hoffnung, Ben könnte noch einmal anrufen. Tut er aber nicht. Und so verlasse ich kurz vor sieben ein wenig enttäuscht das Büro.

Ich kann jetzt nicht nach Hause gehen. Ganz allein in meine Wohnung. Spontan beschließe ich deshalb, meinen Freund Ilias, den ich auch den Lieblingsschwulen nenne, von der Arbeit abzuholen, und so stehe ich wenige Minuten später in dieser neuen Schicki-Micki-Parfümerie, in der er arbeitet. Ilias habe ich vor ein paar Jahren im Schwulenclub erspäht und mich auf den ersten Blick in ihn verliebt. Zwar ist er nicht besonders groß und hat schwarze statt der von mir bevorzugten blonden Haare, aber das machte mir in diesem Moment nichts aus, denn er ist ja schwul. Es hat eine Weile gedauert, bis ich Ilias' Vertrauen gewonnen hatte, und was danach folgte, war eine Zeit exzessiver Party-Nächte, denn wo feiert man bessere Partys als unter Schwulen?

Nur kurze Zeit nachdem ich Ilias aufgegabelt hatte, lief mir auch noch Christian-Flugbegleiter über den Weg. Mit seinen blonden Haaren war der schon eher mein Typ Mann, doch ziemlich schnell erklärte auch er mir, seit seinem neunten Lebensjahr zu wissen, dass er ausschließlich auf Männer steht. Leider konnten Ilias und Christian-Flugbegleiter noch nie so richtig viel miteinander anfangen, was meistens zur Folge hatte, dass ich mich für Partys nur mit einem von beiden verabreden konnte.

Ich beobachte Ilias, wie er zwei Damen bedient. Die eine hat schlecht gefärbte Haare: gelb-blond, der Ansatz dunkel. Es scheint einen neuen Trend auf dem Kosmetik-Markt zu geben, stelle ich fest: hautfarbenen Lippenstift. Ilias grinst mich von Weitem an und verdreht die Augen zu einem leichten Schielen, während er der schlecht Blondierten immer wieder beteuert, wie gut dieser neue Lippenstift doch zu ihrem Teint passe. Unglaublich, wie der heucheln kann! *Aber egal, bei der ist ja auch nichts mehr zu versauen,* denke ich. Natürlich kaufen die beiden feinen Damen am Ende nichts und Ilias hat somit Feierabend. Wir schlendern noch bei H&M vorbei und gehen dann Hand in Hand über die Königsstraße. »Schatzi, ich muss ficken, es wird Zeit. Ich hab schon seit zwei Wochen nicht mehr«, sagt er plötzlich. »Du hast gut reden. Das sagst du gerade mir. Geh doch einfach ins Internet oder in eine Bar und such dir einen. Ich habe meine längste Abstinenzphase seit meinem 18. Lebensjahr vor mir.« – »Wie lange denn?«, fragt er auch noch. »Na, vier Monate.« – »Oh Gott!« Er bleibt stehen und schaut mich aus großen Augen an. Als ob das was Neues wäre! »Das willst du doch nicht ernsthaft durchziehen?« – »Natürlich will ich das.« – »Aber Schatz, er erfährt es doch nicht.« – »Darum geht es doch gar nicht.« – »Du hast recht, es geht ums Ficken.« Ich schüttel den Kopf über seine kindische Art und beende das Thema.

Wir gehen einkaufen und kochen später bei Ilias zu Hause. Sein Freund ruft an und die beiden streiten sich mal wieder. Ilias packt mir ein Tütchen mit Kosmetika ein. Jetzt besitze ich Make-up. Ich will mich gerade verabschieden, da ruft eine Kollegin von Ilias an und fragt, ob wir spontan Lust haben, mit ihr zum griechisch-orthodoxen Ostergottesdienst zu gehen. So kommt es, dass ich gegen 22 Uhr hinter einem mit Blumen geschmückten Tischchen, das das Grab Jesu Christi symbolisieren soll, gemeinsam mit Hunderten von Griechen in einer Prozession durch das nächtliche Stuttgart ziehe. Die Menschen um mich herum singen in dieser fremden Sprache, tragen Kerzen in den Händen und der Geruch von Weihrauch zieht mir in die Nase. Mal wieder kämpfe ich mit den Tränen und doch tut mir diese Stimmung hier sehr gut. Ich fühle mich plötzlich weniger allein.

Die Prozession endet auf einem großen Platz vor einer Kirche. Der Tisch mit den Blumen wird über den Eingang gehängt und alle gehen einzeln darunter hindurch, berühren den Tisch mit der Hand, bekreuzigen sich alle drei Schritte und küssen jedes Heiligenbild, das in der Kirche hängt. Vorn steht ein Mann mit langem weißem Bart am Mikrofon und zelebriert Gesänge. Ilias drückt mir ein Blümchen in die Hand. »Das bringt dir Glück, mein Schatz«, sagt er und strahlt mich an. Ich lege es in meinen Geldbeutel. Zum Ende der ganzen Veranstaltung wird das Tischlein in die Kirche getragen und der kleine Teppich mit den Blumen heruntergenommen und symbolisch im hinteren Teil der Kirche bestattet. Ich bin hundemüde und ganz still, als wir zu meinem Auto gehen. »Du leidest, mein Schatz, nicht wahr?«, sagt Ilias. »Ein bisschen«, gebe ich zu.

*

An einem Wochenende gehe ich mit Frau Franz frühstücken. Ins Hüftgold. Da macht einem bereits der Name ein schlechtes Gewissen, bevor man dort überhaupt etwas gegessen hat. Ein Wunder eigentlich, dass man in der heutigen Zeit mit einem solchen Namen Geld verdienen kann. Wir kaufen uns hinterher auch gleich noch ein Eis und lassen uns im Schlossgarten von den ersten Strahlen der Frühlingssonne bescheinen.

Seltsamerweise bin ich trotz des schönen Vormittags völlig depressiv, als ich am Nachmittag nach Hause komme. Ich bin nicht einmal in der Lage, meine Wohnung aufzuräumen oder gar meine Wäsche zu waschen, und darüber werde ich dann auch noch wütend. Diese Wut überträgt sich merkwürdigerweise auf Ben. Der hat nämlich schon seit drei Tagen nicht angerufen. Ich bin mir natürlich sicher, dass das nur daran liegen kann, dass er keine Möglichkeit dazu hatte, aber Tatsachen sind mir im Moment ziemlich egal.

Zu allem Übel bekomme ich dann auch noch eine Mail-Nachricht von einem Freund von Ben. Der meint zu wissen, dass Ben seinen Traumberuf gefunden hat. Wütend beende ich mein Mailprogramm. Ich hasse diesen Beruf! Kann es sein, dass der ihm wichtiger ist als ich? Womöglich macht ihm das auch noch Spaß, während ich hier leide. Ich fühle mich total vernachlässigt und hoffe, dass er nicht zufällig in diesem Moment anruft, weil ich befürchte, er könnte dann alle diese ungefilterten Gefühle abbekommen. Ganz plötzlich steigen die Tränen auf und ich heule Rotz und Wasser. In meinem Hinterkopf höre ich die Stimme meiner Mutter: »Reiß dich mal zusammen!« Ich will mich aber nicht immer zusammenreißen! Hoffentlich hat dieses Gefühlschaos bald ein Ende, sonst weiß ich nicht, wie ich das volle vier Monate aushalten soll. Und wenn er dann zurückkommt, wird er zwei Monate bei mir sein, dann geht das ganze Theater von vorn los. So schwierig hatte ich mir das alles nicht vorgestellt. Aber wer hätte denn auch ahnen können, dass ich plötzlich auf meine Freiheit scheiße? Ich muss es irgendwie schaffen klarzukommen und vor allem muss ich lernen, mit mir selbst glücklich zu sein. Ich lege mich ins Bett und weine noch ein bisschen.

*

Als ich am nächsten Morgen aufstehe, ist mir kotzübel. Bauch- und Rückenschmerzen und Schwindel kommen noch dazu. Schwangerschaft scheidet definitiv aus. Ich befürchte schon, mich bei der Arbeit krankmelden zu müssen, doch dann setze ich mich erst mal auf den Balkon, atme die frische Morgenluft ein und langsam wird es besser. Ich gehe ins Bad, schaue in den Spiegel und wie so oft in letzter Zeit erblicke ich ein blasses

Gesicht mit Ringen unter den Augen und blassen Lippen. Wie das blühende Leben sehe ich nicht gerade aus. Wie lange wird das wohl noch so gehen?

Der Tag wird wieder einer der absoluten Gefühlsschwankungen. In mir tobt ein Gewitter der Emotionen. Ich wünsche mir nicht, dass Ben ein vergleichbares auf hoher See ereilt. Verzweiflung, Wut, Trotz, Ängste, Trauer und zeitweilige Entspannung wechseln sich ab. Ganz schön viel Gefühlschaos! Und das muss ich nun nahezu jeden Tag ertragen.

Ben hat sich heute aus Madagaskar gemeldet, wir konnten aber nur ganz kurz reden. Das Gespräch war komisch, weil ich so sehr von meinen Gefühlen übermannt wurde, dass ich irgendwie gar keinen Ton herausgebracht habe. Kaum hatte ich aufgelegt, überrollte mich wieder die Verzweiflung. Natürlich konnte ich nicht weinen, weil ich mich auf Arbeit befand, und habe deshalb eine halbe Stunde auf der Toilette verbracht, den Kopf auf den Knien, und vor mich hin gestarrt und gehofft, dass mich niemand an meinem Schreibtisch vermisst.

Das ist doch alles Wahnsinn, denke ich: *Vier Wochen habe ich das schon ausgehalten, zwölf stehen mir noch bevor. Wie soll ich das nur schaffen? Warum mute ich mir das alles überhaupt zu? Wo ist eine Lösung, mit der ich glücklich sein könnte? Soll ich wirklich meinen Job aufgeben?* Das hieße, sich an eine völlig neue Situation zu gewöhnen. Ich wäre nicht mehr gezwungen, jeden Morgen aus dem Haus zu gehen, und könnte unter meiner Bettdecke weinen, wann immer es mir schlecht ginge. Allerdings wäre die Gefahr, in eine große Depression zu fallen, dann noch größer. Ich habe Angst. Angst, loszulassen, die Kontrolle zu verlieren, mich auf andere zu verlassen. Das habe ich noch nie gern getan, ja, eigentlich habe ich das überhaupt noch nie getan. Wird es etwa Zeit, das zu lernen? Aber was, wenn ich tatsächlich kein eigenes Geld mehr verdienen und Ben mich hängen lassen würde? Die Angst beginnt, ihre Kreise zu ziehen. Vielleicht werde ich mich so sehr an ihn klammern, wenn er zurück ist, dass er es nicht mehr aushält und mich verlässt. Vielleicht wird er mich für verrückt halten, vielleicht bin ich ja auch gerade auf dem besten Weg, verrückt zu werden. Wer weiß das schon?

Wieder zurück an meinem Schreibtisch, nervt mich die Arbeit so richtig. Total langweilig finde ich das alles hier. Stupides Zusammenbasteln irgendwelcher Dokumente, die zwar ins Corporate Design passen, mir aber hinterher noch nicht mal gefallen. Alle anderen finden sie aber ganz toll und fragen sich, wie ich das nur immer hinbekomme. Am liebsten möchte ich sagen: »Leute, das ist ganz einfach, ich setze mich an den Schreibtisch und es entsteht.«

Meine Kollegin nervt mich auch gerade. Sie regt sich über die nackten Damen auf, die immer in der Bildzeitung abgedruckt werden. Frauenverachtend findet sie das. Soso. Blöde Emanze! Solche Dinge berühren mich wenig. Warum soll man sich darüber aufregen, dass Männer sich gern nackte Frauen ansehen? Ich finde, genau das macht sie doch in gewissen Situationen so schön manipulierbar. Aber meine Kollegin wird sowieso nie begreifen, wie Männer ticken. Verklemmte Kuh! Warum nur sind so viele Menschen auf dieser Welt nicht dazu in der Lage, einen anderen Standpunkt zu akzeptieren als ihren eigenen? Ich bin so was von genervt und muss wirklich aufpassen, dass ich das heute an niemandem ungerechtfertigt auslasse.

*

Zum Glück ist bald Wochenende. Ich lasse mich von Ela dazu überreden, mal wieder ganz ohne Mann auf eine SM-Party zu gehen. Sie will sich dort mit Onkel Emil treffen, den sie am letzten Wochenende kennengelernt hat. Er kommt aus der Schweiz und bringt uns auch gleich einen Sack voller Schokolade mit. Onkel Emil ist natürlich weder ein Onkel, noch heißt er Emil. Diesen Namen haben ihm sein Faible für Schulmädchen-Spiele und seine Oberlehrer-hafte Art eingebracht.

Es stellt sich heraus, dass Onkel Emil für heute Abend Elas Sklave sein will. Sie fackelt nicht lange. In den Spielräumen muss er sich komplett ausziehen und bekommt von ihr ein Halsbändchen und Handfesseln verpasst. Dann fesselt sie ihm die Hände mitten im Raum an die Decke. Ich darf auf einem Böckchen sitzen und ihr das Schlagwerkzeug zureichen. Ich vermisse Ben und könnte schon wieder heulen. Hier ist das alles noch viel schlimmer als zu Hause.

Kurze Zeit später sitze ich gelangweilt an der Bar. Ela und Onkel Emil haben sich ein wenig Privatsphäre gewünscht. Ohne dass ich darum gebeten hätte, setzt sich eine Transe mit blonder Langhaarperücke, schwarzem Latexkorsett, einem Latexröckchen und hohen Stiefeln neben mich. Sie/er erzählt mir, dass sie/er Chemikerin ist, und irgendwie gehe ich davon aus, dass er nicht auf Frauen steht. Trotzdem berührt er mich immer wieder in auffälliger Art und Weise. Zuerst nur am Arm, dann auch am Oberschenkel. Ich versuche, den Berührungen auszuweichen. Irgendwann sehe ich zufällig hinunter auf seine Beine und erschrecke tatsächlich ein wenig. Sein Rock ist nach oben gerutscht und sein Schwanz hängt völlig frei, für jedermann sichtbar in der Gegend herum. Mir wird schlecht. Ich will diesen Schwanz nicht sehen. Er widert mich an. Schnell schaue ich wieder in mein Glas. Er fragt, ob wir mal ein Bier trinken gehen. Ich lehne ab. Irgendwie scheint er zu der Gattung Mann zu gehören, die Anhänger des Mottos: *Wenn sie nein sagt, meint sie eigentlich ja*, sind. Ich bin mir inzwischen ziemlich sicher, dass dieser Mensch entgegen meiner anfänglichen Vermutungen doch auf Frauen steht. Weil mir das alles zu blöd ist, gebe ich vor, Ela suchen zu müssen, und flüchte in die Spielräume. Dort wird dieser Typ ohne weibliche Begleitung keinen Zutritt finden. Das denke ich zumindest.

Ich finde Ela und Onkel Emil noch immer an derselben Stelle vor, nur dass sie mittlerweile die Rollen doch wieder getauscht haben. Zu meinem Entsetzen taucht die Transe wieder auf und besetzt ohne große Umschweife den freien Stuhl neben mir. Er ist auch noch so dreist, den Versuch zu starten, mich auf seinen Schoß zu ziehen. Die Erinnerung an seinen baumelnden Schwanz unter dem kurzen Röckchen kommt in mir hoch. Ich wehre mich zunächst vorsichtig, dann vehement gegen diese Anmache, stehe lieber auf, als auf seinem Schoß zu sitzen, bleibe neben ihm stehen und denke, dass das doch jetzt nun deutlich genug gewesen sein müsste. Plötzlich spüre ich aber, wie der beginnt, mein Bein zu streicheln, und sich langsam in Richtung der Innenseiten meiner Oberschenkel vorzutasten.

Ich behaupte, auf die Toilette zu müssen, und entziehe mich so schneller der Situation, als er gucken kann. Als ich zurückkomme, betrete ich den Raum gar nicht mehr, sondern bleibe gleich im angrenzenden Zimmer stehen, von dem aus ich Ela und Onkel Emil durch ein vergittertes Fenster beobachten kann. Doch plötzlich legen sich zwei Hände links und rechts von hinten um die Gitter des Fensters vor mir. Schon wieder dieser Typ! Das darf doch wohl nicht wahr sein! Muss ich ihn erst vor allen Leuten deutlich verbal abweisen oder was will der von mir? Er kommt immer näher, versucht dann tatsächlich, mich zu küssen, und ich kann mich jetzt wirklich nicht mehr beherrschen. Das grenzt ja selbst für mich als einem eher toleranten Menschen an Belästigung. Ich weiche ihm aus, drehe mich schnell um, lege ihm die Hand auf die Brust und schiebe ihn weg. »Lass das bitte, ich will das nicht«, sage ich. »Warum?«, fragt er noch und ich erkläre ihm, dass ich bereits einen Mann habe und keinen weiteren brauche.

Nach dieser Abfuhr sehe ich ihn ziemlich schnell mit einer blonden Frau im Latexkostüm im Darkroom verschwinden. Wie geschmacklos! Später taucht er noch einmal auf und meint, meine Schulter streicheln zu müssen. »Nur so von Frau zu Frau«, sagt er und blickt mich dabei entschuldigend an. Ja, ja, denke ich, ich hab schon geschnallt, dass du nur aus einem Grund Frauenkleidung trägst. Weil Frauen dann weniger Berührungsängste haben, als wenn du ganz normal als Mann herumlaufen würdest.

Als Emil sich plötzlich vor mich kniet und mich darum bittet, mir die Füße lecken zu dürfen, geht der Abend dann doch noch ganz gut aus. Zunächst habe ich ein wenig Bedenken und auch Hemmungen, weil ich ja sicherlich nach Stunden, die ich in meinen Stiefeln verbracht habe, Schweißfüße habe. Genau das scheint es aber zu sein, worauf es ihm ankommt. Er zieht mir also die Stiefel aus und beginnt voller Hingabe, meine Füße zu lecken, die immer noch in verschwitzten Nylons stecken. Diese Behandlung fühlt sich so gut an, dass ich am liebsten Stunden hier sitzen bleiben würde. Doch langsam leeren sich die Hallen und die Veranstaltung neigt sich dem Ende zu.

*

Am Ende der kommenden Woche gibt es ausnahmsweise ein Highlight in meinem tristen Alltag ohne Ben. Das konnte sogar mich wieder ein wenig positiver stimmen: Es ist CSD-Wochenende in Stuttgart. Ich treffe mich mit Ela in Stuttgart-Heslach, wo die Parade beginnt. Sie trägt einen schwarzen kurzen Rock, Stiefel, die zwar keine Absätze haben, ihr aber bis übers Knie reichen, und ein schwarzes Top. Dazu schwarze Engelsflügel aus Federn. Meine Stiefel enden ebenfalls über dem Knie, haben allerdings einen Absatz, was sich noch als großer Fehler herausstellen wird. Unter meiner schwarzen Lackkorsage trage ich einen kurzen Rock.

Wir beobachten, wie sich jede Menge ausgefallen gekleideter Menschen am Treffpunkt versammeln. Die meisten Vertreter der homosexuellen Fraktion sind so bunt, wie man bunter nicht sein kann. Wir hingegen sind natürlich alle schwarz, genauso wie die Goths in ihren mittelalterlich anmutenden Gewändern, die hinter uns gehen werden. Gegen 14 Uhr besteigen etwa 30 SMler und wir den geschmückten Wagen. Darunter auch einige mir bekannte Gesichter. Jeder bekommt ein Schildchen um den Hals.

Der Sekt ist für die gesamte Dauer der Parade kostenlos. Uns ist klar, dass heute gefeiert wird, und so leeren wir die Flaschen viel zu schnell. Und als sich der Zug gerade erst in Bewegung setzt, bin ich schon völlig betrunken. Doch die Sache hat auch etwas Gutes: Ich vergesse meinen ganzen Kummer der letzten Wochen. Nur bruchstückhaft bekomme ich die Fahrt durch die Stuttgarter Innenstadt mit. Ich habe das Gefühl, von Heslach bis zum Marienplatz irgendwie geflogen oder gebeamt worden zu sein. Auch unter den Zuschauern finden sich einige bekannte Gesichter und wir feiern, tanzen und verteilen Flyer. Die Fahrt kommt mir ewig lang vor. Irgendwann taucht Ilias in der Menge unter mir auf. Sein Gesicht zieht aber viel zu schnell an mir vorbei. »Ich liebe dich!«, rufe ich und werfe ihm Kusshände zu. Schon lange ging es mir nicht mehr so gut wie an diesem Tag.

Als die Parade zu Ende ist, die Musik schweigt und unser Truck in die Parkposition fährt, ist mir, als würden meine Batterien auf einmal von hundert auf null fahren. Als ich vom Wagen steige, sacken mir die Beine weg und ein hilfsbereiter Mensch, der zufällig neben mir steht, stützt mich und hilft mir bis zum nächsten Straßencafé. Wie ein nasser Sack plumpse ich in den bereitstehenden Rattansessel. Alles dreht sich. Ich hoffe, mich nicht hier und jetzt auf der Stelle übergeben zu müssen.

Ela ist auch betrunken. So richtig scheint sie meinen Zustand aber gar nicht mitzubekommen. Sie schäkert in unmittelbarer Entfernung mit ein paar Männern. Irgendwie schaffe ich es, die Nummer von Christian-Flugbegleiter zu wählen, der irgendwo hier in der Nähe sein muss. Ich habe keine Ahnung, was ich eigentlich ins Telefon lalle, als er abnimmt. Er scheint glücklicherweise verstanden zu haben, wo ich mich befinde, denn bereits wenige Minuten später ist er da und bestellt mir Kaffee und Wasser. »Dein aktueller Zustand ist echt tragisch«, sagt er und ich nicke und grinse. Plötzlich fällt mir auf, dass ich mal zur Toilette muss. Ich versuche aufzustehen und werfe dabei fast den Tisch um. Die Hälfte meines Kaffees landet auf der Tischplatte. »Scheisssségaaaal«, lalle ich und Christian muss lachen. »Kannst du noch ein bisschen warten mit der Toilette?«, fragt er und bestellt mir ein Sandwich. Danach komme ich ein wenig runter. Vorsichtshalber hält er mich fest, als ich mich erhebe, und plötzlich geht es. Ela steht immer noch ein paar Meter entfernt von mir auf der Straße und hält weiterhin ihre drei Männer in Schach. »Schats, weissu was?«, lalle ich und Christian sieht mich mit einem Grinsen an. »Was denn?« – »Mirgehtssvollgud!« – »Na dann ist ja alles paletti«, meint er und begleitet mich auf die Damentoilette. Sogar ins Häuslein geht er mit, etwas anderes könne er nicht verantworten, sagt er. Ich hebe mein Röckchen, setze mich vor Christian auf die Toilette und erleichtere mich. Der grinst nur noch. »Ich fass es nicht, nicht mal alleine pinkeln kannst du. Das ist echt tragisch.« Er greift sich an die Stirn, ich zucke entschuldigend die Schultern. »Ichliebedich«, sage ich, als ich aufgestanden bin, und drücke ihm ein Küsschen auf die Wange. »Spülen!«, fordert er mich auf und wir verlassen die Toilette, nachdem ich das ganze Waschbecken mit Spiegel unter Wasser gesetzt habe.

Jetzt wird es ihm wirklich zu viel und er dreht sich um und flüchtet peinlich berührt, aber lachend aus dem Raum. Dabei hat er wohl vergessen, dass ich noch nicht wieder ohne Hilfe gehen kann, und so rutsche ich auf meinen hohen Absätzen auf dem glatten Parkett aus und segle ihm mitten im Café vor die Füße. »Nixbassiert«, sage ich und grinse ihn von unten herauf an. »Nein, nichts passiert, nur mein Ruf ist ruiniert«, sagt er und stützt mich jetzt doch wieder auf dem Weg nach draußen. Eigentlich hatte ich mich ja noch auf die große SM-Party am Abend gefreut, doch irgendwie muss ich mir eingestehen, dass ich mich heute nicht mehr so weit erholen werde, um die noch besuchen zu können.

*

Dieser mein peinlichster CSD aller Zeiten hat meine Laune in den kommenden Tagen nicht wirklich gehoben. Einige spotten in der *SZ* sogar im Nachhinein noch über mich. Das alles trägt natürlich auch nicht dazu bei, die Wogen meines Gefühlschaos' zu glätten, das nach wie vor in mir tobt.

Ich setze mich jetzt aktiv mit dem Gedanken auseinander, meinen Job an den Nagel zu hängen. Am schwersten wiegt die Vorstellung, im Büro sitzen und eine Arbeit machen zu müssen, die mir noch nicht mal Spaß macht, während Ben Urlaub hat. Und da tue ich das einzig Richtige: Ich erinnere mich an meinen Freund Christian-Heilpraktiker, in dessen Fastenhaus mitten im hessischen Outback es mir irgendwie immer gut geht. Ich erinnere mich ganz genau an den Moment, als ich Christian zum ersten Mal sah. Oder besser gesagt: Ich sah ihn nicht, denn bevor ich überhaupt dazu kam, ihn anzusehen, hatte er mich schon in den Arm genommen, als ich das erste Mal bei ihm auftauchte, um eine folgenschwere Entscheidung in meinem Leben in Ruhe zu überdenken. Als ich noch am gleichen Abend in seinem Wohnzimmer auf dem Sofa saß, in den Wald vor dem Fenster hinausblickte und meine Hand in seine legte, begann mein ganzer Arm zu kribbeln, als würden wir durch unsere Berührung Energien austauschen. Es war einer dieser magischen Momente, die man in seinem Leben nie wieder vergisst. Also schreibe ich eine E-Mail an Christian-Heilpraktiker, den einzigen Menschen, dem ich es in meiner jetzigen Situation noch zutraue, mir Trost zu spenden.

Hallo, meine liebe Anna,

antwortet er.

klingt alles in allem schön, was du schreibst. Ich freue mich, dass du so viele Fortschritte machst und dass du diese auch realisierst. Du bist eine wunderbare Frau und du kannst alles erreichen, was du dir wünschst. Ich freue mich auch sehr, dass du endlich den Kündigungsgedanken verdichtest und in die Realität umsetzt. Du hast das Zeug, aus allem etwas zu machen. Deine Kunst oder deine Werbegeschichten oder was auch immer noch aus deiner kreativen Seele aufsteigt, werden dich ernähren. Ich bewundere dich so sehr für deine Kunst, ich selbst würde auch gerne mehr künstlerisch tätig sein, aber die Zeit dafür ist noch nicht da. Schön, dass ich sehe, wie du sie lebst. Besonders immer wenn ich dein wunderbares Bild, welches du mir geschenkt hast, ansehe.

Ich freue mich sehr, dass du immer bei mir bist, auch wenn du mit Ben glücklich bist. Es fühlt sich gut an für mich. Du bist in meinem Herzen und ich liebe dich auf eine ganz besondere Weise. Frei und ohne Bedingungen.

Wenn du das Bedürfnis nach Trost oder Beistand hast, setz dich ins Auto und komm her. Du weißt, unter meinem Dach ist immer ein Plätzchen frei für dich.

Ich umarme dich.
Dein Freund Christian

Es dauert keine 24 Stunden und ich befinde mich auf der Autobahn in Richtung Norden. Ich will nur noch, dass es mir endlich besser geht und dass ich mein inneres Gleichgewicht wenigstens ansatzweise wiederfinde. Alles andere ist mir in diesem Moment egal. In dieser Nacht liege ich in einem Bett in einem Haus mitten im Wald. Christian und ich haben bis zum späten Abend vor seinem Kamin gesessen, heißen Kakao mit Chili getrunken und dabei viel geredet. Dass ich es schaffen muss, auch ohne Ben, ganz für mich alleine glücklich zu sein, war die Essenz des Gesprächs. Tief in meinem Inneren weiß ich, dass er recht hat, nur wie ich es schaffen soll, dieses Ziel zu erreichen, das ist mir bisher noch mehr als schleierhaft.

8.

Tour de Ottmar

An einem Samstagmorgen im Mai betrete ich bei strahlendem Wetter den Blumenladen, wo ich 50 rote Rosen bestellt habe: Der letzte kleine Rest, der für meine Wohnungsdekoration anlässlich Bens baldiger Heimkunft noch fehlt. Das ganze Wohnzimmer ist bereits voller roter Herzen in Form von Luftballons, Girlanden und Fadenvorhängen. Außerdem habe ich einen roten Teppich für ihn ausgerollt und über dem Bett hängt ein großes Banner: »Welcome Home Sir Ben«.

Ich kann es kaum erwarten, ihn am Nachmittag vom Flughafen abzuholen, und so stehe ich natürlich eine gute Stunde zu früh am Stuttgarter Airport. Ich trage einen knielangen schwarzen Rock, ein Top mit einem kleinen Ausschnitt und Schuhe mit Absatz. Er hat bereits nach der Zwischenlandung aus Düsseldorf angerufen. Als er endlich seinen Gepäckwagen durch die große Glastür schiebt, die den Zollbereich abgrenzt, sieht er ziemlich fertig aus. Er trägt Jeans und ein dunkelgrünes Sweat-Shirt, umarmt mich und lässt mich ziemlich lange nicht mehr los. Als ich ihm schließlich ins Gesicht sehen kann, fallen mir die tiefen Ringe unter seinen Augen auf und ich erschrecke ein wenig, weil er mir zunächst fremd vorkommt und ich mich nach der langen Zeit der Trennung tatsächlich erst mal wieder an ihn gewöhnen muss. »Lass uns nach Hause fahren, ich bin hundemüde«, sagt er und ich überlege auf dem Weg zum Auto, ob sein Gepäck wohl in meinen Smart passen wird. Vielleicht hätte ich mir etwas früher Gedanken darüber machen sollen. Glücklicherweise stelle ich aber wenig später wieder einmal fest, dass in einen Smart viel mehr passt, als man gemeinhin meint.

Bis unters Dach beladen, düsen wir die 20 Kilometer nach Hause. Ein letzter Kraftakt steht Ben noch bevor, als er sein schweres Gepäck aus der Tiefgarage bis ins dritte Stockwerk schleppen muss. Als ich meine Wohnungstür öffne, scheint er sprachlos. Er getraut sich zunächst überhaupt nicht hinein. Ich stelle mich hinter ihn und schiebe ihn ein bisschen an. Kein Mucks kommt über seine Lippen, als er den roten Teppich betritt, durch den Flur geht und das mit roten Herzen über und über kitschig dekorierte Wohnzimmer entdeckt. Auf dem Tisch steht eine Flasche Champagner. Außerdem habe ich einen kleinen Nachmittagssnack für uns vorbereitet. Ben ist so überwältigt, dass er keinen Ton herausbringt. Die Überraschung ist geglückt! Offensichtlich hat er damit nicht gerechnet. »Danke, mein Schatz, so etwas hat noch nie im Leben jemand für mich getan«, sagt er und küsst mich. Leider ist Ben sehr müde, da er seit mehr als 30 Stunden auf den Beinen ist, und so verschieben wir das Köpfen des Champagners erst mal auf später und er begibt sich ziemlich schnell ins Schlafzimmer.

Ich hingegen bin so aufgeregt, dass ich nicht schlafen kann, deshalb sitze ich allein im Wohnzimmer, öffne das Fenster und zünde mir eine Zigarette an. Irgendwie macht sich Enttäuschung in mir breit. Anfangs weiß ich noch nicht so recht, warum. Vielleicht hatte ich erwartet, dass er sofort nach seiner Ankunft über mich herfällt. Sollte das so sein? Ich hätte es gern gehabt, deshalb habe ich auch schon mal das Höschen unter meinem Rock weggelassen.

Und jetzt liegt er da und schläft. Wahrscheinlich wacht er vor morgen früh auch nicht wieder auf. Enttäuscht zünde ich mir die nächste Zigarette an und dann noch eine. Na ja, wenn ich ganz ehrlich bin, dann wäre Sex auch nicht das Erste, woran ich nach 30 Stunden ohne Schlaf denken würde. Trotzdem finde ich es sehr, sehr doof, dass er jetzt endlich wieder da ist und ich schon wieder nichts von ihm habe. Frustriert greife ich nach der Illustrierten, die ich am Flughafen zum Zeitvertreib gekauft habe, und stelle fest, dass mich das alles nicht interessiert, was da drinsteht.

*

Gern würde ich meinen erstaunten Gesichtsausdruck sehen können, als Ben nur wenige Tage nach seiner Rückkehr mit einem dunkelgrünen Mercedes-Benz vorfährt. Es handelt sich um ein etwas älteres Modell – genauer gesagt, ist der Wagen fast so alt wie ich – und ich kann zuerst nicht begreifen, was das jetzt soll. Er hat das Auto gekauft, um mit mir eine Italien-Rundreise zu machen, erklärt er mir. Schließlich sei das im Smart schwierig.

Und so kommt es, dass wir unsere sieben Sachen packen und schon am nächsten Tag in den Süden düsen. Wir taufen die Kiste nach meinem Großvater, der zeit seines Lebens solche Autos gefahren hat, auf den Namen Ottmar. Erst als wir bereits die Grenze zur Schweiz überschritten haben, nehme ich mir die Straßenkarte und den Reiseführer vor und wir überlegen gemeinsam, wohin es gehen soll. Da ich lieber nach Süd- als nach Norditalien möchte, beschließen wir, so schöne Orte wie Venedig, das Ben auch noch nicht gesehen hat, zugunsten anderer weiter südlich auszulassen. Auch finden wir Rom zu weitläufig, um es in eine Rundreise einzubauen. Unsere erste Nacht verbringen wir deshalb erst mal in einem kleinen Ferienhaus in der Nähe von Florenz. Ohne Klimaanlage ist es sehr heiß in der kleinen Holzhütte und ich frage mich, wie das weiter südlich werden soll. Immerhin ist Sommer und je weiter wir nach Süden fahren, umso weniger erträglich werden die Temperaturen, was ich aus Erfahrung weiß.

Den nächsten Tag verbringen wir in Florenz, wo ich nicht zum ersten Mal bin und so die Stadtführung für Ben übernehmen kann. Wir bummeln einfach so durch die Straßen, vorbei an der Nachbildung des Davids auf der Piazza della Signoria und dem Neptunbrunnen, essen ein Eis, bestaunen die vielen kunstvollen Schmuckstücke in den Vitrinen der Juweliere auf dem Ponte Vecchio und Ben macht Fotos von mir am Ufer des Arno.

Am Nachmittag schmerzen die Beine, wir beschließen aber trotzdem, weiter nach Süden zu fahren, und kommen gegen Abend in Anzio an, wo wir uns vorerst auf einem Campingplatz niederlassen. Neben einem großen Turm aus Naturstein, Wahrzeichen dieses Platzes, beginnen wir, unser Zelt aufzuschlagen. Zumindest versuchen wir es und hoffen, dass uns keiner dabei beobachtet. Ben scheint mich irgendwie für eine Tussi zu halten, zumindest ist er ziemlich überzeugt davon, dass ich einen Aufenthalt mit wenig Komfort auf einem Campingplatz nicht wirklich genießen könne. Ich glaube, dass er da ein ziemlich falsches Bild von mir hat. Nur weil ich nie in einem Studentenwohnheim gewohnt habe, heißt das doch noch lange nichts.

Das erste Problem, das Ben – nicht ich – mit dem Campingplatz hat, zeigt sich schon wenige Momente später: Die Heringe zur Befestigung unseres Zeltes wollen nicht in die

Erde. Der Boden ist einfach viel zu trocken und viel zu fest. Mithilfe meiner fließenden Italienisch-Kenntnisse besorge ich einen größeren Hammer, doch auch der bringt nichts. Für einen Moment stehen wir ziemlich ratlos da, dann fällt Ben ein, dass er ja seine Bondage-Seile dabeihat. Zu Hause habe ich ihm noch einen Vogel gezeigt, als er die eingepackt hat. Unsere Mit-Camper schauen zwar ein bisschen blöd zu, als wir unser Zelt tatsächlich ohne Heringe aufbauen und es ausschließlich mit Seilen an umstehenden Bäumen und Büschen vertäuen, aber das ist uns egal. Das Zelt steht und wir können darin schlafen, das ist wohl die Hauptsache. Wozu hat man schließlich einen Seemann zum Freund?

Ziemlich kaputt von den Strapazen des Tages und der Zeltaufbau-Aktion kaufen wir uns im Supermarkt um die Ecke noch ein *Nastro Azurro* und lassen den Abend am Strand ausklingen, wo wir die Sonne dabei beobachten, wie sie im Meer versinkt.

Als der fast volle Mond schon hell am Himmel steht, zaubert Ben zu meiner Überraschung ein kleines Seil aus seiner Hosentasche. Er fesselt mir die Hände auf den Rücken und irgendwie macht mich diese kleine Geste sehr an. In jeder anderen Situation hätte ich sie als ganz normal empfunden, aber hier, mitten in Italien am nächtlichen Strand, scheint das irgendwie etwas Besonderes zu sein und so spüre ich ein ungewöhnlich starkes Prickeln in der Magengegend und auch etwas tiefer.

Ben drückt mich mit dem Oberkörper in den immer noch von der Sonne warmen Sand, beugt sich über mich und küsst mich lange und intensiv. Seine linke Hand macht sich an meinem Bikini-Oberteil zu schaffen und schiebt es zur Seite, so dass das helle Mondlicht auf die weiße Haut meiner Brüste fällt. Er streichelt sanft meine Brustwarzen, seine Hand hält sich ein wenig daran fest und dann geht er tiefer. Ohne zu zögern, schiebt er mein Höschen ein Stück nach unten, und wenn ich nicht schon geil wäre, wäre es spätestens jetzt so weit. Sein Finger bahnt sich seinen Weg, findet meinen Kitzler und beginnt ihn erst noch sanft zu massieren, wird dann immer schneller und übt zunehmend Druck aus.

Normalerweise reizt er mich ja immer ein wenig, um dann ein Päuschen zu machen und wieder von vorn zu beginnen, aber heute scheint er zielstrebig auf sein Ziel zugehen zu wollen. Ich bin ein wenig irritiert vom hohen Grad meiner Geilheit. Irgendwie scheint mich die warme Meeresluft, die ganze Situation hier am Strand und die Möglichkeit, dass uns jederzeit jemand erwischen oder gar heimlich aus dem Gebüsch beobachten könnte, noch mehr anzuheizen. Es dauert nicht lange, bis ich kurz davor bin zu kommen. Wie immer spürt Ben das und etwa eine Sekunde, bevor ich laut stöhnen würde, presst sich seine große, kräftige Hand auf meinen Mund und hält gleichzeitig meinen Kopf so fest, dass ich ihn nicht bewegen kann. Mein unterer Rücken hebt sich ein wenig vom sandigen Untergrund ab und seine Hand zwischen meinen Beinen lässt mir wenig Spielraum, was die Bewegungsfreiheit meines Hinterns angeht.

Eine kleine Weile, nachdem ich gekommen bin, bleibe ich mit geschlossenen Augen liegen. Ich genieße diese unglaubliche Entspannung, die dem Orgasmus jedes Mal aufs Neue folgt. Als ich die Augen schließlich öffne, träume ich noch ein wenig in den Mond. Ben sitzt jetzt neben mir und sieht aufs Meer hinaus. Er lässt mir meine Zeit, wieder ganz in der Realität anzukommen, und erst als ich mich aufrichte, löst er meine Fesseln, nimmt meine Hand und zieht mich hinter sich her in die lauwarmen, salzigen Fluten des Mittelmeers. Ich lege mich einfach auf den Rücken, sehe in den Himmel und weiß ganz genau, dass Ben darauf achten wird, dass ich nicht aufs offene Meer hinaus treibe.

*

Die Nacht wird leider alles andere als erholsam. Es stellt sich heraus, dass sich direkt hinter der Hecke, vor der unser Zelt steht, ein beliebter Anglertreff zu befinden scheint. Aus irgendeinem Grund angelt man hier des Nachts und da Italiener bekanntlich nicht leise sprechen können, kriegen wir beide kein Auge zu. Dazu kommt die nahezu unerträgliche Hitze, die sich in unserem Zelt staut. Kein Lüftchen bewegt sich. Ich hatte es ja bereits in Florenz befürchtet, dass es noch sehr viel heißer werden würde.

Gegen fünf Uhr morgens kriecht Ben schließlich mies gelaunt von seiner Luftmatratze ins Freie und murmelt etwas von Zähneputzen. »Wir hauen ab«, hat er beschlossen, als er von den Waschräumen zurückkommt. Er habe keine Lust, sich hier auf dem Zeltlplatz rumzuquälen, schließlich könnten wir uns ein Hotel leisten, erklärt er die Änderung seines Standpunktes. Ich grinse in mich hinein.

Nachdem wir ein kleines Frühstück, bestehend aus Cornetto und Caffé Latte, zu uns genommen haben, packen wir unsere sieben Sachen erneut in den Ottmar und weiter geht die Reise in Richtung Süden. Wir beschließen nun, die Autobahn Autobahn sein zu lassen, und wollen stattdessen lieber kleine Küstenstraßen am Meer entlangfahren. So passieren wir den Parco Nazionale del Circeo, machen Zwischenstopps in zwei kleinen Bergdörfern und essen schließlich in einem Restaurant in einer kleinen Gasse in Terracina zu Mittag. Der Kellner ist ein witziger kleiner Kerl, der sich als Massimo vorstellt, auf die »Polentoni«, die Norditaliener, schimpft und uns eines der besten Essen meines Lebens serviert. Ben ist hochgradig beeindruckt. Es gibt keine Karte, Massimo trägt vor, was er Frisches zu bieten hat, und so bekommen wir eine gemischte Vorspeisenplatte, natürlich ohne Fleisch, dafür mit Fisch, Spaghetti mit Meeresfrüchten, Tagliatelle mit Gamberi und zum Nachtisch den obligatorischen Espresso, eine Früchteplatte und Profiteroles. Ich kann mich nicht erinnern, wann ich das letzte Mal so satt war. Wahrscheinlich nicht mehr, seit ich mich zum letzten Mal im südlichen Italien aufgehalten habe.

Als wir uns wieder auf den Weg machen, wollen wir doch lieber ein Stückchen Autobahn fahren und ich krame nach dem Reiseführer, weil wir gar nicht wissen, wo wir eigentlich hin wollen. Ich schlage das Buch auf. *Villa Amore* fällt mir da ins Auge und ich denke, das ist doch genau das Richtige, da müssen wir unbedingt hin!

Das kleine Hotel mit dem romantischen Namen befindet sich in Ravello und zufällig weiß ich, dass man von Ravello aus einen wunderschönen Blick über die Amalfiküste hat. Meines Erachtens ist Amalfi, mal abgesehen von den Massen an Touristen, die das kleine Küstenstädtchen zu allen Jahreszeiten überfluten, einer der schönsten Orte Italiens. Ohne Ben zu befragen, wähle ich kurz entschlossen die Telefonnummer, die im Reiseführer angegeben ist, und lasse mir sagen, dass wir für zwei Nächte ein Zimmer bekommen können. Das passt sehr gut zu unserer Reise, denn länger als zwei Nächte hatten wir gar nicht unbedingt vor zu bleiben.

Am Abend sind wir noch so satt vom üppigen Mahl am Mittag, dass wir beschließen, lieber die Aussicht von unserem

Balkon zu genießen, statt schon wieder zu essen. Dieses Hotel ist wirklich ein ganz unglaublich schönes Schmuckstück. Weitab von den Luxusherbergen dieser Welt liegt es in einem winzigen Gässchen am hintersten Ende von Ravello, wo man seine Koffer über unzählige Stufen hinaufschleppen muss, und erinnert an das Italien der 1980er Jahre.

Zwar ist die Einrichtung neu, doch irgendwie ist alles ein wenig auf Retro gemacht und versprüht das typische Flair des Italiens meiner Kindheit. Über dem breiten Doppelbett auf dunkelroten Terrakotta-Fliesen liegt ein dicker, grüner Überwurf mit Bordüre und große, ebenfalls grüne Samtvorhänge lassen keinen Strahl Sonne ins Zimmer. Als ich an die Vorhänge herantrete und sie öffne, stockt mir der Atem.

Vor unserem Zimmer befindet sich ein kleiner Balkon mit verschnörkeltem Geländer und Blick aufs Meer und die Amalfiküste. Ich weiß nicht, ob ich jemals an einem Ort gewesen bin, der schöner ist als das, was sich meinem Auge hier bietet. Die Sonne steht schon tief über dem Wasser und in der Ferne verschwindet die Landzunge im blauen Dunst.

Ich muss zweimal heftig schlucken, um einen kleinen emotionalen Ausbruch zu vermeiden. Ich spüre bereits, wie die Tränen in mir aufsteigen, so ergriffen bin ich. Ben tritt hinter mich. Seine Hand verfängt sich in meinem Haar. Er öffnet die Tür, die auf den Balkon hinaus führt. »Zieh dich aus«, sagt er, hält mir ein silbernes Halsband vor die Nase und verschwindet wieder. Ich zögere noch, sehe mich um und mir wird klar, dass dieser Balkon zum Glück von allen Seiten – außer vielleicht vom Meer aus – ziemlich uneinsehbar ist.

Ich betrachte das silberne Halsband in meiner Hand und wundere mich, wo Ben es wohl gekauft haben mag. Ich habe es noch nie zuvor gesehen und probiere es an. In der Fensterscheibe kann ich mich betrachten und das neue Halsband gefällt mir. Ich streife die Träger meines Kleides herunter, so dass es ganz von selbst zu Boden fällt, hebe es auf und lege es fein säuberlich aufs Bett. Was soll ich jetzt tun? Ich setze mich auf einen der Stühle auf dem Balkon und sehe der Sonne zu, wie sie sich langsam auf die spiegelglatte See zubewegt und die Landschaft in orange-pinkes Licht taucht.

Kurze Zeit später kommt Ben mit einer Flasche Prosecco und zwei Gläsern zurück. Er küsst mich, nachdem er die Gläser gefüllt hat, dann stoßen wir an. Ich kann mich noch immer nicht so recht vom Anblick losreißen, der sich mir hier bietet, und so schweigen wir einfach nur einträchtig und nippen ab und zu an unseren Gläsern. Zwischendurch tastet meine Hand nach dem neuen Schmuckstück. »Danke«, sage ich zu Ben. Er lächelt.

Bei der Hälfte des zweiten Glases gerate ich in den Zustand, der zwischen ein wenig betrunken und nüchtern liegt. Diesen Zustand mag ich am liebsten. Das Gefühl der Entspannung durch den Alkohol hat bereits eingesetzt, aber trotzdem bin ich noch dazu in der Lage, klare Gedanken zu fassen. Ich rutsche von meinem Stuhl und bewege mich auf Knien zu Ben hin. Vor ihm bleibe ich sitzen und sehe ihn an.

So einfach seine Hose zu öffnen, würde ich mich nicht getrauen, und so warte ich ab. In aller Ruhe trinkt er sein Glas aus, streicht mir mitunter übers Haar und streichelt immer wieder mein Gesicht. Auch er wirkt irgendwie verträumt. Sein Finger schiebt sich in meinen Mund und ich sehe an seinem Gesichtsausdruck, wie sehr es ihn anmacht, wenn ich daran lutsche. Dann knöpft er endlich seine Hose auf und ich walte meines Amtes. Überraschend schnell schiebt er mich allerdings wieder von sich weg. »Ans Geländer, Arsch raus, hopp«, sagt er und ich stehe auf und bin zunächst ein bisschen gehemmt, weil ich befürchte, jemand könnte uns entdecken.

Da die Balkone neben uns allerdings leer sind und es bereits dämmert, mache ich mir weniger Sorgen. Nur auf dem übernächsten Balkon sehe ich eine Gardine im Wind flattern und rede mir ein, dass dort ganz sicher gerade niemand auf dem Zimmer ist.

Ben beginnt, meinen Hintern zu bearbeiten. Seine große, schwere Hand landet mal wieder extrem schmerzhaft auf meiner Haut. Hoffentlich kann niemand die Geräusche seiner Schläge hören! Als ich plötzlich am Fenster des Zimmers mit der im Wind flatternden Gardine eine Gestalt wahrnehme, erschrecke ich für einen Moment. Doch dann gibt mir diese Situation zusätzlich zu den Schlägen einen kleinen Adrenalinstoß und ich sehe gleich darauf genauer hin. Da steht tatsächlich eine Frau. In der Dämmerung kann ich sehen, dass sie nackt ist. Sie tritt in den Türrahmen und ihr langes dunkles Haar, das ihr in lockigen Strähnen über die Schultern fällt, bewegt sich leicht im Abendwind.

Ich spüre, wie Bens Hand zwischen meine Beine gleitet, und irgendwie versuche ich, den Atem anzuhalten, als würde ich tatsächlich annehmen, die Fremde könne uns noch nicht entdeckt haben. Aber wahrscheinlich steht sie sogar nur deswegen dort, weil sie uns gehört hat. Soll ich Ben auf sie aufmerksam machen? Nein, ich lasse einfach geschehen, was geschehen soll. Ein Mann ist nun hinter die Fremde getreten und ich sehe, wie sich seine Hände auf ihren Körper legen. Er beginnt, ihre Brüste zu streicheln. Im selben Moment, als seine Hand zwischen ihre Beine hinuntergleitet, spüre ich, wie Ben in mich kommt. Ob er die beiden wohl bemerkt hat? Ich versuche, leise zu sein, als er sich zu bewegen beginnt, aber irgendwie werde ich trotzdem von Stoß zu Stoß immer lauter. Der Alkohol tut sein Übriges. Ich fühle mich wie in Trance und nehme gerade noch wahr, dass die andere Frau zwei Balkone weiter jetzt auch nicht mehr besonders leise ist. Der Mann hinter ihr, von dem ich immer noch nicht viel mehr sehe als seine Arme und Hände, fasst sie jetzt um die Hüften und sie stellt sich leicht auf die Zehenspitzen. Ich beobachte den Ausdruck ihres Gesichts, als er in sie kommt. Kurz hält er inne, dann beginnt er sich zu bewegen und ich spüre, wie sich Bens Hand zusätzlich zu seinem Schwanz in mir zu meinem Kitzler vortastet. Bereits als er ihn nur für wenige Momente berührt hat, bin ich knapp davor zu kommen. Ich beobachte, wie die gebräunten Männerarme, die von Adern überzogen sind, die andere Frau aufrecht halten. Bens Hand legt sich wieder über meinen Mund und ich sauge mich an ihr fest, als ich versuche, möglichst leise zu kommen. Auch Ben braucht nur noch wenige Bewegungen, bis er sich entlädt, und ich sinke schlaff und wie betäubt auf das Geländer des Balkons hinab, auf das ich mich die ganze Zeit gestützt habe.

Rings um uns ist es nun vollständig dunkel geworden, die glitzernden Lichter Amalfis spiegeln sich auf der schwarzen Oberfläche des Meeres wider. Ohne dass ich es bemerkt habe, ist die fremde Frau wieder im Zimmer verschwunden und nur die Gardine flattert nach wie vor im Wind. Ich sinke auf die Knie, halte mich mit beiden Händen am stählernen Geländer des Balkons fest und blicke auf die glitzernde Küstenstadt hinunter. An mein Ohr dringen die Klänge einer Oper. Zuerst bin ich mir nicht ganz sicher, ob ich mir das nur einbilde, dann erinnere ich mich daran, dass der Mann an der Rezeption uns beim Einchecken mitgeteilt hat, dass heute Abend »in piazza« *Tosca* gespielt wird.

Ben legt mir von hinten ein weißes Leintuch um die Schultern. Er ist schon wieder angezogen, lässt sich auf dem Stuhl neben mir nieder und reicht mir ein weiteres Glas Prosecco. Ich lausche den Klängen des klassischen Gesangs und schon wieder muss ich gegen die Tränen ankämpfen. Dieses Mal schaffe ich es aber nicht und so sitze ich schließlich da an meinem Geländer auf dem Boden, der von der Sonne des Tages noch ganz aufgeheizt ist, und weine wie ein Schlosshund. Ben streichelt mir von hinten über die Schulterblätter und ich lehne mich seitlich gegen sein Bein. »Alles gut, mein Schatz?«, fragt er ein wenig besorgt und ich nicke. »Es ist nur so unglaublich schön hier.«

9.
Szenegänge

Viel zu schnell ist die gemeinsame Zeit mit Ben vorüber. Auf unserer Italienreise haben wir noch Halt in Sorrent gemacht, uns Amalfi angesehen und uns schließlich für eine Woche Badeurlaub in einem kleinen Hotel in Marina di Casal Velino einquartiert. Kaum wieder in Deutschland angekommen, ging es erneut in Bens absolute Lieblingsstadt Hamburg und im Anschluss für eine Woche nach Rügen. Weil das Wetter dort so schlecht war und wir die ganze Zeit nur Regen hatten, beschlossen wir, noch einen kleinen Abstecher nach Rhodos zu machen, wo wir außerhalb der Hauptsaison die Sonne und die Ruhe vor den Touristenmassen genossen.

Ganze zwei Monate waren wir somit fast nonstop unterwegs und Bens erneute Abreise rückte unaufhaltsam näher. Zwei Wochen, bevor es wieder losgehen sollte, war ich bereits am Boden zerstört und nach seinem Abflug brauchte ich einige Tage, bis ich wieder einigermaßen stabil und ansprechbar war. Trotzdem fiel mir der Abschied dieses Mal viel leichter als beim letzten Mal, denn ich muss mich nicht mehr jeden Tag in dieses verhasste Büro quälen. Ben hat mir seine EC-Karte gegeben und ich kann nach freiem Ermessen über sein Geld verfügen. Abhängig komme ich mir aber überhaupt nicht vor, wie ich das vorher befürchtet hatte. Im Gegenteil fühle ich mich jetzt viel freier, da es für mich keine alltäglichen Zwänge mehr gibt, und so erlaube ich mir auch, die ersten Tage ohne

Ben einfach weinend im Bett zu verbringen. Aber ich nehme mir vor, es nicht zu lange auszudehnen, da sonst die Gefahr zu groß wäre, wieder in einer Depression zu versinken. So entscheide ich mich am zweiten Wochenende, an dem ich allein bin, meine Freundin Ela anzurufen und sie mal wieder zu einem kleinen Ausflug in die örtliche SM-Szene zu ermuntern.

Der Club, in dem an diesem Wochenende die Party steigen soll, ist noch recht neu. Alle freuen sich über seine Existenz, da das Angebot an SM-Einrichtungen in unseren Breitengraden nicht gerade üppig ausfällt. An diesem Abend wird sich im hiesigen Fetisch-Keller alles tummeln, was Rang und Namen hat. »Pass auf dich auf und sag mir, wenn dich jemand belästigt, dann schlage ich ihn tot, wenn ich wieder daheim bin«, sagt mir Ben in nicht ganz ernstem Tonfall am Telefon aus Kolumbien.

Obwohl es noch ziemlich früh ist, als Ela und ich auf der Party ankommen, ist der Laden bereits voll. Wie ich es vermutet habe, sehe ich schon im ersten Moment zahlreiche bekannte Gesichter an mir vorübergehen. Kaum finden wir noch die Zeit, uns etwas zu trinken zu organisieren, da beginnt auch schon die angekündigte Bondage-Show. Begleitet von bunten Lichtern und sphärischen Klängen betritt eine nicht mehr ganz junge Frau die Bühne, die man in der Mitte der Tanzfläche aufgebaut hat. Sie ist in eine Art weißes Bettlaken gehüllt, das durch eine Kordel um ihre Hüften zusammengehalten wird. Soll das vielleicht römisch aussehen?

Kurze Zeit später tritt auch der große Bondage-Meister ins Rampenlicht. Auf ein Handzeichen von ihm lässt die Dame ihr Tuch zu Boden fallen und steht nun, nur noch spärlich mit einem roten String bekleidet, vor ihm. Er geht ein paar Mal um sie herum. Das soll wohl geheimnisvoll wirken. Ich muss ein Gähnen unterdrücken und schaue mich lieber nach einer Sitzgelegenheit um. So richtig hat sich mir die Faszination von Bondage offenbar immer noch nicht erschlossen. Nirgendwo ist ein freier Stuhl zu finden, der mir helfen könnte, meine Beine zu entlasten. Der Bondage-Meister greift nach einem dicken Bambusrohr, das die Dame hinter ihrem Rücken festhalten muss. Dann beginnt er, seine Seile zu sortieren, und ich frage mich, wie lange dieser Programmpunkt wohl dauern soll. Die meisten anderen Partygäste stehen wie gebannt um das Zentrum des Geschehens herum und sehen aufmerksam zu. Bis auf die Musik ist es mucksmäuschenstill im Raum. Nur ganz selten vernimmt man ein leises Flüstern.

Im ersten Moment merke ich gar nicht, dass August neben mich getreten ist. Ich kenne ihn aus der SZ und von den wenigen Stammtischbesuchen aus meiner Vergangenheit. Wir begrüßen uns leise. Mit August würde mich nichts verbinden, wenn es BDSM nicht gäbe, und ich muss sagen, dass wir selbst in diesem Bereich nicht unbedingt ähnliche Einstellungen haben. Meistens schweige ich über diese Tatsache. Auch dann, wenn er seine Ansichten kundtut, denn ich wusste von Anfang an, dass er mit Widerspruch überhaupt nicht umgehen kann. Wahrscheinlich ist das der Grund, warum ich ihn nicht ernst nehme. Doch ich denke mir: *Leben und leben lassen.*

Natürlich ist August im Gegensatz zu mir fasziniert von der langatmigen Show, die sich da gerade vor unser aller Augen abspielt. Das hätte ich mir eigentlich denken können. Er findet es nämlich gerade gut, wenn alles so lange dauert, weil man nur so jeden einzelnen Arbeitsschritt sehen könne. Kommentarlos nehme ich einen Schluck aus meinem Sektglas.

»Ach übrigens«, klärt mich August auf, »ich habe eine neue Sub.« Ich verschlucke mich. Das erzählt er mir erst, als er schon eine gefühlte halbe Stunde neben mir steht. Offensichtlich scheint ihm die Bondage-Technik wichtiger zu sein als die Tatsache, dass er sich verliebt hat. Oder ist er vielleicht gar nicht verliebt und es handelt sich nur um eine reine Spielbeziehung? Immer wieder vergesse ich, mich solche Dinge zu fragen, weil mir reine Spielbeziehungen irgendwie suspekt sind. Ein Vorurteil, ich weiß, aber ich schaffe es einfach nicht, das nachzuvollziehen. »Schön. Wo ist sie denn? Darf man sie kennenlernen?«, will ich wissen, denn ich kann mir nur schwer vorstellen, wie die Frau sein muss, die sich mit ihm einlassen würde. »Irgendwo hier, ich weiß es nicht. Sicherlich kannst du sie später noch kennenlernen«, sagt er und starrt weiter völlig fasziniert auf die Bühne.

Ich schaffe es doch tatsächlich, diese ewig dauernde Bondage-Show zu überstehen, ohne den Langeweile-Tod zu sterben. Danach mache ich mit Ela einen kleinen Rundgang durch den Club. Die Menschenmassen haben sich jetzt wieder gleichmäßig verteilt und der eine oder andere versucht sich an einer Fesselung oder packt bereits die Peitsche aus. Mir fällt auf, dass es hier keine erkennbare Trennung zwischen Spiel-, Party- und Aufenthaltsbereich gibt. Alles geht fließend ineinander über, die Türen der Spielräume stehen bis auf den Toilettenraum alle offen und so mancher beginnt sein Spielchen neben der Bar oder gar mitten auf der Tanzfläche.

Ich kann mich nicht recht entscheiden, was ich besser finde: die Trennung oder diesen fließenden Übergang. Im Moment ist es gar nicht so schlecht, dass Ben nicht dabei ist, denn mit ihm würde ich natürlich gern ein kleines geiles Erlebnis haben. Aber hier mit so wenig Privatsphäre kann ich mir das irgendwie schlecht vorstellen. Lieber ist es mir doch, wenn ich mich ein wenig zurückziehen kann, während ich selbst in Aktion trete. Das soll aber nicht heißen, dass es mich nicht kickt, wenn mir die Möglichkeit zum Rückzug genommen wird.

Ela und ich gehen an einer großen Tür vorbei, die aus Gitterstäben besteht, dahinter stehen zwei Böcke und es gibt ein paar kleine angrenzende Räume, die Fesselmöglichkeiten bieten, aber auch als Kerker genutzt werden können. Fast alle Spielmöglichkeiten sind belegt. Eine Dame hat ihren Sklaven zur Fremdbenutzung freigegeben. Während sie auf einem Diwan mit Tigerfell thront, steht er splitterfasernackt an eine Mauer aus Natursteinen gelehnt. An Armen und Beinen fixiert, bekommt er die Bull Whip einer anderen, etwas fülligen Dame mit langem Rock und engem Korsett zu spüren. Ich schaue eine Weile zu. Der Sklave ist groß und trägt eine Glatze, seinen muskulösen Körper schmücken mehrere großflächige Tattoos. Definitiv ist er einer, den ich nicht von der Bettkante gestoßen hätte. Aber ob ich es auch geschafft hätte, ihm zuliebe die Peitsche auszupacken, dessen bin ich mir nicht so ganz sicher.

Als ich mich von Mr. Knackpopo losreiße, bewegen wir uns wieder an die Bar. Ela ist – wie fast immer, wenn wir uns auf SM-Partys aufhalten – sehr aufgedreht und, wie ich vermute, auch ziemlich geil unter ihrem kurzen schwarzen Röckchen. Gerade als wir unsere Gläser an der Bar entgegennehmen, fällt mir mein Lieblingspärchen ins Auge. Ich nenne sie für mich so, weil ich sie oft sehe und weil es mir immer wieder viel Spaß macht, ihnen bei ihren Aktionen zuzusehen. Wahrscheinlich liegt das unter anderem daran, dass der männliche Teil mit seiner Körpergröße von über 1,90 und seinen blonden Haaren ganz genau meiner Vorstellung vom perfekten Mann entspricht. Zumindest gilt das für sein Äußeres, alles Weitere kann ich ja nicht beurteilen, aber um meine Fantasie spielen zu lassen, reicht das Äußere allemal.

Die beiden kommen in unsere Richtung und bleiben ebenfalls an der Bar stehen. Sie sieht ihn herausfordernd an. Seine Hand greift mit einem ruhigen Lächeln ins Haar an ihrem Hinterkopf und führt sie zur Wand, einige Meter von der Bar entfernt. Dort muss sie mit dem Hintern zu uns und dem Gesicht und den Händen zur Wand stehen bleiben. Er spreizt ihre Beine und gibt ihr einen Klaps auf den Po. Es ist unschwer zu erkennen, dass sie unter ihrem sehr kurzen Rock kein Höschen trägt. Als er an die Bar zurückkommt, nimmt er sein zuvor bestelltes Getränk entgegen und beginnt das eine oder andere Gespräch. Es dauert nicht lange, bis seine Sub sich von der Wand wegbewegt und wieder neben ihm steht. Im ersten Moment scheint er sie nicht zu bemerken oder er tut zumindest so. Ich stelle fest, dass Ela das kleine Schauspiel, das sich uns hier bietet, genauso interessiert beobachtet wie ich. Wir sehen uns in die Augen und verstehen uns ohne Worte.

Mittlerweile hat der Typ den Ungehorsam seiner Sub bemerkt. Er sieht sie eine Weile ganz ruhig an, beginnt zunächst ihren Nacken zu streicheln und packt sie dann wieder, um sie erneut an die ihr befohlene Position zu befördern. Kaum hat er sich umgedreht, verweigert sie ihm dieses Mal schon ziemlich schnell den Gehorsam, sie nimmt die Hände von der Wand, dreht sich mit dem Gesicht in den Raum und grinst ihn frech an, während sie sich lässig mit dem Rücken anlehnt. Er bricht seine Gespräche ab und steht jetzt schweigend mit seinem Glas an der Bar. Er fixiert sie die ganze Zeit mit Blicken, während er ab und zu einen Schluck von seinem Getränk nimmt.

Nach kurzer Zeit stellt er das Glas ab und geht langsam auf sie zu. Seine Hand greift nach ihrem Kinn und er zwingt sie in die Knie. Obwohl er sie nur mit einer Hand und dazu noch am Kinn festhält, kann sie sich offenbar nicht dagegen wehren.

Mit ihrem Halsband befestigt er sie nun an einer Öse in der Wand, die mir bisher noch gar nicht aufgefallen ist, so dass es ihr jetzt nicht mal mehr möglich ist, aufrecht zu knien. Sie startet den kläglichen Versuch, diese unbequeme Position zu ignorieren, und winkt scheinbar fröhlich eine Bekannte zu sich heran, die es sich auf dem Boden neben ihr bequem macht. Die beiden Frauen beginnen ein scheinbar ganz normales, aber etwas albernes Gespräch.

Ich werde vom Geschehen abgelenkt, als sich ein junger Mann zu uns gesellt. Er ist nicht besonders groß, ziemlich dünn und dunkelhaarig. Aber er hat ein hübsches und vor allem sympathisches Gesicht. Ich erkenne auf den ersten Blick, dass er devot ist. Wir beginnen ein Gespräch und ziemlich schnell wird mir klar, dass er sich wegen meines schwarzen Lackoutfits wohl Hoffnungen auf eine dominante Persönlichkeit macht. Ich kläre ihn auf, dass das nicht der Fall ist und dass ich an keinem anderen Mann interessiert bin als an Ben. Er scheint ein wenig enttäuscht zu sein, versucht sein Glück daraufhin bei Ela und weicht uns erst mal nicht mehr von der Seite.

Als Ela später auf der Toilette ist, fragt er mich, ob er ihr vielleicht den Hintern verhauen könnte, wenn sich schon keine von uns beiden besonders Domina-like fühle. Ich zucke mit den Schultern. »Probier's einfach aus, dann weißt du mehr«, sage ich und finde es ganz schön krass, wie viel Abstriche manch einer so macht, um überhaupt irgendetwas zu erleben.

Ich bin ja eher die Vertreterin des Mottos: ganz oder gar nicht. Mir irgendwo von irgendjemandem den Hintern verhauen zu lassen, der dann womöglich auch noch devot ist, davon halte ich gar nichts. Das liegt daran, dass ich viel eher den Hintergrund einer solchen Handlung sehe als die Handlung an sich. Wenn ich mich von jemandem schlagen lasse, dann muss der für mich in die Rolle der Respektsperson schlüpfen können. Das geht bei mir einfach nicht mit jedem. Auch dann nicht, wenn ich allein wäre. Ich muss an Ben denken, den ich jetzt so gerne an meiner Seite hätte, und seufze wehmütig in mich hinein. In solchen Momenten vermisse ich ihn ganz besonders.

Als Ela wenig später von der Toilette zurückkommt, begeben wir uns zu dritt in einen kleinen dunklen Raum, in dem sich ein Bett und ein paar Kerzen befinden. Zuerst möchte unser devoter Geselle, der heute mal dominant sein will, dass Ela sich an die Wand stellt. Er schiebt ihren Rock nach oben und beginnt, ihren Hintern zu streicheln. Als er mit der flachen Hand zuschlägt, muss ich mir ein Lachen verkneifen. Selbst die meisten Mädchen schlagen besser! *Ich bin schon ein wenig gemein*, denke ich und gestehe mir ein, dass ich die meisten devoten Männer nicht so recht ernst nehmen kann. Sie passen einfach nicht in mein Männerbild. Als Ela sich zu wehren beginnt, wird schnell klar, dass er rein körperlich gegen sie keine Chance hat. Bereits an dieser Stelle hätte ich mangels Kick das Spielchen schon abgebrochen. Schließlich wurde bereits bewiesen, was zu beweisen war, nämlich, wer von beiden der Stärkere ist. Trotzdem lässt sich Ela von ihrem Aushilfsdom aufs Bett werfen und lacht die ganze Zeit, während er sie weiter schlägt. Es scheint, als lache sie ihn aus.

Immerhin muss ich mir keine Sorgen machen, ob es ihr gut geht. Allein hätte ich sie niemals mit einem fremden Mann in dieses geschlossene Zimmer gelassen, möge der auch noch so schmächtig erscheinen. Ich trinke entspannt meine Cola, während ich dem Schauspiel weiter zusehe. Irgendwie führt die ganze Sache zu gar nichts und ich bin ganz froh, als wir den Raum wieder verlassen und uns dem Buffet widmen. Ich möchte, dass Ben jetzt hier ist!

Als wir an der Bar stehen, sehe ich den weiblichen Teil meines Lieblingspärchens wieder. Sie kniet mit geöffneten Beinen mitten auf der Tanzfläche, so dass jeder wirklich alles sehen kann. Die Hände liegen auf den Oberschenkeln, die Handflächen nach oben gerichtet. Irgendwie wirkt sie beleidigt. Wahrscheinlich war sie davor sehr frech. Von ihrem männlichen Begleiter gibt es weit und breit keine Spur. Ich denke: Wenn Ben von mir verlangen würde, so dort zu knien, würde ich bitten und betteln, es nicht tun zu müssen, doch bestimmt würde ich mich nicht getrauen, mich renitent zu verhalten. Zumindest kann ich mir das im Moment nicht vorstellen.

Sie kniet da so lange, dass ich mich schon frage, ob ihr Dom vielleicht die Party verlassen hat. Unsere Teller sind längst leer, als er endlich wieder auf der Bildfläche erscheint. Er geht auf sie zu, stülpt ihr eine schwarze Ledermaske über den Kopf und hakt eine kleine silberne Leine an ihrem Halsband ein. Anschließend lässt er sie aufstehen, zieht sie durch ein großes Gittertor hinter sich her und fixiert sie mitten im Raum mit den Armen nach oben an einer geeigneten Vorrichtung an der Decke. Die Beine bleiben frei.

Natürlich waren Ela und ich uns wieder ohne Worte einig, dass wir den beiden folgen müssen, um unsere Neugier zu befriedigen. Ich sehe, dass er eine Peitsche auspackt. Die Frau wirkt unterdessen ein wenig nervös, wie sie da blind und gefesselt an der Decke hängt.

Er tritt auf sie zu und reißt ihr mit einem Ruck den kurzen Rock vom Leib, so dass sie erschrocken zusammenzuckt. Jetzt folgen Schläge. Er schlägt sie so lange, bis auf ihrem Hintern und auf ihren Hüften Spuren zu sehen sind und sie zu jammern beginnt. Trotzdem macht er unerbittlich weiter. Ich verstehe nicht, was er zu ihr sagt.

Aber ich kann nicht leugnen, dass ich mich wahnsinnig gern an der Stelle dieser Frau befinden würde. Freiwillig würde ich mich zwar nicht vor einem derart großen Publikum auspeitschen lassen, doch wenn mich jemand dazu zwingen würde, hätte ich schon großen Spaß daran. Leider ist Ben keiner, der Zwang ausübt. Ich hingegen finde, dass es genau an dem Punkt spannend wird, wo der Zwang einsetzt, denn dann kann ich nicht mehr voraussehen, was sich in meiner Psyche abspielen wird. Genau das macht für mich einen der vielen Kicks aus, weshalb ich BDSM so sehr liebe: Gefühle spüren, die dabei in mir hochkommen, ganz egal, ob sie negativer oder positiver Art sind, sie ungefiltert herauslassen – an diesem Punkt wird es hochgradig spannend für mich.

Als der Arsch des Mädels endlich grün und blau genug ist, bindet er sie los und zieht ihr unsanft die Maske vom Kopf. *Dieser Frisur hilft jetzt auch kein Drei-Wetter-Taft mehr,* kommt mir ein wenig schadenfroh in den Sinn. Dabei sehe ich zu, wie er sie auf die Knie stößt. Ihre Kräfte scheinen sich ein bisschen erholt zu haben und so kriecht sie folgsam vor ihm her in Richtung Ausgang und schließlich die Treppe des Clubs hinauf ins Freie. Nicht nur einmal habe ich mir an den folgenden Tagen im Bett ausgemalt, wie die beiden den Abend wohl ausklingen lassen haben.

*

Nicht mehr auf dieser Party, aber nur wenige Tage später habe ich Augusts neue Sub kennengelernt. Sie heißt Marie und ich liebe sie! Umso weniger verstehe ich, was dieses Mädel eigentlich von August will. Die einzige Erklärung, die ich dafür habe, ist ihre Unerfahrenheit im Bereich BDSM. Natürlich äußere ich mich zu dieser Sache nicht, denn ich bin der Meinung, dass uns nur Erfahrungen weiterbringen können, die wir selbst machen, und dass jeder für sich entscheiden muss, welchen Weg er oder sie gehen möchte.

Marie ruft mich eines Tages an und ich bin erstaunt, dass sie meine Telefonnummer hat. Wie sich herausstellt, hat sie die aus Augusts Handy geklaut. Heimlich. Er hat am Wochenende Geburtstag und sie möchte eine Überraschung für ihn organisieren. Wie süß. Natürlich bin ich dabei. Und so mache ich mich an einem schönen Samstagnachmittag auf den Weg zu Marie.

Von allen geladenen Gästen bin ich die Erste und August staunt nicht schlecht, als er mich am späten Nachmittag in einem nicht ganz alltagstauglichen Outfit im Treppenhaus stehen sieht. Ich trage eine Korsage, einen kurzen Rock und meine Overknees. Schnell winkt er mich hinein, in der Sorge, die Nachbarn könnten mich sehen. Ich gratuliere ihm noch nicht zum Geburtstag, der ist nämlich erst morgen. Als auch Marie mich begrüßt und mich ins Wohnzimmer führt, wo sie mir einen Platz anbietet, weiß August immer noch nicht, was los ist.

Marie trägt ein klassisches schwarz-weißes Dienstmädchenkleid und sieht mich verschwörerisch an, während sie mir einen Kaffee serviert. Es klingelt erneut und eine freundliche junge Dame betritt den Raum. Ich kenne sie nicht. Sie stellt sich als Jacky vor. Nur noch einer fehlt. Diese Info raunt mir Marie zu, als es auch schon wieder klingelt und ein weiterer, diesmal männlicher Gast den Raum betritt. Auch ihn habe ich noch nie gesehen. Er ist groß und blond und in meinem Kopf gehen alle Alarmglocken an.

Ich sitze auf dem Sofa und sehe zu ihm auf, als er den Raum betritt. Es ist einer dieser Momente, in denen man das Gefühl hat, die Realität laufe in Zeitlupe ab, und dabei weiß man ganz genau, was Sache ist. Ein Blick in seine blauen Augen genügt und mir wird schlagartig klar, dass er mich rein theoretisch hier, jetzt und auf der Stelle flachlegen könnte. So wie mir sein Blick sagt, dass dieses Gefühl auf Gegenseitigkeit beruht.

Nachdem ich mich vielleicht etwas übertrieben höflich vorgestellt habe, versuche ich, mich möglichst unauffällig zu verhalten. Viel nutzt mir das nicht, denn er setzt sich mir gegenüber und zeigt seine Absichten unmissverständlich. In meinem Hirn beginnt es zu rattern. Wie bringe ich ihm nur charmant bei, dass ich ihn zwar attraktiv finde, aber leider schon vergeben bin? Glücklicherweise nimmt mir Marie diese Aufgabe ab, als sie lauthals herausposaunt, dass ich »so einen Typen« habe, der zur See fährt und den die meisten Leute nicht kennen, weil er nie da ist. Während sie spricht, schaue ich in Daniels Augen und senke lieber den Blick. Er meistert die Situation gekonnt, indem er so tut, als sei nichts. Einerseits bin ich froh, dass er sich nach wie vor äußerst charmant benimmt, andererseits fühle ich mich aber auch irgendwie unwohl mit der ganzen Situation.

Als wir ins Auto steigen, um an den für die Geburtstagsfeier vorgesehenen Ort zu fahren, bemühe ich mich, einen Platz in Jackys Auto zu bekommen, was zur Folge hat, dass ich eine Stunde später lauter Dinge über sie weiß, die mich eigentlich nicht interessieren. Sie redet ohne Punkt und Komma, während ich irgendwie versuche, meine verwirrten Gedanken zu ordnen. So etwas passiert mir zum ersten Mal, seit ich Ben kenne.

Um das SM-Café zu erreichen, in dem Augusts Geburtstagsfeier ihren Höhepunkt finden soll, müssen wir vom Parkplatz noch eine kleine Strecke zu Fuß gehen. Die Mädels allesamt in Fetisch-Klamotten marschieren wir durch die Innenstadt und zeigen den Spitzenbesatz unserer halterlosen Strümpfe unter den eigentlich viel zu kurzen Röcken. Ein paar Halbwüchsige machen dumme Bemerkungen, die wir ignorieren, und als wir an eine Treppe kommen, stutze ich kurz.

Die ganze Zeit ist Daniel hinter mir und Jacky gelaufen und ich weiß ganz genau, dass er mir unter den Rock sehen kann, wenn ich vor ihm die Treppe hinaufgehe. Der Gedanke daran ist mir peinlich. Schließlich will ich ihn ja nicht anmachen. Doch mein Versuch, mich hinter ihm zu halten, scheitert kläglich, denn natürlich durchschaut er meine Gedanken. Er müsse hinter mir gehen, um mich vor den Angriffen böser Jungs zu beschützen, erklärt er mit einem Grinsen und so muss ich mir wohl oder übel unter den Rock sehen lassen. *Zum Glück trage ich immer ein Höschen, wenn ich nicht mit Ben unterwegs bin*, denke ich. Als die Treppe hinter uns liegt, schließt Daniel mit einem Grinsen zu mir auf. »Was ist denn, wenn die bösen Jungs mich jetzt angreifen?«, frage ich, bekomme aber keine Antwort.

Wir betreten das Café durch eine Tür, an der ein Schild sexuell verklemmte Menschen vor unbefugtem Zutritt warnt. Am Tisch sitzt mir Daniel gegenüber und ich muss den ganzen Abend seine Blicke ertragen. Oder genieße ich sie vielleicht sogar? Eigentlich wäre das ja nicht so schlimm, aber ich befürchte, verlegen zu werden. Der Abend und die Nacht sind ein einziger Flirt, den ich genieße, der es mir aber unmöglich macht, mich zu entspannen. Ich bin froh, dass Daniel seine Arme und Beine stillhält und es vermeidet, mich zu berühren. Besonders peinlich wird die ganze Angelegenheit beim Essen, weil ich mit pingeliger Akribie darauf achten muss, mich nicht zu verschmieren, die Gabel nicht unter den Tisch fallen zu lassen oder gar mein Glas umzukippen. Ich bin ein einziges Nervenbündel.

Nach dem Essen wird die Stimmung lockerer und eine dicke Domse gesellt sich zu uns, die sich mit lauter Stimme schnell zur Wortführerin macht. Als sich Marie zu ihrer Verfügung stellen muss, finde ich das allerdings nicht mehr so interessant. Die ganze Aktion hat keinen ernsthaften Hintergrund und es geht meiner Meinung nach um nichts anderes als um ein rein theoretisches Fachsimpeln über gewisse Schlagwerkzeuge. Die werden nämlich alle hintereinander von der dicken lauten Frau an Marie ausprobiert.

Irgendwie verstehe ich nicht, warum August das zulässt. Als die Domse Marie mit voller Wucht mit einem Gummirohrstock zwischen die Schulterblätter schlägt, sehe ich, wie das Mädchen lautlos zu weinen beginnt. Ich möchte aufspringen und einschreiten, doch die Frau macht einfach weiter. Klar, sie kann ja auch Maries Gesicht nicht sehen und hat wahrscheinlich gar nichts bemerkt. Ich suche Blickkontakt zu August, der alles, was hier gerade abläuft, höchst interessant zu finden scheint. Da von seiner Seite keine Reaktion zu erwarten ist, sehe ich Daniel Hilfe suchend an, der kurz nickt, sich erhebt und der Domse den Rohrstock aus der Hand nimmt. Während er Interesse an der qualitativen Verarbeitung des Schlagwerkzeugs heuchelt, winke ich Marie schnell zu mir heran. Wie ein Häufchen Elend sitzt sie neben mir. Und zu allem Übel verschwindet August auch noch gut gelaunt mit Jacky in einem der Spielräume.

*

In der kommenden Woche beginnt der Mail- und SMS-Verkehr zwischen mir und Daniel. Auf die Entfernung kann ich die Flirterei genießen, weil sie ja keine Gefahr darstellt. Mein

Sexualleben liegt in den Zeiten von Bens Abwesenheit sowieso brach und so allmählich stellen sich jetzt eindeutig die ersten Zeichen von chronischer Untervögelung bei mir ein. Welche Fantasien mich abends im Bett beschäftigen, weiß zum Glück niemand.

Von Daniel erfahre ich, dass Marie für das kommende Wochenende einen Besuch im Peitschenmuseum plant. Sie wünscht sich die gleiche Konstellation wie bei Augusts Geburtstagsfeier und Daniel möchte, dass ich mich dieses Mal in sein Auto setze. Ich sage beides zu und so kommt es, dass Daniel am Samstagnachmittag an meiner Haustür klingelt. Doch er weigert sich hereinzukommen und besteht darauf, sofort loszufahren, obwohl es eigentlich noch viel zu früh ist. Während der gut einstündigen Fahrt gehen uns die Gesprächsthemen nicht aus. Zum Glück muss er sich auf die Straße konzentrieren und kann mich somit nicht so oft ansehen. Dieses Mal bin ich auch ein wenig züchtiger angezogen als am vergangenen Wochenende.

Ich erschrecke ein wenig, als er plötzlich seine Hand auf meinen Oberschenkel legt. Er tarnt es als kumpelhafte Geste, doch die Berührung zeigt durchaus Wirkung und ich hätte nichts dagegen, wenn er seine Hand noch ein klein wenig länger auf meinem Bein lassen würde. Dabei ist mir klar, dass Daniel zu den wenigen Männern gehört, bei denen ich nicht für meine Standhaftigkeit garantieren könnte – er müsste es nur ernsthaft versuchen. Doch er tut es nicht. Soll ich das nun bereuen oder lieber froh darüber sein?

Vor dem Peitschenmuseum erwarten uns bereits die anderen. August ist wegen dieses Besuchs schon ganz aufgeregt. Ich hingegen finde es schade, dass die Autofahrt mit Daniel schon zu Ende ist. Ich hätte noch Stunden lang mit ihm an den gelben Rapsfelden entlang und durch die grünen Wälder der Schwäbischen Alb fahren können. Jacky redet und redet mal wieder, ganz so, wie wir es von ihr gewohnt sind. Mittlerweile kenne ich ihr ganzes Leben und im Speziellen ihre Vorliebe für Swinger-Clubs und Sex mit immer wechselnden Partnern.

Das Museum ist keine große Sache. Es besteht aus drei Räumen mit Peitschen aller Art und einer Werkstatt. Trotz allem schafft es August, sich ganze drei Stunden dort aufzuhalten, und er wird uns noch Wochen später von diesem höchst beeindruckenden Erlebnis erzählen. Marie hält sich tapfer die vollen drei Stunden lang an der Seite ihres Doms. Daniel und ich machen es uns bereits nach einer halben Stunde im angrenzenden Café gemütlich. Wir reden nicht viel, was aber irgendwie nicht schlimm ist. Jacky gesellt sich zu uns. Ich empfinde sie als störend und wäre am allerliebsten mit Daniel allein hier. Das wäre zwar wider alle Vernunft, aber ich bin eben auch nur eine Frau. Ich sehe Daniel in die Augen. Irgendwie scheinen wir uns ohne Worte zu verstehen.

10.
Madagaskar

Seit zwei Wochen befinde ich mich nun bereits auf der Con-Carrier und ich könnte mich durchaus auch an längere Zeiträume auf diesem Schiff gewöhnen. Zum ersten Mal machten wir auf den Seychellen Station. Morgens gegen sechs liefen wir ein. Als ich aus dem Fenster sah, war ich ein wenig erstaunt: Da draußen sah es mehr nach Finnland als nach Indischem Ozean aus.

Mein Eindruck änderte sich allerdings ganz schnell, als ich mit dreien von Bens Kollegen an Land ging und wir einen Tag an einem wunderschönen weißen Sandstrand unter Palmen verbrachten. Nicht einmal der plötzlich einsetzende Regen konnte uns die Stimmung vermiesen und uns vom Baden abhalten, denn wenn es in diesen Breitengraden regnet, dann hat das ganz und gar nichts mit Abkühlung zu tun.

Ein bisschen traurig war ich schon, dass Ben nicht mit uns kommen konnte, weil er arbeiten musste, aber umso mehr freute ich mich, als ich ihn am Abend an Deck wiedersah und er mich in seine Arme schloss. Ich hoffte auf einen gemeinsamen Landgang in Réunion, doch auch dort wurde ich enttäuscht und musste allein in meinen Flip-Flops durch die unglaubliche Tropenhitze watscheln, weil kein Taxi zu finden war. Glücklicherweise schaffte ich es mit meinem rudimentären Französisch, das ich mal einem Leistungskurs zu verdanken hatte, einen kleinen netten Tankwart zu überreden, mich zum Hafen zu fahren. Irgendwie könnte ich mir das ganz nett vorstellen, in Frankreich Sozialhilfe – oder wie das da auch immer heißt – zu beantragen und auf diese kleine Insel im Indischen Ozean zu ziehen. Trotz allem kamen mir die Franzosen hier aber nicht richtig französisch vor. Keiner trug eine Baskenmütze, niemand hatte Baguettes unterm Arm und Gauloises wurden hier auch nicht geraucht.

Auf Mauritius konnte Ben dann endlich das erste Mal mit mir an Land gehen. Tagsüber war ich zwar wieder mit seinen Kollegen unterwegs, doch am Abend sollte es schließlich klappen. Schon als wir das Gate verließen, das den Hafen vom Rest der Insel abgrenzt, musste ich schmunzeln. Weit und breit war nämlich kein Taxi zu sehen. Dafür lungerten ein paar Jungs auf der Straße herum, die Ben in seiner liebenswerten, direkten Art zu uns heranwinkte. Er schaffte es tatsächlich, einen der Halbwüchsigen mit einem kräftig-kumpelhaften Schlag auf den Rücken dazu zu bringen, uns in die Stadt zu fahren, wo der uns auch gleich noch ein Restaurant empfahl.

Wir speisten wie in einer anderen Welt. Ich kam mir vor wie in den Südstaaten der 1930er Jahre. Es gab Flusskrebssuppe, Krevetten und vegetarisches Chili. Ich konnte mich nicht erinnern, wann ich das letzte Mal so gut gegessen hatte. Wahrscheinlich war das während unserer Italien-Reise.

*

Mittlerweile haben wir den Äquator überschritten und nähern uns dem südlichsten Punkt unserer Reise, auf den ich ganz besonders gespannt bin. Madagaskar gilt als eines der ärmsten Länder der Erde, aber ich habe mir bereits zu Hause Fotos angesehen, die im Gegensatz dazu ein wunderschönes Fleckchen Erde zeigten. Als das Telefon in Bens Kammer klingelt, liege ich noch im Bett. Er fordert mich auf, nach unten zu kommen und ein Paket Waschmittel mitzubringen. Ich verstehe es nicht so recht, frage aber nicht genauer nach. Auf der Gangway tauschen wir dann ein Kilo Waschmittel gegen einen riesigen Korb exotischer Früchte. Drei Männer stehen an Deck und sehen mich an, als wäre ich ein Wesen von einem anderen Stern. Einer von ihnen spricht den Matrosen an, der die Gangway bewacht, und der wendet sich wiederum an Ben. Es stellt sich heraus, dass der Mann aus Madagaskar mir die Hand geben will. Ich wundere mich ein wenig über den Aufstand, den er deswegen macht, und darüber, dass er sich nicht getraut, Ben direkt anzusprechen. Nachdem er die Erlaubnis bekommen hat, kommt der Mann auf mich zu und erfasst ehrfurchtsvoll meine Hand, die ich ihm entgegenstrecke. In gebrochenem Englisch wünscht er mir, Gott möge mich beschützen, und segnet mich. Obwohl ich ziemlich irritiert bin, freue ich mich darüber, lächle den kleinen Mann freundlich an und bedanke mich für seine guten Wünsche.

Wo auch immer ich mich an diesem Tag an Bord bewege, halten kleine dunkelhäutige Männer erschrocken inne, wenn sie meiner gewahr werden. Dabei wirken die Arbeiter zwar kein bisschen böse, doch trotzdem entschließe ich mich dazu, hier das Schiff und den Hafen nicht allein zu verlassen. Wenige Stunden später weiß ich auch, warum. Als ich mit Ben den Weg vom Schiff bis zum Ausgang des Hafens zurücklege, fühle ich mich wie die englische Königin, wenn sie durch die Innenstadt von London geht. Überall, wo ich hinkomme, verstummen die Gespräche, Menschen steigen von ihren Fahrrädern, bleiben stehen und betrachten mich freundlich, aber auch irgendwie irritiert. Mir fällt auf, dass viele nicht einmal Schuhe tragen.

Am Ausgang des Gates steigen wir in ein Taxi, das in Deutschland bereits im Jahr 1960 keinen TÜV mehr bekommen hätte. Hinterm Steuer sitzt ein uralt, aber sehr freundlich wirkender Mann, der uns mit gefühlten 20 km/h ins Zentrum Tamatave fährt. Der Zustand der Häuser, an denen wir vorüberkommen, erinnert mich ein wenig an Bilder von Deutschlands zerbombten Städten nach dem Zweiten Weltkrieg. Manche dieser Häuser, die aus nichts als rohem Mauerwerk bestehen, sind sogar noch bewohnt.

Das Taxi hält an einer Straßenecke vor einem großen Baum. Um den dicken Stamm herum ist eine Art Bar gezimmert. Ben erkundigt sich vorsichtshalber beim Taxifahrer, ob das hier wirklich eine offizielle Wechselstube ist. Ich bin sehr skeptisch, weiß aber, dass Ben nur das Nötigste an Geld eingesteckt hat. Eine halbe Stunde brauchen wir, um läppische 50 Dollar zu wechseln, dann wissen wir aber, dass es sich bei dieser Bar tatsächlich um eine seriöse Wechselstube handelt.

Das Taxi fährt uns danach zu einem Supermarkt. Der Fahrer rät uns, die Fenster zu schließen, weil hier viele Weiße einkaufen und es dementsprechend von kleinen Kindern wimmelt, die bettelnd die Hände nach uns ausstrecken. Er warnt uns davor, einem der Kinder etwas zu geben, weil sie einem dann keine Ruhe mehr lassen, bis man sein gesamtes Geld verteilt hat. Ich will diese Situation möglichst nicht an mich heranlassen. Am liebsten würde ich den kleinen Jungen und Mädchen all mein Geld schenken.

Nachdem wir uns im Supermarkt erst einmal mit Getränken eingedeckt haben, geht es auf den Markt. Ich nehme Abstand davon, eine Tasche aus echtem Krokodilleder zu kaufen, die einem hier an jeder Ecke angeboten werden. Den Anblick des Fleisches ertrage ich nicht. Es liegt in der prallen Sonne, die Verkäufer verscheuchen die Fliegen mit der Hand und der Geruch ist einfach unbeschreiblich eklig. Wir steigen schnell wieder in unser Taxi, das uns an einem Restaurant direkt am Meer absetzt. So langsam beginnt es zu dämmern. Als wir uns in einem Pavillon mit Strohdach an einem fein gedeckten Tisch niederlassen, blicke ich auf die Lichter der Stadt. Als Erstes fällt mir auf, dass alle Frauen, die hier arbeiten, Wickelröcke und extrem knappe Oberteile tragen. Ben erklärt mir, das wäre so, weil hier alle Frauen käuflich seien. »Aber die sind doch Kellnerinnen«, gebe ich in meiner naiven Art etwas erstaunt zu bedenken. Er lacht und sagt: »Mein Schatz, das hier ist Afrika.«

Mir fällt auf, dass sich Ben während des Essens öfter umsieht. Ich frage ihn nicht, warum, vielleicht bilde ich mir das ja auch nur ein. »Hast du dich brav rasiert?«, fragt er mich, als man uns die Vorspeise serviert hat. »Warum?«, frage ich. »Hast du?« – »Heute Morgen.« – »Gut.« Ich versuche, aus ihm herauszubekommen, warum er das so genau wissen will, doch er lenkt gekonnt ab.

Nachdem die leeren Teller von der Vorspeise abgeräumt sind, kommt eine Frau an unseren Tisch. Sie begrüßt Ben ein wenig überschwänglich und ich wunder mich ein bisschen. Die beiden scheinen sich zu kennen und mir wird klar, dass Ben offensichtlich nicht zum ersten Mal hier ist. Das macht mich sofort misstrauisch. Das Mädchen kommt auch zu mir und begrüßt mich. Zu meiner Überraschung kennt sie meinen Namen. Sich selbst stellt sie als Culomb vor und lässt sich dann halb auf Bens Schoß und halb auf der Lehne seines Stuhls nieder. Als sie auch noch den Arm um seinen Hals legt, wahre ich mit Mühe und Not die Fassung. Das passt mir alles gar nicht und mein Gehirn malt sich alle möglichen sexuellen Szenen zwischen Ben und dieser Afrikanerin aus. Sie ist viel kleiner als ich, zierlich und von eher heller Haut. Sie hat ein hübsches Gesicht und ihre fast schwarzen Augen funkeln fröhlich. Ihr Parfum kann ich bis über den Tisch riechen. »Schatz, was soll die Nummer hier?«, frage ich leicht ärgerlich und Ben lächelt mich entspannt an. »Vertrau mir«, sagt er, aber mein Ärger legt sich dadurch nicht. Culomb hingegen plappert fröhlich drauflos. Ihr Englisch ist gar nicht so schlecht und wir stellen fest, dass sie wie ich perfekt Italienisch spricht. Obwohl ich gerade lockeren Smalltalk betreibe, bin ich angespannt und ich möchte, dass Ben sie wegschickt.

Doch das ist nicht nötig. Mit dem Hinweis, dass sie ein Stockwerk tiefer an der Bar auf uns warten will, geht sie von ganz alleine. *Wo bin ich hier eigentlich?*, frage ich mich. Hat er mich in einen Puff geschleppt oder was? In gemäßigtem Tonfall beginne ich, ihm eine kleine Szene zu machen, will wissen, wer diese Frau ist, woher er sie kennt und ob da irgendwas gelaufen ist. Wenn das so sein sollte, dann will ich es lieber wissen als angelogen zu werden.

Das ist meine größte Sorge. Hätte Ben am Anfang irgendwann mal gesagt, er könne es keine vier Monate ohne Sex aushalten, dann hätte ich mich an den Gedanken gewöhnen können, dass er ab und zu mal irgendwo auf der Welt einen Puff betritt. Das wäre mir allemal lieber, als angelogen zu werden und nichts ahnend zu Hause zu sitzen. Die eine Sache ist der Sex, die andere das Vertrauensverhältnis zwischen uns beiden und wenn es nötig sein sollte, kann ich beides hervorragend voneinander trennen. Aber Ben hat mir immer wieder beteuert, er brauche keinen Freifahrtschein für die Puffs dieser Welt. Umso weniger verstehe ich jetzt das Auftauchen dieser Frau und das innige Verhältnis, das die beiden offensichtlich miteinander pflegen. Doch Ben gibt mir keine Antworten auf meine Fragen, er sieht mich nur amüsiert an.

Und so stochere ich lustlos und ein wenig stinkig in meinem Essen herum, als der Hauptgang serviert wird. »Ich möchte jetzt sofort wissen, was hier abgeht!«, sage ich entschlossen und lege meine Gabel neben den Teller. Ben grinst und besitzt tatsächlich die Frechheit, mir ein Glas Cognac zu bestellen. »Ich hasse Cognac, das weißt du ganz genau«, gifte ich ihn an. »Trink«, sagt er. Ich will mich weigern, doch als ich das Lächeln auf seinem Gesicht sehe, tue ich ihm den Gefallen. Als ich die ekelhaft brennende Flüssigkeit hinuntergeschluckt habe, sehe ich ihn abwartend an. Jetzt legt auch er seine Gabel zur Seite und nimmt meine Hand. »Mein Schatz«, sagt er, »vertrau mir doch einfach ein wenig. Ich habe diese Frau kennengelernt, als ich das letzte Mal hier war, aber zwischen uns ist nie etwas gelaufen. Ich habe es einfach nur genossen, mich mit jemandem unterhalten zu können, der nicht zu meinen Kollegen gehört. Wie du wohl gemerkt hast, ist sie nicht ganz ungebildet und spricht ganz passabel Englisch.« Ein bisschen beruhigt mich seine Aussage, weil er mir dabei die ganze Zeit in die Augen sieht und weil ich mir nicht so recht vorstellen kann, dass er mir derart dreist ins Gesicht lügen könnte. Ich nicke und nehme meine Mahlzeit wieder auf. Nach dem Hauptgericht fasst mich Ben an der Hand und zieht mich die Treppe hinunter. Unser Dessert werden wir an der Bar einnehmen.

Zu meiner Überraschung befindet sich im unteren Stockwerk keine puffige Tabledance-Bar oder Ähnliches, sondern eine hübsche Gartenanlage mit viel Grün, mit weißen Sofas und braunen Tischen. Hinter der Bar steht Culomb und lächelt uns freundlich an, als wir uns zu ihr gesellen. Nachdem wir unser Dessert verspeist haben, trinken wir noch ein Gläschen

Wein und so langsam kann ich mich entspannen. Culomb und ich reden viel auf Italienisch, was Ben ja nicht versteht, und so nehmen wir ihn immer wieder ein bisschen auf die Schippe.

Es verblüfft mich, dass Ben schon ziemlich früh darauf drängt, zum Schiff zurückzukehren. Nach meiner Rechnung müssten wir noch gut zwei Stunden Zeit haben. Doch er erklärt mir irgendetwas von einem Sonderfall, weswegen er dem Kapitän versprechen musste, etwas eher zum Schiff zurückzukommen. Zu meiner Überraschung begleitet uns Culomb nach draußen. Wegen der Preise sei es besser, sich von Einheimischen ein Taxi rufen zu lassen, erklärt mir Ben und ich nehme das kommentarlos hin.

Wir betreten einen dunklen Hinterhof, der auf eine stark befahrene Hauptstraße mündet. Das kommt mir nicht gerade wie der offizielle Ausgang des Restaurants vor und wenn Ben nicht dabei wäre, würde ich jetzt Panik bekommen. Ich erschrecke, als er mich plötzlich am Arm packt und unsanft an sich zieht. Er lehnt an der Hausmauer, hält mich von hinten fest und greift unter meinen Rock. Mit nur einer Hand zieht er mein Höschen herunter und seine Hand tastet sich zwischen meine Beine. Doch nur kurz, er scheint sich lediglich vom aktuellen Zustand der nicht vorhandenen Schambehaarung überzeugen zu wollen. Mein Herz schlägt mir bis zum Hals. Obwohl es der Mann ist, den ich liebe, der da hinter mir steht, rauscht es in meinen Ohren vor Aufregung und ich bin wie gelähmt. Das Adrenalin rast durch meine Adern und löst eine unglaubliche Geilheit aus. Ich atme schnell und im ersten Moment realisiere ich überhaupt nicht, dass Culomb vor mir auf die Knie gegangen ist und ich tatsächlich ihre Zunge zwischen meinen Schenkeln spüre. Ich bin perplex, erregt, bewegungsunfähig, alles zugleich und Bens große Hand legt sich jetzt auch noch um meinen Hals. Mit der anderen zieht er mein Top und meinen BH herunter, so dass beide Brüste nackt sind. Sie müssen im Dunkeln weiß leuchten, denke ich und die Möglichkeit, jeden Moment entdeckt zu werden, macht mich noch mehr an als alles andere. Culombs Zunge stößt immer wieder warm und weich gegen meinen Kitzler und ich spüre, dass sie nicht zum ersten Mal eine Frau leckt. Bens warmer Atem trifft mein Ohr. Ich habe seinen typischen Geruch in der Nase. Zwischen Daumen und Zeigefinger übt er so viel Druck auf meine linke Brustwarze aus, dass sie so etwas wie kleine Stromstöße in Richtung meines Unterleibs aussendet, die sich irgendwo zwischen Schmerz und Lust bewegen.

Irgendwann und ziemlich schnell nehme ich um mich herum nichts mehr wahr. Ich bin nur noch Lust und spüre nichts anderes als diese Zunge, die gerade dabei ist, mich in den Wahnsinn zu treiben. Es setzt dieses exklusive Gefühl ein, das nichts anderes gleichzeitig zulässt. Man wünscht sich, es möge nie aufhören, auf gar keinen Fall aber im jetzigen Moment. Man weiß ganz genau, dass nun das Gefühl des nicht mehr abzuwendenden Orgasmus folgt, der langsam, aber sicher in einem heraufkriecht. Wie immer kann Ben ganz genau einschätzen, wann ich komme, und so greift er genau im richtigen Moment nach meinem Kinn, dreht meinen Kopf in seine Richtung und verschließt meinen Mund mit einem Kuss, um mich am lauten Stöhnen zu hindern.

Als mein Höhepunkt abgeebbt ist, spüre ich, wie Culomb sich erhebt und dabei ganz nah an meinem Körper nach oben kommt. Ich sehe in ihre großen schwarzen Augen. Wie als Antwort küsst sie mich lange und innig und riecht dabei nach mir. Mit einem Lächeln streichelt sie mir über die Wange, küsst Ben zum Abschied ebenfalls auf die Wange und verlässt uns schließlich wortlos. Meine Knie sind so weich, dass ich kaum gehen kann. Wie wenn wir es gerufen hätten, fährt ein Taxi vor, als wir aus dem Halbdunkel des Hofes ins helle Licht der Straßenlaterne treten. Ich lehne mich an Bens Schulter und bin bereits eingeschlafen, als das Taxi uns am Hafen absetzt.

*

Am nächsten Tag befinden wir uns wieder auf hoher See und ich leiste Ben auf der Brücke Gesellschaft, nachdem ich mir an Deck einen kleinen Sonnenbrand geholt habe. Sonnenbrand im Dezember! Heute scheint es eine wichtige Aufgabe für mich zu geben. Der Magnetkompass muss geputzt werden. Und so befinde ich mich mit Putzlappen und Glasreiniger ausgestattet an der höchsten Stelle, die es auf einem Schiff gibt: dem sogenannten Monkey-Deck, dem Dach der Brücke. Das Monkey-Deck erreicht man nur über eine kleine Leiter an der äußeren Wand der Brücke. Als ich nach oben komme, traue ich meinen Augen kaum – da liegt ein nackter Chief-Engineer in der Sonne. Ich versuche, möglichst viel Lärm zu machen, damit er mich bemerkt und sich was anziehen kann, doch offensichtlich scheint ihn meine Anwesenheit nicht sonderlich zu stören, denn er blinzelt mir nur kurz zu und sonnt sich einfach weiter. In knapp einer Woche endet sein Vertrag und für die Rückkehr in seine ukrainische Heimat braucht er wohl eine schöne Bräune. Er wird gemeinsam mit mir von Bord gehen und unsere Wege werden sich erst in Dubai trennen. Ich bin froh darüber, dass ich mich somit auf der Rückreise als Frau nicht alleine im Oman aufhalten muss.

Ich mache mir mit Putzlappen und Glasreiniger am Magnetkompass zu schaffen – so, wie es Ben mir erklärt hat – und plötzlich steht der Chief-Engineer neben mir. Er ist immer noch nackt, bedeckt aber sein Gemächt, indem er sein zusammengeknülltes T-Shirt davorhält. Zum Glück bin ich keine verklemmte Kuh und muss nur ein wenig über ihn schmunzeln. Er will wissen, was ich hier eigentlich mache. »Ich putze den Magnetkompass«, sage ich und er sieht mich verwirrt an. Ich habe keine Ahnung, warum. Schließlich nickt er wortlos und legt sich wieder in die Sonne.

»War der Chief noch oben?«, fragt mich Ben, als ich nach getaner Arbeit wieder auf die Brücke komme. Ich nicke. »Und er war nackt«, füge ich hinzu. »So schlecht sieht der eigentlich gar nicht aus.« Ben setzt zu einer Ohrfeige an, lacht aber dabei. Irgendwie dauert seine Schicht heute länger. Er sagt, ich solle schon mal in seine Kabine gehen und dort ein wenig aufräumen. »Das macht doch immer der Steward, warum soll ich das denn jetzt tun?« – »Mach, was ich dir sage, und leg schon mal unsere Badesachen bereit, damit wir nach meiner Schicht noch ein wenig in den Pool gehen können«, gibt er mir zur Antwort. Ich trolle mich auf die Kammer und lege lustlos ein paar T-Shirts zusammen. Es dauert nicht lange, bis Ben auch herunterkommt. Ich müsse noch ein bisschen auf ihn warten, erklärt er mir, er habe irgendeinen Wochenplan zu erstellen. Dann verschwindet er schnell wieder. Ich nehme mir ein Buch und beginne zu lesen, weil ich keine Lust zum Aufräumen habe. Zuerst den Magnetkompass putzen und dann auch noch die Kammer …

Nach nur wenigen Minuten fliegt die Tür schon wieder auf und ich wundere mich, dass es so schnell geht, diesen komischen Plan zu erstellen. Ben ist ganz aufgeregt. »Komm schnell, Schatz, komm schnell und nimm die Kamera mit, draußen sind ganz viele Delphine.« Ich bin total aufgeregt und schnappe mir den Fotoapparat, so schnell ich kann. Dann stürze ich hinter

Ben aus der Kabine. Delphine habe ich bisher nur ein einziges Mal auf einer Schiffsfahrt von Ibiza nach Formentera gesehen. Ich erinnere mich gut an dieses schöne Erlebnis. Doch als wir draußen ankommen, sind gar keine Delphine da. Ben scheint irritiert. »Die haben bestimmt die Seite gewechselt«, meint er und wir stürzen schnell nach Backbord.

Ich bleibe wie angewurzelt stehen, als plötzlich der Steward vor mir auftaucht. Er trägt eine schwarze Hose und ein weißes Hemd. Über seinem Arm baumelt ein Geschirrtuch. Er wirkt sehr förmlich und ich starre ihn verwundert an. Ben ist mir schon weit vorausgeeilt und hinter einer Wand aus Stahl verschwunden. Der Steward bedeutet mir, Ben zu folgen, und so langsam dämmert es mir, dass hier nie Delphine zu sehen waren. Als ich hinter die Wand schaue, steht da plötzlich auch der Koch, ebenfalls schick angezogen und mit einer Weinflasche in der Hand. Mein Blick fällt auf einen reich gedeckten Tisch. Ich erblicke einen Korb mit Obst, einen riesigen Hummer, Salat, Kartoffeln, Saucen, Mineralwasser, zwei Teller, zwei Gläser und jede Menge Deko aus frischen Blumen. Wo haben sie die denn her? Ich bin total perplex. Der Koch drückt mir ein Glas in die Hand und füllt es mit Weißwein aus Madagaskar.

Ben und ich stoßen an und ich kann noch immer nichts sagen. »Freust du dich, mein Schatz?«, fragt er, zieht mich an sich und gibt mir einen Kuss. Ich nicke nur, weil ich immer noch völlig überwältigt und deshalb zu keiner anderen Reaktion fähig bin. Während des Essens kann ich von meinem Stuhl aus auf den glitzernden Ozean hinaussehen, in wenigen Momenten wird die Sonne hinter dem Horizont versinken und uns dabei ein Farbenspiel aus Pink und Blau bescheren. »Bleiben die jetzt hier?«, frage ich und meine damit den Koch und den Steward. »Nein«, sagt Ben »die müssen doch auch noch

Essen für den Rest der Crew machen.« Ich bin erleichtert. Normalerweise waren der Koch und der Steward immer sehr nett zu mir und immer zu einem Spaß bereit. Heute ist mir das alles viel zu förmlich. Es ist aber nicht so, dass ich es nicht schön finden würde. Nein, ich kann mit dieser Situation nur gerade überhaupt nicht umgehen. Der Koch rückt mir noch den Stuhl zurecht, dann verabschiedet er sich.

Ich sehe Ben an, der mir jetzt etwas unsicher vorkommt. »Schatz, alles gut?«, fragt er auch gleich und ich nicke. »Eigentlich sollte ich mal danke sagen«, fällt mir ein. »Ich dachte schon, du freust dich nicht«, vermutet Ben etwas verunsichert. »Doch, ich freu mich total, aber ich bin völlig überwältigt und fühle mich viel zu wichtig hier. Das ist mir peinlich.« – »Dann freust du dich also nicht?« – »Doch!!!«, rufe ich, springe auf, falle ihm um den Hals und setze mich zu seinen Füßen auf den Boden. So richtig überzeugt scheint er aber immer noch nicht zu sein. Ich habe keine Ahnung, mit welcher Reaktion er eigentlich gerechnet hat. »Dein Hummer wird kalt«, sagt er. Egal, ich will einfach nur so hier sitzen und mich an sein Bein klammern. »Was ist denn los, mein Schatz?«, fragt er verwundert und ich zucke die Schultern. »Ich bin überfordert«, sage ich. Er steht auf und zieht mich auf die Beine, küsst mich und lächelt. »Dabei hast du noch gar nicht so genau auf deinen Teller gesehen«, sagt Ben.

Jetzt bin ich noch mehr geschockt. Schnell gehe ich um den Tisch herum und entdecke, dass auf meinem Teller nicht nur der Hummer liegt, sondern auch ein kleines rotes Kästchen. Als ich es öffne, sehe ich einen der schönsten Ringe, die ich mir vorstellen kann. Er ist aus sehr hellem Gold. In seiner Mitte befindet sich ein grün glitzernder Saphir, der mit 16 Brillanten eingefasst ist. Natürlich erkenne ich das in diesem Moment noch nicht so genau, aber Ben wird es mir hinterher erläutern. Aber ich sehe dem Ring schon beim ersten Anblick an, dass es sich dabei um ein ganz besonderes und sicher nicht ganz preisgünstiges Schmuckstück handelt. Mir verschlägt es schon wieder die Sprache, deswegen blicke ich verlegen auf meinen Teller und sage einfach nur: »Danke.« Vielleicht hat er mehr erwartet, er scheint ein wenig enttäuscht zu sein. »Willst du den Ring nicht anziehen?«, fragt er mich. »Doch, doch!«, beteuere ich. Er nimmt mir das Kästchen aus der Hand, um ihn mir an den Finger zu stecken. Ich reiche ihm meine Hand über den Tisch, halte aber meine Augen immer noch vor Verlegenheit gesenkt. »Schau mich an«, fordert Ben und ich hebe den Blick. »Dieser Ring ist der verspätete Verlobungsring, den ich an jenem Abend nicht dabeihatte, als ich dich zum ersten Mal sah und dir meinen Heiratsantrag gemacht habe«, sagt er. Ich denke an besagten Abend zurück. Ist es nicht verrückt, in einem Fetischclub einen Heiratsantrag von einem Mann zu bekommen, den man nie vorher gesehen hat? Wenn ich genauer darüber nachdenke, kommt es mir total verrückt vor, aber was soll's? Zu mir und zu meinem Leben passt das irgendwie, finde ich und nicht erst wegen diesem Ring glaube ich Ben, dass er den Antrag damals wirklich ernst gemeint hat.

11.

Atemlos

Bunte Windlichter färben die weiße Marmortreppe zu meinen Füßen rötlich. Ich muss mich konzentrieren, um auf meinen hohen Absätzen nicht zu stürzen. Das wäre peinlich. Als ich ohne Unfall unten angekommen bin, begrüßt mich ein großer Mann mit Glatze, ganz in schwarzes Leder gekleidet. Er öffnet die schwere Metalltür hinter sich. Ein warmer, vertrauter Geruch schlägt mir entgegen. Gedämpftes, ebenfalls rötliches Licht. Viele Menschen, Musik, Lachen, Schwatzen, der Geruch nach Zigaretten, Leder, Essen. Ich nenne der blonden Frau, deren Busen ein wenig ordinär aus ihrem schwarzen Lederkorsett hervorquillt, meinen Namen in der SZ. Sie hakt mich auf der Liste ab, die vor ihr liegt, und wünscht mir einen schönen Abend. Ihre blauen Augen lächeln mich freundlich an.

Während ich mich auf den Weg zur Garderobe mache, halte ich schon mal Ausschau nach Ela, die ich hier treffen wollte. Hier gibt es kein Personal, nur jede Menge Kleiderstangen, die von der Decke baumeln. Ich hänge meine Jacke auf und neben mir quetscht sich ein unscheinbares Bürschchen in seinen Latexoverall. Er grüßt mich freundlich und ich versuche, reserviert zu wirken, wie ich es in solchen Fällen meistens tue. Wer will schon so einen am Rockzipfel hängen haben? Ich zumindest nicht. Bin ja keine Domse. Seltsamerweise habe ich trotzdem schon öfter erlebt, dass sich solche Typen ganz außerordentlich ins Zeug legen. Habe ich eigentlich schon mal versucht, Christian-Flugbegleiter oder Ilias vom Schwulsein abzubringen? Das wäre doch irgendwie das Gleiche, oder? Aber wer weiß, vielleicht wollen solche Menschen ja auch nur von vornherein jegliches Erfolgserlebnis ausschließen oder es kickt sie bereits, dass sie niemals erhört werden. Anders kann ich mir deren Verhalten wirklich nicht erklären.

Als ich die Garderobe verlassen habe, bleibe ich stehen und lasse die Blicke über die Menge schweifen. Immer noch bin ich auf der Suche nach Ela, die sicherlich mal wieder verspätet auftauchen wird. Ich seufze, bewege mich zur Bar, bestelle ein Gläschen Sekt und zünde mir eine Zigarette an, als sich plötzlich von hinten ein Arm um meine Hüften legt. Als ich mich umdrehe, blicke ich in das freundlich lächelnde Gesicht von Onkel Emil, den ich in den letzten Monaten ziemlich gut kennen und schätzen gelernt habe. Ich mag ihn sehr, bin mir aber ziemlich sicher, dass ich es schwer hätte, mit seiner Art von SM umzugehen. Für mich ist er ein Spieler, genau wie Ela. Das sind, nach meiner ganz eigenen Definition, Leute, die zum Beispiel gerne Rollenspiele machen.

Sicherlich ist es einfacher und verursacht weniger Probleme, »nur« ein Spieler zu sein, als wenn man alles immer so ernst nimmt, wie ich das tue. So schön ich es mir auch vorstellen könnte, in völlig unterschiedliche Rollen zu schlüpfen, mich selbst quasi ständig neu zu erfinden, so unmöglich ist es mir. Leider. Nicht nur einmal habe ich das bisher bereut. Irgendwie bleibe ich immer Anna, ich kann nicht aus meiner Haut, egal, wie verlockend die Rolle des unartigen Schulmädchens, das das Einmaleins nicht ordentlich gelernt hat, oder Ähnliches auch wäre.

Aber Onkel Emil, der kann so was. Für ihn funktioniert es sogar total gut, während eines kleinen Internatsspielchens den erzürnten Herrn Oberlehrer mit dem fiesen Rohrstock zu geben. Wie toll ich mir so etwas vorstelle! Einfach jemand anderes sein zu können, ohne sich dabei lächerlich vorzukommen. Onkel Emil küsst mich zweimal links und einmal rechts auf die Wange. »Mensch, Anna, schön, dich endlich mal wiederzusehen. Wie war die Kreuzfahrt?« Er grinst. Meinen Besuch bei Ben auf dem definitiv komfortfreien Containerdampfer als Kreuzfahrt zu bezeichnen ist schon mehr als ironisch. Aber Onkel Emil meint das nicht so. Eigentlich liebt er Schiffe im Speziellen und Schiffsreisen im Besonderen, aber seine Anfälligkeit für Seekrankheit macht ihm leider einen Strich durch die Rechnung. Zumindest, wenn es sich um einen längeren Aufenthalt als zwei Stunden auf einem Schiff handelt.

Onkel Emil bestellt sich ein Bier und ich halte ihm stolz meine Hand mit dem neuen Ring unter die Nase. »Wow. Ist das, was ich denke?«, fragt er und ich lächle. »Gratulation, dann bist du quasi unter der Haube«, kommentiert er. Ich nicke und erzähle ein wenig von Réunion, Mauritius, den Seychellen und Madagaskar, das mich völlig fasziniert hat. Auch die Besten unserer erotischen Abenteuer spare ich nicht aus. Ohne zu sehr ins Detail zu gehen, versteht sich. Onkel Emil schimpft mit mir, weil wir Culomb nicht gleich mit nach Deutschland gebracht haben, und versichert mir, dass er ihr gerne Asyl in der Schweiz gewährt hätte.

Immer wieder genieße ich es so sehr, dass man auf diesen Partys ganz offen über Dinge reden kann, die Otto Normalbürger brüskieren würden. Ich weiß nicht, wie lange ich da sitze und erzähle, Ela ist jedenfalls immer noch nicht aufgetaucht. Auch Onkel Emil hat nichts von ihr gehört und beschließt, kurz an die frische Luft zu gehen, um sie anzurufen. Ich lasse ihn ziehen und beobachte ein wenig die Menge der hauptsächlich schwarz Gekleideten, während ich an meinem Sekt nippe. Ich sehe viele bekannte Gesichter, grüße hier und da, halte ein wenig Small Talk mit denen, die zu mir herüberkommen.

Onkel Emil braucht ziemlich lange mit dem Handy da draußen, denke ich und als ich gerade so beginne, mich ein wenig zu langweilen, höre ich plötzlich eine Stimme an meinem Ohr: »Äh, sorry du, hast du vielleicht Feuer?« Ich drehe mich um und blicke in zwei dunkelbraune, schwarz umrandete Augen. Sie lächelt mich etwas unsicher an. Ihr Teint ist hell, das Haar dunkel und lang. Sie trägt einen knappen, aber nicht obszönen Rock aus Lack und Spitze, dazu eine schwarze Korsage mit Nadelstreifen. Als ich ihr Feuer gebe, sieht sie auf ihre Zigarette, wie wir es wohl alle tun. Dann schaut sie hoch und bedankt sich mit einem leichten Silberblick. Wir schweigen für einige Momente. Doch ich habe Lust auf ein wenig Konversation, um mir die Zeit zu vertreiben. Ben fehlt mir. So wie er mir auf solchen Veranstaltungen immer fehlt.

Manchmal falle ich deshalb regelrecht in eine Depression und muss ganz schnell nach Hause. »Bist du alleine hier?«, frage ich das Mädchen. Sie schüttelt den Kopf und sieht mich aus großen Augen an. »Sondern?«, insistiere ich. Sie schluckt und zögert kurz, bevor sie antwortet. »Eigentlich mit niemandem, den ich so richtig gut kenne. Eine Bekannte von mir hat einen Laden für Goth-Klamotten und hat mich mitgeschleppt.« Ich nicke und nehme einen Schluck Sekt. »Und die Bekannte kennst du nicht so gut?« – »Nein, eigentlich kaufe ich nur immer bei ihr ein. Ich weiß auch gar nicht, wo sie gerade ist. Ich bin zum ersten Mal hier.« Das klingt interessant, wie ich finde. »Wie heißt du denn?«, frage ich. »Mona«, antwortet sie.

Ich stehe auf, fasse Mona einfach an der Hand und ziehe sie hinter mir her zu einem der roten Ledersofas, die ein wenig abseits stehen. »Du besuchst also heute deine erste SM-Party? Sehe ich das richtig?« Die Kleine nickt und sieht mich aus ihren großen dunklen Augen etwas verschüchtert an. Wie alt mag sie sein? 19 vielleicht? »Und wie gefällt es dir?«, frage ich. »Weiß nicht so recht.« Ich warte ab, ob sie weiterspricht. »Es macht mir alles ein wenig Angst hier.« – »Angst? Nein, Angst brauchst du wirklich nicht zu haben«, beruhige ich sie und lege ihr die Hand auf den Oberschenkel. Als mich ihr Blick trifft, wird mir klar, dass sie soeben etwas so interpretiert hat, wie es nicht gemeint war. Trotzdem lasse ich meine Hand dort, wo sie ist. »Ab sofort passe ich für heute Abend auf dich auf, in Ordnung?«, höre ich mich sagen und das Mädchen nickt. Eine kleine warme Hand schiebt sich unter meine und ich muss mir eingestehen, dass ich sie wirklich süß finde, obwohl ich mich nicht als bisexuell bezeichnen würde.

Als Onkel Emil wieder auftaucht und sich zu uns gesellt, beginnt eine eifrige Fragestunde, die Onkel Emil ganz im Sinne des Herrn Oberlehrers natürlich ausgesprochen gern übernimmt. Ich grinse mir eins und gehe mit Ela, die jetzt auch endlich eingetroffen ist, auf die Tanzfläche. Der Babysitter sei zu spät gekommen, erklärt sie mir und ist voller Sorge, den größten Teil der Party bereits verpasst zu haben.

Als wir uns wieder an die Bar begeben wollen, um etwas zu trinken und nach Onkel Emil und Mona zu sehen, fällt mir auf, dass Daniel wohl schon seit einiger Zeit an einem der Stehtische neben der Tanzfläche steht. Ob er mich wohl beobachtet hat? Und wenn ja, wie lange wohl schon? Unsere Blicke begegnen sich und ein Lächeln legt sich auf sein Gesicht. Ich erwidere es und gehe zu ihm hinüber. Er küsst mich zur Begrüßung. »Wie geht es dir?«, fragt er mich und lässt dabei seine Hand auf meiner Hüfte ruhen. »Gut«, erwidere ich, »und dir? Was macht das Leben?« Er zuckt mit den Schultern und winkt ab. »Wie war deine Reise?« Das ist der Startschuss für mich. Ich beginne begeistert zu erzählen. Dieses Mal spare ich natürlich die Erlebnisse der sexuellen Art aus und auch den Verlobungsring zeige ich ihm lieber nicht. »Bist du eigentlich nicht einsam?«, will er wissen und ich schüttle den Kopf, obwohl er natürlich recht hat.

Mit Fortschreiten des Abends verliere ich das Gefühl für die Zeit. Ich kann nicht sagen, ob es noch mitten in der Nacht ist oder ob es draußen bereits dämmert, als wir uns mit einer Gruppe von Leuten, die ich nicht kenne, in einem knallgrünen Zimmer einfinden. Onkel Emil hat uns hierhergeschleppt, um der lieben Mona ein bisschen »wirklichen SM« zu zeigen, wie er es nennt. Das Mädchen hängt schon den ganzen Abend an meinem Rockzipfel und mich stört das kein bisschen. Ganz im Gegenteil. Einzig und allein mit der körperlichen Nähe, die sie immer wieder und mit Fortschreiten des Abends immer öfter sucht, kann ich nicht so richtig umgehen. Manchmal kommt sie mir so nahe, dass ich das Gefühl habe, sie würde mich gern küssen. Trotzdem wartet sie ab, ob ich die Initiative ergreife. Nicht dass ich sie nicht küssen wollte. Ich küsse Frauen sehr gerne. Nur scheint mir irgendwie kein Moment als geeignet. Vielleicht ist es falsch, einen besonders magischen Augenblick abwarten zu wollen, vielleicht sollte ich es einfach tun, doch irgendwie bekomme ich die Kurve nicht.

So sitzen wir jetzt also in einem kleinen, von oben bis unten in Giftgrün gehaltenen Raum und sehen zu, wie ein Mann mittleren Alters ein junges, glatzköpfiges Mädchen am Pranger fixiert. Ihr Gesicht kann ich nicht sehen, ihren nackten

Hintern dafür umso besser. Sie ist schlank und ziemlich groß. Ich spüre, wie Mona immer näher an mich heranrückt, und lege den Arm um sie. »Was passiert jetzt?«, fragt sie mich leise, unsicher flüsternd. »Warte einfach ab. Wenn du raus willst, darfst du jederzeit gehen«, sag ich. Ich glaube, sie zittert vor Aufregung. Ich drücke ihr einen Kuss auf den Scheitel und lege meinen Arm noch ein wenig fester um sie. Der Typ am Pranger beginnt jetzt, das Mädchen mit einer Gerte zu schlagen. Die scheint hart im Nehmen zu sein und ich spüre, wie Mona mit jedem Schlag in meinem Arm zusammenzuckt. Ich fühle mich an mich selbst erinnert, als ich meine ersten Schläge beobachtet habe. So sehr ich mir damals auch wünschte, an der Stelle der Geschlagenen zu sein, so sehr habe ich bei jedem Schlag innerlich mitgelitten. Heute ist das kaum noch vorstellbar. In solchen Momenten wird mir klar, wie brutal unsere Praktiken fälschlicherweise auf Vanillas wirken müssen.

Als der Typ den Hintern des jungen Dings bereits mit vielen roten Striemen verziert hat, versucht er sein Glück bei Mona. Doch die ist sich ihrer Sache ganz und gar nicht sicher und rückt noch ein Stückchen näher an mich heran. »Lass sie in Ruhe, wenn sie nicht will«, sage ich, als er nicht lockerlässt. »Vielleicht willst du ja ihren Part einnehmen, wo du doch bereits ein wenig mehr Erfahrung besitzt«, schlägt er vor, aber ich lehne dankend ab. Das hätte der wohl gerne!

Ich kann nicht so richtig sagen, wie es dazu kommt, dass sich jetzt ein Gespräch über Atemkontrolle entwickelt. Manchmal habe ich das Gefühl, dass das der neueste Trend in SM-Kreisen ist. Ich stehe dieser Sache aus zwei Gründen nicht nur kritisch, sondern völlig ablehnend gegenüber. Ich würde sofort in Panik verfallen, wenn mir jemand die Luft nehmen würde. Ich kann es ja schon nur schwer ertragen, wenn mir jemand die Hand an den Hals legt. Bereits diese kleine Geste wirkt auf mich so einengend, dass sie mir oft auf eine sehr unangenehme Art und Weise das Gefühl gibt, nicht mehr atmen zu können. Wem ich es erlaube, meinen Hals auch nur zu berühren, zu dem muss ich schon ein ganz besonderes Vertrauensverhältnis haben. Wenn es um Atemkontrolle geht, kann ich mir einfach nicht vorstellen, dass dabei meine körperliche Unversehrtheit kontrollierbar bleibt. Wir kommen nicht mehr von diesem Thema weg.

Und mittlerweile habe ich auch mitgekriegt, dass das junge Ding, das gerade den Hintern versohlt bekommen hat, die Zweit-Freundin von dem Menschen ist, der sie verhauen hat. Er nennt sich Rich und ich bezweifle, dass das sein echter Name ist. Wie sich herausstellt, hat Rich zur Befriedigung seines Egos in Größe XXL auch noch eine ältere Frau, die – wie er selbst sagt – mehr für seine geistige Stimulanz zuständig, aber ebenfalls seine Sklavin ist. Beide Frauen sind durch die gleiche Tätowierung auf ihrem blank rasierten Venushügel und mit einer Plakette an einem Ring durch die linke Schamlippe als sein Eigentum gekennzeichnet. Nicht nur das junge Mädchen, sondern auch die ältere Frau tragen Glatze. Die Sache mit dem Tattoo finde ich romantisch, aber den Typen zum Tattoo hätte ich mir vielleicht unter ein wenig kritischeren Gesichtspunkten ausgesucht. Dabei weiß ich eigentlich gar nicht so richtig, was mich wirklich an ihm stört. Es ist mehr eine persönliche Gefühlssache als eine Meinung, die auf Fakten beruhen würde. Aber auch hier gilt wieder das Prinzip des freien Willens. Ich schweige zu diesem ganzen Dilemma. Immer wieder sieht mich Onkel Emil mit mehr als kritischem Blick an. Ich glaube, dass das mit seinem medizinischen Wissen und dem Thema Atemkontrolle zusammenhängt.

Rich beschließt nun zu allem Übel auch noch, das Gespräch mit einer kleinen Vorführung anschaulich zu illustrieren. Einerseits finde ich die Idee überhaupt nicht gut, andererseits bin ich aber total neugierig, weil ich so etwas noch nie gesehen habe und mich – egal, wie groß der Kick auch sein möge – an solche Dinge niemals herantrauen würde. Bei vielen Menschen ist man zwar nur dann als »richtiger SM-ler« akzeptiert, wenn man vor keinem Trend zurückschreckt, doch ich höre lieber auf mein inneres Gefühl, das mir hier ganz eindeutig sagt, dass Atemkontrolle gefährlich sein muss.

Onkel Emils Miene wird ernst, als das Mädchen mit der Glatze sich mit dem Rücken an die Wand stellt und Rich vor sie tritt. Ein bisschen sieht es so aus, als würde Emil tatsächlich damit rechnen, eventuell medizinische Hilfe leisten zu müssen. Zu einem späteren Zeitpunkt werde ich mich genauer mit ihm über diese Sache unterhalten müssen. Ich erinnere mich an Mona, die ja zum ersten Mal eine solche Party besucht. »Wenn es dir zu viel wird, gehst du raus«, sage ich. Sie nickt und schaut mich aus großen, etwas ängstlichen Augen an.

Rich schiebt nun sein Knie zwischen die Beine seiner Sub. Sie muss die Hände auf den Rücken nehmen und er lehnt sich mit seiner ganzen Körperlichkeit gegen sie. Dann legt er beide Hände um ihren Hals und sieht sie noch einmal an. Sie nickt zustimmend und er beginnt langsam den Druck seiner Hände auf ihren Hals zu verstärken. Die beiden sehen sich dabei die ganze Zeit in die Augen. Im Raum ist es mucksmäuschenstill. Sogar Ela, die normalerweise fast immer am Kichern ist, hat einen sehr ernsten Gesichtsausdruck bekommen.

Plötzlich sackt das Mädchen hinter Rich an der Wand zusammen. Ich erschrecke, weil ich im ersten Moment die Assoziation des Todes habe, auch wenn ich ganz genau weiß, dass sie »nur« ohnmächtig geworden ist. Ohne es zu merken, habe ich die Hände vors Gesicht geschlagen. Ich bin geschockt, das muss ich zugeben. Ela springt plötzlich auf und stürmt, so schnell sie kann, aus dem Raum. Mona klammert sich an mich und verbirgt ihr Gesicht an meiner Schulter, um nicht hinsehen zu müssen. Der Ruhigste von uns allen ist Onkel Emil, der lediglich eine besorgte Miene macht.

Langsam erholt sich die Ohnmächtige und kommt durch kleine Schläge ins Gesicht wieder zu sich. »Ist es vorbei?«, höre ich Mona flüstern und streichle ihr über den Kopf. »Ja, gleich«, sage ich. Hinter mir öffnet sich die Tür einen Spalt und Ela streckt vorsichtig den Kopf herein. Offensichtlich muss sie sich überzeugen, ob alles in Ordnung ist, bevor sie den Raum wieder betritt. Das Mädchen ist nun vollständig aus ihrer Ohnmacht erwacht, sie scheint noch ein bisschen neben der Spur zu sein, doch ich bin erleichtert, dass es ihr gut zu gehen scheint. Auch Mona traut sich nun, den Kopf zu heben.

Im Raum herrscht eine seltsame Atmosphäre. Ich würde es als betretenes Schweigen interpretieren. Wahrscheinlich würde manch einer uns alle als Spießer und Weicheier beurteilen, doch das ist mir ganz egal. Ich muss hier raus und ich bin mir ganz sicher: So etwas möchte ich nie wieder sehen! Zum Glück nimmt mir Mona die Reaktion auf diese Geschichte ab, indem sie den Wunsch äußert, den Raum zu verlassen. Onkel Emil und Ela schließen sich uns an.

Mit Mona an der Hand trete ich aus dem Zimmer und komme irgendwie in einer ganz anderen Welt an, die mir im Moment unwirklich erscheint. Die Musik brüllt aus den Boxen, Menschen trinken, lachen, scherzen, küssen sich und stoßen ihre Gläser gegeneinander. »Ich brauche eine Zigarette«, sage ich. Meine Knie sind weich und ich muss mich erst mal setzen.

Meine Hände zittern, als Onkel Emil mir Feuer gibt. Bisher hat noch keiner viel gesprochen. »Ja«, setze ich an, als ich den ersten Zug inhaliert habe, »was haben wir nun davon zu halten?« – »Geht gar nicht!«, platzt Ela heraus. »Das war fürchterlich!« Mona nickt. »Für mich sowieso«, sage ich. »Meinen Hals darf man ja nur in Ausnahmefällen berühren. Na ja ... solche Dinge sind vielleicht Geschmackssache und ich kann mir schon vorstellen, wie sehr einen so etwas kicken kann. Einmal die körperlichen Reaktionen, die sich da abspielen, und dann, sich einem anderen wirklich komplett zu überantworten. Mir stellt sich nur die Frage: Kann bei allem Verantwortungsbewusstsein irgendein Mensch wirklich garantieren, dass das Wohl der Partnerin bei so einer Sache nicht in Gefahr ist?« Onkel Emil schüttelt den Kopf und sieht dabei in sein Glas. Wir sehen ihn alle an. »Was hat der denn da überhaupt gemacht, damit sie ohnmächtig geworden ist?«, fragt Ela. »Er hat ihr die beiden Adern hinten im Nacken abgedrückt, die das Hirn mit Blut versorgen, und somit die Sauerstoffzufuhr unterbrochen.« – »Es kann mir doch keiner erzählen, dass dabei nicht jedes Mal Hirnzellen absterben«, kommentiere ich. Onkel Emil nickt. »Da kann ich dir nicht widersprechen, meine Liebe. Nicht wenige sind schon bei solchen Spielchen gestorben.« Wieder schweigt alles. »Wie geht es dir?«, frage ich Mona und sie murmelt irgendetwas von »geschockt«.

Sie möchte auf die Toilette und kommt nicht so schnell wieder. Dafür nähert sich Rich noch einmal und setzt sich ein bisschen zu dicht neben mich. »Na? Seid ihr jetzt alle geschockt?«, fragt er fröhlich grinsend in die Runde und alle schweigen. »Na ja, ein schöner Anblick war das nicht gerade«, sagt Ela. »Es stand ja jedem frei, den Raum zu verlassen«, kommentiert Rich und ich sehe ihn von der Seite an. »Findest du es eigentlich in Ordnung, solche Dinge einfach mal so zum Spaß vorzuführen?« – »Warum denn nicht? Die Kleine steht doch drauf. Meinst du, der passiert dabei was? Ich habe das alles schön im Griff, darauf kannst du dich verlassen.«

Jetzt mischt sich Onkel Emil ein: »Ich denke, dieses Spiel ist eines mit offenem Ende.« Wir alle schweigen, als uns bewusst wird, was er mit dieser Aussage meint. Wie sieht die Steigerung aus, wie hoch ist das Suchtpotenzial und wo enden solche Spiele im Extremfall? Ich will es mir lieber nicht vorstellen. »Vielleicht will ja unser liebes Anfänger-Mädel auch mal solche oder ähnliche Dinge erleben«, setzt Rich wieder an. »Untersteh dich«, zische ich und er sieht mich spöttisch von der Seite an. »Und was ist eigentlich mit dir? Dein Stecher ist doch ständig unterwegs. Wer züchtigt dich eigentlich in diesen Zeiten mal so richtig?« Mich macht diese Unverfrorenheit sprachlos und ich ärgere mich, dass mir ausgerechnet immer in solchen Momenten keine schlagfertige Antwort einfällt. »Eins ist sicher«, sage ich deshalb, »ich bin definitiv keine von den Tanten, die sich deinen Namen bis in alle Ewigkeit auf die Muschi stempeln lassen!«

12.
Ungeteiltes Leid ist doppelt so schön

Mal wieder ist Freitagabend und glücklicherweise hatte Ben, seit er von seiner letzten Tour zurück ist, bereits drei Tage Zeit, um sich auszuschlafen. Leicht war das Alleinsein für mich auch dieses Mal nicht, aber im Nachhinein muss ich mir doch eingestehen, dass Ben recht hatte, was meine Arbeit betraf. Seit ich nicht mehr in diesem langweiligen Büro herumsitzen muss, ist vieles einfacher geworden. Wenn ich weinen möchte, weine ich eben.

Wenn ich im Bett bleiben möchte, tue ich das. Ich muss mich für niemanden mehr verstellen, keine Maske mehr tragen. Wenn es mir schlecht geht, rede ich mit niemandem darüber und setze mich mit mir selbst auseinander. Dazu kam natürlich auch noch, dass ich Ben in seinem letzten, seit wenigen Tagen ausgelaufenen Vertrag auf der ConCarrier besuchen durfte und sich unsere Trennungsphasen dadurch auf nur zweimal sechs Wochen beschränkten.

Nun ist die Zeit zum Trübsalblasen vorüber, denn er ist ja endlich wieder zu Hause. Die Willkommens-Dekoration meiner Wohnung hat sich dieses Mal im Bereich des Themas »Piraten« bewegt. Eigentlich ein bisschen makaber! Seine letzte Route führte nämlich genau an Somalia vorbei, wo sich die Angriffe durch Piraten in letzter Zeit immer mehr häufen. Auch Bens Schiff ist ihnen bereits begegnet. Durch die weise

Voraussicht des Ersten Offiziers konnten sie aber gerade noch fliehen, so dass zum Glück alles gut gegangen ist.

*

Am ersten Wochenende, an dem Ben zu Hause ist, müssen wir uns natürlich gleich auf einen kleinen Ausflug in die Szene begeben. Für heute Abend habe ich einen Stammtisch geplant. Die meisten Stammtische mag ich nicht besonders, doch wenn nichts anderes angesagt ist, kann man durchaus auch einmal dorthin gehen. Außerdem werden wir Marie treffen, die Ben heute zum ersten Mal sehen wird.

Der Stammtisch findet in einer gemütlichen, etwas urigen Gaststätte statt. Als wir ankommen, sitzen bereits mindestens 30 Leute an einer langen Tafel. Marie ist noch nicht da und so schicke ich ihr schnell eine SMS. August hat mal wieder getrödelt, berichtet sie mir, und so kann es noch eine kleine Weile dauern, bis die beiden auftauchen werden. Anfangs fühle ich mich ein wenig unwohl, weil ich nicht so genau weiß, mit wem ich worüber sprechen soll. Irgendwie scheint das hier eine eingeschworene Gemeinschaft zu sein.

Nur wenige Minuten nach uns betritt ein kleiner rundlicher Mann mit Glatze den Ort der Veranstaltung und setzt sich zu uns. Er erzählt, er sei Schauspieler, und nach wenigen Minuten des Gesprächs fällt mir mal wieder auf, wie viel Geltungsbedürfnis manche Leute so haben. Wo wir schon beim Thema Geltungsbedürfnis sind: Auf einmal taucht Jacky auf, die sich natürlich ebenfalls ins rechte Licht rücken und zeigen muss, dass sie hier jeden kennt. Dazu platziert sie ihren Hintern fast auf Bens rechtem Oberschenkel und plappert munter drauflos. Ich schalte auf Durchzug. Ben sieht mich leicht verwirrt an, als wolle er mich fragen, wie ich die jemals länger als fünf Minuten aushalten konnte. Ich hingegen möchte am liebsten die Frage herausschreien, die ich mir immer öfter und immer wieder stelle: Warum könnt ihr nicht einfach mal ihr selbst sein? Viel zu viele Menschen tragen Masken. Manche haben sich vielleicht schon so sehr daran gewöhnt, dass sie gar nicht mehr wahrnehmen, wie unecht sie eigentlich sind. Meistens funktioniert die Selbsttäuschung ja auch noch perfekt, weil alle anderen Menschen ihnen ihre Rolle abnehmen oder zumindest so tun.

Eigentlich bin ich nur wegen Marie hierhergekommen und ich bereue es auch schon wieder. Die perfekte Wendung nimmt der Abend dann, als die Tür aufgeht und Daniel hereinkommt. Er scheint genauso wenig mit mir gerechnet zu haben wie ich mit ihm, zumindest stutzt er kurz, als er mich sieht. Er grüßt mich nur kurz von Weitem, dann setzt er sich an einen Tisch in der anderen Ecke des Raumes. Auf seine gute alte rheinländische Art ist Ben immer noch höflich und hört sich die vermeintliche Erfolgsgeschichte unseres Schauspielerkollegen an.

Ich sehe auf die Uhr. Bereits eine Stunde ist vergangen und immer noch keine Spur von Marie und August! Ich weiß nicht so recht, wie ich mich Daniel gegenüber verhalten soll, und so beschließe ich, mich aktiv in die Situation einzubringen und einfach mal zu ihm hinüberzugehen. Ich finde es ziemlich kindisch von ihm, dass er mich zunächst ignoriert. Er tut so, als sei er derart in das Gespräch mit seinem Nebenmann vertieft, dass er mich gar nicht bemerkt. Fast will ich schon wieder zurück zu Ben gehen, da schenkt er mir doch noch seine Aufmerksamkeit. Aber er benimmt sich komisch, bleibt völlig unverbindlich und stellt mir schließlich die Frage, ob das da drüben Ben sei. »Natürlich, wer soll das denn sonst sein?«, sage ich und erkläre ihm, dass ich eigentlich dachte, er würde kurz zu uns herüberkommen, um uns zu begrüßen. Er vertröstet mich auf später und ich lasse ihn einfach in Ruhe.

Zum Glück trifft auch endlich Marie ein, die freudig erregt die Geschichte zum Besten gibt, wie sie soeben im Fetisch-Outfit in eine Polizeikontrolle geraten ist. Wir lachen alle herzlich, als wir uns vorstellen, wie sie wohl in ihren hohen Stiefelchen und dem kurzen Röckchen vor den Polizisten herumgestakst ist.

Leider wird der Abend aber nicht mehr sehr viel besser und ich beschließe mal wieder, dass dies der letzte Stammtisch gewesen sein soll, den ich in meinem Leben besucht habe. Als sich die Tische um uns herum schon langsam leeren, schafft es Daniel tatsächlich noch, zu uns herüberzukommen. Er geht neben meinem Stuhl in die Hocke und unterhält sich ein Weilchen mit mir. Ich nutze die Chance, ihm Ben vorzustellen. Daniel gibt ihm nur kurz die Hand und bekommt nicht mehr als ein knappes »Hallo« heraus. Ben macht gute Miene zum bösen Spiel. Zum Glück kann er das ja gut. Zum Abschluss unseres kleinen Small Talks wendet sich Daniel dann doch noch mal an Ben, denn er will bald nach Hause fahren. Er verabschiedet sich kurz und knapp und sagt dann einen Satz, bei dem ich wirklich Bedenken habe, dass Ben nicht ruhig bleiben wird. »Und pass mir auf die Kleine auf«, sagt Daniel, bevor er sich zum Gehen wendet. Glücklicherweise regt sich Ben erst im Auto über diesen dämlichen Spruch auf und mir ist klar: Freunde werden diese beiden Männer wohl nie. Wenn ich aber ganz ehrlich bin und ganz tief in mich hineinhöre, dann muss ich schon zugeben, dass ich mich durch Daniels Verhalten auch irgendwie geschmeichelt fühle.

*

Natürlich habe ich für unser erstes gemeinsames Wochenende in der Heimat auch für den Samstagabend ein Programm geplant und ich hoffe, dass das Kennenlernen von Ben und Onkel Emil unter einem besseren Stern stehen wird als der gestrige Abend. Was ich zu diesem Zeitpunkt noch nicht weiß: Ben und Onkel Emil kennen sich bereits – virtuell.

Als wir auf der Party eintreffen, sind Ela und Onkel Emil bereits da. Sie stehen am Buffet und schwatzen fröhlich miteinander, während sie sich gegenseitig Dinge auf den Teller laden, die sie eigentlich gar nicht mögen. Typisch für die beiden! Ben und Onkel Emil begrüßen sich förmlich, aber ich merke sofort, dass die berühmte Chemie stimmt. Ich umarme Ela und drücke ihr ein Küsschen auf die Wange. Sie fordert mich zum Essen auf, doch ich habe keinen Hunger und begebe mich lieber in den Raucherraum.

Ben stänkert mal wieder. Er kann die Raucherei nicht leiden. Ich bin noch nicht mal zur Hälfte mit der Zigarette fertig, da zieht er mich auch schon aus dem Raum heraus. Ich stolpere hinter ihm her, die langen dunklen Gänge des Clubs entlang, wo uns die ganze Zeit seltsam gekleidete Menschen entgegenkommen, wie ich sie ja längst gewohnt bin. »Hey Mann, geht's auch ein bisschen langsamer?«, rufe ich ein wenig schlecht gelaunt, weil ich erstens meine Zigarette gern fertig geraucht hätte und zweitens auf den hohen Absätzen meiner schwarzen Lackstiefel kaum hinter Ben herkomme. Er ignoriert mich und als wir den großen Spielraum betreten, lässt er endlich mein Handgelenk los, indem er mich fast in die Mitte des Raumes schleudert.

Um diese Uhrzeit ist hier nur eine Handvoll Menschen anwesend. Die meisten schlagen sich noch am Buffet die Bäuche voll. Ich hingegen durfte nicht mal eine Zigarette rauchen. Ich bekomme gerade noch mit, wie Onkel Emil und Ela hinter uns ebenfalls den Raum betreten, dann legt sich ein dunkles weiches Tuch über meine Augen. Musik setzt ein. Irgend so ein Metal-Zeug, das ich nicht definieren kann. Die Lautstärke ist mäßig. Ben hebt meine Arme nach oben und fixiert mich. Ich vermute, er benutzt Lederfesseln. Wo hat er die denn her? Wir haben doch gar nichts mitgebracht! »Spreiz die Beine«, höre ich ihn sagen und schon wieder hat er diesen Tonfall, den ich eigentlich hochgradig unverschämt und doch so erotisierend finde. Ich spüre, wie er sich an meinen Füßen zu schaffen macht, und als er fertig ist, kann ich meine Beine nicht mehr schließen. Er muss sich einer Spreizstange bedient haben. Ein wenig kann ich mich noch vor und zurück bewegen, aber im Großen und Ganzen hänge ich einfach nur von der Decke. Die Position ist nicht unbequem und so bewege ich mich ein paar Mal übermütig vor und zurück. Mein Übermut vergeht mir, als es plötzlich knallt und mein Arsch zu brennen beginnt. Hat der mir jetzt gerade eine gehauen oder was? Irgendwie bin ich perplex und ich höre Onkel Emil leise lachen. Der soll mir auch noch mal in einer anderen Situation begegnen!

Irgendwie bin ich heute ein wenig aufmüpfig. Das muss an der Sache mit der Zigarette liegen. Kein Wunder, wenn man einen Abend schon so unentspannt beginnt! So richtig will ich mir nicht eingestehen, dass das Thema Rauchen unter anderem auch deshalb so kritisch ist, weil wir uns in einem Konflikt befinden. Ich rauche gern und möchte nicht aufhören, andererseits möchte ich aber auch nicht, dass Ben immer so angeekelt tut, wenn ich ein bisschen nach Rauch rieche. *Der sollte besser die Klappe halten, wo er doch früher selber Kette gequalmt hat*, denke ich trotzig und werde davon abgelenkt, dass ich eine weitere Person in meiner unmittelbaren Nähe spüre.

Schnell wird mir klar, dass es sich um Ela handelt. Ben fesselt sie in gleicher Weise wie mich an die Decke, so dass wir nun Brust an Brust stehen. Ich fühle ihre Wange an meiner. Ich glaube, die Spreizstange hat er bei ihr aber weggelassen. »Hast du auch die Augen verbunden?«, flüstere ich und Ela antwortet mit einem leisen: »Nein.« Wieso denn ich und sie nicht? Na ja, eigentlich egal, denn es hilft mir eher, blind in der Gegend herumzuhängen, als dass es mich stören würde. Als Nächstes beginnen die Schläge. Eindeutig Bens Hand, die verhasste. Geil macht es mich natürlich trotzdem, wie immer. Nichts anderes habe ich erwartet. Genau genommen begann meine Geilheit bereits mit der Spreizstange.

Ela fängt jetzt schon an zu jammern. Wie soll das denn erst in ein paar Minuten werden? Ich bin irritiert, als unmittelbar auf die Schläge mit Bens Händen eine Gerte folgt. Wie macht er das denn? Oder assistiert ihm etwa Onkel Emil? Das wäre höchst ungewöhnlich, denn Ben hat doch immer ein riesiges Problem damit, wenn sich mir andere Männer weiter als einen Meter nähern. Ich denke die ganze Zeit darüber nach, was mich ein wenig von den Schmerzen ablenkt. Schließlich komme ich zu dem Schluss, dass es gar nicht anders sein kann, er muss Onkel Emil eingespannt haben. Wie geht das denn, wo die beiden sich doch gar nicht kennen?

Als Ela nun auch die Gerte zu spüren bekommt, scheint ihr das überhaupt nicht zu passen. Sie beginnt sich mit Händen und Füßen zu wehren, soweit sie kann, und tritt immer wilder um sich. In diesem Moment wünsche ich mir Marie als mein Gegenüber. Mit ihr hätte ich gemeinsam leiden können und es hätte sich gut angefühlt. Elas Wehren bringt mich aus dem Konzept, da ich notgedrungen auch einige ihrer Tritte abbekomme. Wenn zusätzlich zum Hintern auch noch die

Schienbeine blau sind, dann ist das schließlich auch nicht so schlimm, tröste ich mich. Doch dann höre ich Ben plötzlich leise »Stopp« rufen und gleich darauf werden Elas Fesseln gelöst.

Nun hänge ich alleine da. »Bleib da stehen und rühr dich nicht«, sagt Ben. Eine kleine Weile verstreicht, in der ich nicht weiß, wie es weitergeht. Mir fällt auf, dass die Musik mittlerweile schweigt. Plötzlich steht Ben neben mir. Ich kann ihn riechen: Sein spezielles Hermés-Parfum, das er zu solchen Anlässen immer trägt. Seine Hand fährt unsanft in meinen Mund und hinterlässt dort etwas. Hinter meinem Kopf schließt er mit wenigen geübten Handgriffen den Riemen des Ballknebels. *Das kann ja heute noch heiter werden,* denke ich, freue mich aber trotzdem auf das, was kommen wird. Ich erschrecke, als mir Ben mit einem Ruck den Rock vom Leib reißt. Zum Glück kann in der Dunkelheit keiner sehen, dass mir die Schamesröte ins Gesicht steigt, als ich unten herum komplett nackt da stehe. Ich habe keine Ahnung, wie viele Menschen sich mittlerweile im Raum befinden.

Die Musik beginnt erneut und ich spüre bereits, wie ich wegen des Knebels zu sabbern anfange. Ich versuche, meine Scham zu vergessen. Klänge eines Dudelsacks mischen sich mit modernen Tönen. Der einsetzende Gesang klingt mehr nach Geschrei. Ich verstehe die Worte nicht, kann nur heraushören, dass es auf jeden Fall Deutsch ist. Ich spüre, wie sich die weichen Lederfransen zweier Flogger mit einem ganz kleinen Brennen immer wieder auf meinen Hintern und meine Hüften legen. Der Flogger fühlt sich fast schon an wie eine Massage. »Menno!«, höre ich Ela von links stänkern. »Bei mir musstet ihr ja vorher was nehmen, was mehr wehtut.« Ich grinse in mich hinein. Ich weiß ganz genau, dass Ela den Flogger liebt, und ich sehe sie vor meinem inneren Auge trotzig schmollend in der Ecke stehen. »Tja, so ist das eben, wenn man kein braves Mädchen ist«, sagt Ben und ich höre Onkel Emils fieses Lachen. Ob Ela jetzt wohl mit dem Fuß aufstampft? Manchmal ist es schwer vorstellbar, dass sie bereits Mutter eines 10-Jährigen ist.

Mittlerweile habe ich den Refrain dieses komischen Liedes schon mehrfach gehört und kann endlich erkennen, was die da brüllen. »IHR WOLLTET SPASS. DEN SOLLT IHR HABEN!« Fragt sich, wer hier gerade Spaß hat! Ich oder die beiden Männer, die sich gerade um mich kümmern. Wahrscheinlich wir alle drei zusammen. Dem Onkel Emil geht bestimmt wieder einer ab, nur weil er mich ein bisschen klopfen kann. Ich kenne keinen Menschen, der mir jemals so begeistert von der Englischen Erziehung berichtet hat wie er. Manchmal hält er sogar bei Stammtischen Vorträge über Flagellation und fühlt sich jedes Mal aufs Neue völlig unbegründet schlecht darauf vorbereitet.

Das Lied ist aus. Man gönnt mir erneut eine Pause und ganz leise beginnt auch schon das nächste Stück. Tiefe, sphärische Klänge erinnern mich im ersten Moment mehr an Lounge-Classics als an irgendwas anderes. Doch das ändert sich schnell. Im Gegensatz zu den letzten beiden erkenne ich diesmal den Interpreten sofort, als der Gesang einsetzt: E Nomine. Den Namen des Liedes kann ich allerdings nicht heraushören. Als eine helle Frauenstimme Verse auf Latein anstimmt, beginnen langsam wieder die Schläge. Ich glaube zu wissen, dass gerade das Paddel zum Einsatz kommt. Das verdient nun schon eher das Attribut Schmerz als der Flogger kurz zuvor.

Aber noch bin ich gut drauf und in solchen Situationen wie hier und heute halte ich sowieso viel aus. Unvorstellbar, sich in der Öffentlichkeit eine Blöße zu geben und womöglich um Gnade zu flehen. Diesen Triumph würde ich nicht einmal Ben gönnen. Wenn es mir bei ihm auch immer viel schwerer fällt, die Schmerzen zu ertragen, die er mir zufügt, als bei allen anderen Männern zuvor. Ich habe keine Ahnung, woran das liegen mag. Wahrscheinlich ist es eine Kombination aus zwei Dingen: Wenn Ben zuschlägt, tut es tatsächlich mehr weh, als wenn andere das tun. Gleichzeitig ist mein subjektiv empfundener Schmerz höher, weil ich ihn liebe.

Geigenklänge schwingen in meinem Kopf, als die beiden Männer mich im Takt der Musik immer wieder schmerzhaft treffen. Dieses Mal kann ich den Text des Liedes sehr gut verstehen, doch irgendwie bleiben nur Bruchstücke davon in meinem Bewusstsein hängen. Ich befinde mich wohl schon auf dem direkten Weg in den Subspace. »Es ist das Tier in mir. Es weckt die Gier in mir ... blutrote Augen folgen deiner Spur ... ich bin ein Geschöpf der Nacht ... Stellarum est ... Es ist das Tier in dir. Es weckt die Gier in dir ... Hab dich zum Fressen gern ... Silva in Lumine ...« Mit jedem Schlag wird es nun schmerzhafter und der Punkt rückt näher, an dem ich meine Geilheit vergessen und nur noch Schmerz sein werde. Als das Lied zu Ende ist und kurzzeitig Stille eintritt, bekomme ich wieder eine Pause. Die Trance hat begonnen. Ich fühle mich grundlos glücklich.

Plötzlich Gitarrenklänge, Schlagzeug. Wieder ist mir der Interpret unbekannt. Englisch. *Heaven down on earth?* Ich komme nicht zum Nachdenken, denn im selben Moment, als mich der Rohrstock im Rhythmus der Musik trifft, spüre ich, dass Ben vor mich tritt. Seine Hand fasst die Haare in meinem Nacken, was sofort seine Wirkung tut und mich wieder an meine Geilheit erinnert. Seine andere Hand gleitet hinunter zwischen meine Beine, fährt zuerst etwas unsanft zwischen meine Schamlippen, tastet sich dann kurz nach innen vor, legt sich dann auf meinen Kitzler und beginnt gnadenlos, ihn zu umkreisen. Ich kann mein Stöhnen nicht unterdrücken und weiß nicht so recht, ob es Lust oder Schmerz oder beides ist. Das Brennen des Rohrstocks auf meinem Hintern heizt mich zusätzlich zu einer unglaublichen Erregung an, die sich in meinem Unterleib immer mehr aufbaut.

Wie lange geht das hier schon? Wie sieht eigentlich mein Hintern mittlerweile aus? Er fühlt sich bereits ein wenig taub an. Zumindest in den Momenten, in denen der Rohrstock nicht mit meiner Haut in Berührung kommt. Plötzlich spüre ich, wie mir der Schweiß ausbricht. Mir wird unglaublich heiß und ich habe das Gefühl, mein Schädel müsse jeden Augenblick zerplatzen, so viel Energie ist auf einmal in mir. Bens Finger zwischen meinen Beinen wird Teil von mir. Unvorstellbar, dass er ihn jemals wieder dort wegnehmen könnte. Ich lasse mich ein wenig stärker in meinen Fesseln hängen, spüre Bens Wärme und rieche seinen Atem auf meiner Haut. »She'll be right here in my arms.« Mehr vom Refrain zu verstehen bin ich nicht mehr in der Lage. Immer wieder nur dieser Satz. Die Musik wird langsam leiser, bis sie ganz schweigt, und auch Onkel Emil lässt den fiesen Rohrstock sinken. Bens Hand bewegt sich wieder zwischen meinen Schamlippen. Sie muss bereits nass und glitschig sein, vielleicht auch sein Unterarm, so geil bin ich.

Diesmal gibt es kaum eine Musikpause. Bereits bei den ersten Akkorden erkenne ich Nightwish. *Wishmaster*. Auch wenn ich sonst ja eher ein Verfechter elektronischer Musik bin, ist das definitiv eines meiner Lieblingslieder. Ich habe keine Ahnung, warum ausgerechnet Nightwish sich in ganz direkter Art und Weise auf meine Gefühlswelt auswirkt. So ähnlich geht es mir sonst nur mit klassischer Musik. Tränen steigen mir in die Augen und werden vom schwarzen Stoff der Augenbinde aufgefangen.

Das liegt nicht daran, dass Onkel Emil nun zur Gerte greift. Es fühlt sich so an, als habe Ben ohne mein Wissen seine lange Dressurgerte aus dem Haus geschmuggelt, die er noch aus seiner Reiter-Zeit besitzt. Dieses kaum auszuhaltende Brennen würde ich unter allen Schlagwerkzeugen dieser Welt heraus erkennen. Ich komme jetzt definitiv an meine Grenzen. Nicht nur die Intensität der Musik ist kaum zu ertragen, sondern auch der Schmerz und Bens Hand, die mir unerbittlich immer größere Lust verschafft. Ich wundere mich, warum der Schmerz heute nicht wie sonst an einem gewissen Punkt die Lust überlagert. In meinem Kopf taucht das Bild von Eisenbahnschienen auf. Auf der einen Seite Schmerz, auf der anderen Lust und beide Teile dieser Schiene führen mich in die gleiche Richtung.

Viele klare Gedanken kann ich nicht mehr fassen und immer mehr gleite ich in einen Zustand hinab, der sich zwischen Wachsein und Schlaf bewegt. Ich bin nur noch Gefühl, nur noch Lust, nur noch Körper, rase immer schneller diese Schienen entlang. Ich *bin* einfach nur noch: passiv, ausgeliefert, entspannt. *Nightwish* geht direkt in *Rammstein* über und ich erkenne nicht, womit Onkel Emil gerade auf mich einprügelt und ob ich das schlimmer finde als Bens fiese Gerte. Später erfahre ich, dass es die Bullwhip war.

Der Orgasmus ist nicht mehr fern. Immer schneller und immer höher rase ich auf ihn zu, kann kaum noch den Schmerz realisieren, der mich von hinten trifft. Schnelle Gitarren, gerolltes R, typisch für *Rammstein*, doch ich kann die

Worte nicht mehr zu Sätzen zusammenfügen. »Asche, Asche, Asche …«, hallt die tiefe Stimme in meinem Kopf. »Asche, Asche, Asche … zu Asche«. Ich habe keine Ahnung, ob ich komme. »Lass dich fallen.« Eine Stimme, ganz nah an meinem Ohr. Es ist Ben. In diesem Moment bricht für mich die Realität tatsächlich ab und in einem kleinen, lichten Moment, kurz bevor es geschieht, wird mir bewusst, dass die Ohnmacht nicht mehr abzuwenden ist. Der Kick dieser Erkenntnis fährt wie ein Blitz mitten in mein Gehirn, wo er gleichzeitig mit meinem Unterleib eine Explosion auslöst. Dann wird es dunkel um mich. Ich sinke in die tiefste Entspannung, die ich je erlebt habe.

In der Ferne nehme ich leise Musik wahr. Langsam wird sie lauter und lauter. Mein ganzer Körper ist schwer und das fühlt sich unglaublich gut an. Bleiern wie ein Drogenrausch, einfach nur bewegungsunfähig und ohne das kleinste bisschen Kontrolle. *Temple of Love* von den *Sisters of Mercy* dringt langsam in mein Bewusstsein vor. Als ich blinzle, sehe ich in Bens blaue Augen. Er lächelt mich liebevoll an. In the temple of love …

Irgendwo weiter weg höre ich vertraute Stimmen. Ela und Onkel Emil. Ben hebt meinen Kopf an und flößt mir kühle Flüssigkeit ein. Cola. Der Zucker erfüllt seine Aufgabe ziemlich schnell und belebt mein Gehirn. Irgendetwas zu essen bekomme ich auch. Ganz genau kann ich nicht sagen, was es ist. Ich lasse mich einfach von Ben füttern und irgendwie nehme ich nicht viel mehr wahr als salzigen und süßen Geschmack auf meiner Zunge.

Ich brauche noch eine ganze Weile, bis ich wieder sprechen und aufstehen kann. Einige Zeit später sitzen wir ein wenig abseits vom großen Trubel auf einem Lounge-Bett zwischen grünen Pflanzen in einer Art Chill-out-Bereich. Ich sehe Ben an und meine Hand gleitet unaufgefordert hinunter auf seine Hose und zwischen seine Beine. Nur selten lässt er diese Dinge geschehen und ich bin erleichtert, dass er mich ausnahmsweise einmal nicht daran hindert, seine Hose zu öffnen.

Seine linke Hand greift nach dem weißen Vorhang des Lounge-Betts und zieht ihn ein kleines Stück nach vorn, um so ein wenig mehr Privatsphäre zu schaffen. Ich knie mich vor ihn und nehme ihn in den Mund. Wie ich ihn kenne, lässt er sich Zeit. Doch heute ist es nicht sehr weit her mit seiner sonst so unglaublich gut funktionierenden Beherrschung. Es dauert nicht lange, bis er in meinem Mund kommt. Ich schlucke. »Morgen machen wir einen Wellnesstag, mein Schatz«, verkündet er und küsst mich dabei. Ich denke an meinen Hintern, der dicke und dünne, hauptsächlich noch rote Striemen und ein paar kleine Blutverkrustungen aufweist. Das kann ja peinlich werden!

*

Erst ein paar Tage später erfahre ich, dass Daniel am Wochenende auf derselben Party war wie wir. Ich höre auch, dass er es verantwortungslos von Ben findet, mich bis zur Bewusstlosigkeit zu prügeln. Leider erfahre ich das nicht von ihm selbst, sondern wie immer über zehn Ecken. Ich habe keine Lust auf Hetzkampagnen und lösche ihn von meiner Freundesliste. Er scheint die Welt nicht mehr zu verstehen, als er mir mehrere Nachrichten schreibt, die ich nicht beantworte.

13.

Gefühlschaos

Unsere Session mit meiner Ohnmacht habe ich eigentlich als etwas Außergewöhnliches angesehen. Umso mehr erstaunt es mich, dass in den darauffolgenden Tagen plötzlich all meine Gefühle extremer sind als je zuvor. Natürlich ist das, was man zu Hause im intimen Rahmen tut, immer anders als das, was in der Öffentlichkeit passiert. Trotzdem scheint auf irgendeine Art und Weise ein Knoten bei mir geplatzt zu sein. Warum und wieso, das kann ich nicht sagen. Einerseits genieße ich diese neue Gefühlstiefe, andererseits stellt sie mich aber auch vor ein Problem und ich begreife: Wer die Tiefe seiner positiven Gefühle intensivieren will, kann nicht erwarten, dass die Intensität der negativen Gefühle davon unberührt bleibt.

Das fällt mir zum ersten Mal während einer eigentlich ganz normalen Nummer im Bett auf. Natürlich hat unser Sex nicht immer und ausschließlich mit BDSM zu tun. Scheinbar grundlos schlägt mir Ben ins Gesicht, während er mich fickt. Das tut er nicht zum ersten Mal, doch heute reagiere ich ganz anders und hoch empfindlich darauf. Mir ist, als würde ein Ball aus Stahl in meinem Inneren platzen und eine unglaublich große Traurigkeit freisetzen, die ich nicht ertrage. Ich sehe ihm nicht wie sonst stolz in die Augen und halte der Behandlung stand. Plötzlich berührt mich sein Tun ganz tief in meinem Innern. Obwohl ich das in diesem Moment selbst als völlig übertrieben ansehe, breche ich in Tränen aus.

Was ich noch nicht weiß: Dieser seltsame, mir völlig unerklärliche Vorgang ist nur der Anfang einer nie da gewesenen Serie an Gefühlsausbrüchen.

Noch Tage später mache ich mir Gedanken über diese Sache und Ben nimmt plötzlich Abstand davon, mich zu ohrfeigen. Das passt mir überhaupt nicht und ich beginne zu quengeln. Ich provoziere ihn, wo es nur geht, doch er lässt sich nicht aus der Reserve locken. Irgendwann wird er sogar richtig sauer. »Ich kann dein Verhalten nicht mehr ertragen«, sagt er und trifft mich damit. Jetzt muss ich nicht nur mit einer seltsam veränderten Gefühlswelt klarkommen, sondern werde auch noch dafür kritisiert. Ich reagiere mit Trotz und er lässt mich einfach links liegen. Das ist das Schlimmste, was er mir antun kann.

Parallel zu meiner erhöhten Empfindsamkeit beobachte ich auf einmal auch noch andere Dinge an mir, die mich total irritieren. Da SM im Moment so gut wie überhaupt nicht möglich ist, beschränken wir uns vorerst auf ganz normalen Sex und selbst der ist für mich schwer zu ertragen. Das liegt nicht daran, dass ich ihn nicht genießen könnte. Ganz im Gegenteil: Wenn Ben mit mir schläft, geht mir das in letzter Zeit so nahe, dass ich es emotional kaum aushalte. Allein dieser kleine Moment, bevor und während er in mich kommt, löst solche Gefühlsstürme in meinem Inneren aus, dass ich sie meistens nur ertragen kann, indem ich weine.

Anfangs ist Ben noch besorgt, doch je öfter es passiert, umso besser kann er damit umgehen. Ich glaube, für ihn ist es schwer nachzuvollziehen, wie man so tiefe Gefühle haben kann, dass sie sich einzig und allein mit Tränen abbauen lassen. Nach einem solchen Weinanfall bin ich zwar meistens völlig am Ende und muss viel schlafen, doch gleichzeitig fühle ich mich innerlich so befreit wie selten zuvor. Es ist, als würde ich mit jeder Emotion, die ich aus mir herauslasse, einen kleinen Teil eines riesigen Berges unbekannten seelischen Ballasts abbauen.

Nicht nur beim Sex, sondern auch bei anderen Dingen wirkt sich meine veränderte emotionale Lage aus. Neuerdings kann ich selbst dann Tränen in mir aufsteigen spüren, wenn ich in den Wald gehe, einen Baum umarme und in seine grünen Blätter hinaufblicke. In diesen Momenten empfinde ich einen solchen Frieden, dass ich gar nicht damit umzugehen weiß. Fast täglich gehe ich deshalb in den Wald oder an den See, um die Natur in ihrer ganzen Intensität zu spüren. Ich genieße das sehr.

Wie wird es wohl erst werden, wenn ich das nächste Mal am Meer sein werde? Das Meer ist für mich eine der Naturgewalten, die mich am tiefsten berühren. Allein schon diese fast nicht zu begreifende Weite, seine Ausdehnung bis zum Horizont, wo es mit dem Himmel eins zu werden scheint! Das beeindruckte mich bereits in der Vergangenheit tief. Ich habe das Meer schon immer geliebt. Es bescherte mir Ruhe und verhalf mir zu Ausgeglichenheit. Ein kleines bisschen von der beruhigenden Wirkung, die Wasser auf mich hat, spüre ich auch, wenn ich manchmal am Ufer unseres kleinen Waldsees stehe und auf seine dunkle Oberfläche blicke.

Auch Essen ist neuerdings ein besonderes Erlebnis für mich. Darauf hätte ich eigentlich gut verzichten können, denn wo soll es eigentlich noch hinführen, wenn ich mit zunehmendem Alter immer lieber esse? Dass sich etwas verändert hat, fällt mir an einem Morgen auf, als ich wie immer meinen Obstsalat verzehre. Eigentlich bereite ich ihn jeden Tag in der gleichen Art und Weise zu und doch kann ich heute den Geschmack jeder einzelnen Frucht ganz besonders genau herausschmecken, ohne dass ich mich extra darauf konzentrieren müsste. Nie zuvor haben mir Früchte so gut geschmeckt.

*

An einem Nachmittag fesselt mir Ben zunächst die Arme auf den Rücken. Ich lege die Unterarme gegen einander, die Handflächen nach oben. Er legt Seile um meinen Brustkorb oberhalb und unterhalb der Brüste und hängt meinen Oberkörper an dem dicken Haken auf, den wir irgendwann mal über dem Bett angebracht haben. Bis jetzt finde ich das sehr angenehm und es entspannt mich, da ich stillhalten muss, nicht herumhampeln darf und mich Bens absolute Konzentration irgendwie beruhigt. Er fragt mich. wie es mir geht und ob mir irgendetwas wehtut. Ich verneine fröhlich. Nun macht er sich an meinem linken Fußgelenk zu schaffen und hängt auch das an einem weiteren Seil am Haken an der Decke auf. Immer noch fühlt sich alles gut an. Ich knie ja auch noch mit dem rechten Bein auf dem Bett. Dann schlingt er auch um diesen Knöchel eines seiner Seile und zieht es durch den Deckenhaken. Anfangs hat mein Knie noch leichten Kontakt mit der Matratze, wenn ich auch bereits größtenteils hänge. Als Ben jetzt das rechte Bein vorsichtig nach oben zieht, passiert etwas Seltsames. Ich spüre, wie ich abhebe, und mein Körper beginnt sich am Seil hängend ein wenig nach links zu drehen. Sofort bekomme ich Panik und weiß nicht genau, warum. Bevor ich mich beruhigen kann, bleibt mir auch schon die Luft weg. »Lass mich runter, lass mich runter, lass mich runter!«, rufe ich völlig hysterisch und habe keine Ahnung, was eigentlich mit mir los ist. Ben greift schnell nach einer bereitliegenden Schere und kappt die Seile.

Ich befreie mich und stürme aus dem Zimmer ins Wohnzimmer und schließe die Tür hinter mir. Ich bin völlig verwirrt und fühle mich schrecklich. Am liebsten würde ich mich irgendwo verkriechen und so setze ich mich in die hinterste Ecke. Irgendwann geht schließlich die Tür auf. »Schatz?«, höre ich Bens Stimme. Ich gebe ihm keine Antwort und bleibe einfach zusammengekauert in meiner Ecke sitzen. »Wo bist du?« Wieder antworte ich nicht und schmolle weiter. »Was soll das? Was machst du da hinten?« Ich zucke die Schultern. Zu mehr bin ich im Moment nicht in der Lage. »Komm da vor«, fordert er mich auf. Ich bleibe sitzen. Er lässt sich auf dem Hocker nieder. »Was ist denn los?«, fragt er und es folgt eine ewig lange Pause. »Wenn ich das nur so genau wüsste«, sage ich verwirrt. »Irgendwie hab ich Panik und keine Luft mehr bekommen, als ich plötzlich hing. Alles ist so kompliziert.« Ich bekomme keine Antwort. »Wenn du mich schlägst ...«, ich zögere, »will ich am liebsten zurückschlagen.« Er lacht. »Dann schlage ich dich einfach nicht mehr.« – »Doch!«, trotze ich. »Ja was nun?« – »Ich will das ja!« – »Aber?« – »Im Moment ertrage ich es nicht. Keine Ahnung, woher das kommt.« – »Ist doch nicht schlimm.« – »Doch! Ich will das nicht verlieren.« – »Du verlierst das nicht mein Schatz. Das Leben besteht eben aus Veränderungen. Wäre ja schlimm, wenn nicht.« – »Ich scheiße auf Veränderung!«, rufe ich und dann beginnen die Tränen zu kullern.

Er zieht mich auf die Beine. Ich versuche, mich zu wehren. Es gelingt mir nicht. Er nimmt mich in den Arm. »Lass mich«, zicke ich. »Ich will mich unter dem Bett verkriechen und nie, nie wieder hervorkommen! Ich will ein kleines, verachtungswürdiges Nichts sein.« Ich habe keine Ahnung, woher dieser Gefühlsausbruch plötzlich kommt. Wahrscheinlich will ich nicht wirklich das verachtungswürdige Nichts sein, aber ich fühle mich schon die ganze Zeit so, als wäre ich es. Ben bringt mir meine Schuhe und schleppt mich aus der Wohnung.

Wir gehen ziemlich schweigsam am See entlang im Wald spazieren. Obwohl ich nicht hierher wollte, tut mir die Natur gut. »Schatz, sieh die Sache doch einfach mal locker«, fordert Ben mich auf. Ich gebe ihm keine Antwort. Ich will, dass alles so bleibt, wie es war. »Du hast dich eben verändert.« – »Wer will denn so was, sich verändern?« – »Das ist völlig normal.« – »Stimmt nicht. In Wahrheit bist du schuld, dass ich so geworden bin, nur du!« Wieder lacht er, aber ich finde das alles überhaupt nicht witzig. »Das mag schon sein«, gibt er zu. »Kannst du mir mal sagen, was wir jetzt noch machen sollen? Ich ertrage keinen Schmerz mehr und du wolltest ja von Erniedrigung noch nie was wissen.« – »Es gibt eine ganze Menge, was wir noch machen können.«

Ich glaube ihm nicht. Ich fühle mich, als hätte man mir die Möglichkeit, SM zu leben, einfach weggenommen. Ein Teil meiner Sexualität, an dem ich immer so viel Spaß hatte, hat sich plötzlich in Luft aufgelöst. »Habe ich dich eigentlich jemals darum gebeten, dass du mich verändern sollst?«, gifte ich ihn an. »Ich hätte dich allerdings auch unterdrücken und wirklich zu einem kleinen Nichts machen können.« Immer dieses Gerede darüber, was gut und was schlecht für mich ist! Und dann spricht er es auch noch aus und macht mich damit rasend. »Du hast manchmal nicht so ganz die Übersicht, was gut und was schlecht für dich ist, mein Schatz.« Da bin ich ja froh, dass ich wenigstens einen habe, der das für mich übernehmen kann. »Lass dich doch einfach überraschen, was die Zukunft bringt«, schlägt er vor. Allein der Gedanke ans Abwarten macht mich wütend. Warten kann ich gar nicht leiden, das macht mich verrückt. »Weißt du«, hebt er von Neuem an, »wenn man mal ganz genau darüber nachdenkt, dann ist Empfindsamkeit doch nichts Schlechtes, oder?« – »Für mich schon.« – »Und warum?« – »Weil es immer hieß: ›Sei nicht so empfindlich‹, als ich noch ein Kind war.« Ben nickt. »Das ist eben die Unfähigkeit deines Umfeldes, mit Gefühlen umzugehen. Das Wort ›empfindlich‹ hat ja allein schon eine negative Wertung, aber mach dir mal den Sinn bewusst oder ersetze es durch ›empfindsam‹. Das ist überhaupt nichts Negatives, ganz im Gegenteil. Dass wir fühlen können, genau das macht doch unser Leben aus. Und je empfindlicher oder empfindsamer wir sind, desto tiefere Gefühle können wir entwickeln.« Eigentlich hat er recht. Wahrscheinlich ist Empfindsamkeit in unserer Welt einfach nicht gefragt, deshalb trainiert man sie uns bereits im Kindesalter ab. Ich will versuchen, meine aktuelle Gefühlslage immer wieder mit Bens Aussage abzugleichen. Vielleicht komme ich so ja wirklich besser mit alldem klar.

»Vielleicht sollten wir mal eine kleine Partytour machen«, schlägt Ben vor. Ich bin sofort Feuer und Flamme. Möglicherweise liegt das Verschwinden meiner Devotion ja einfach nur daran, dass wir meistens hier zu Hause sind. Außerdem fehlt uns Bens Zimmer im Studentenwohnheim, was sich auf ideale Art und Weise für SM-Zwecke geeignet hat, wenn man das diesem Zimmer auf den ersten Blick auch nicht ansehen konnte. Vielleicht finde ich die Devotion wirklich wieder, wenn wir auf einige schöne Partys gehen.

14.

Es gibt Partys und Partys

Als wir unseren geplanten Party-Marathon beginnen, habe ich mich schon ein bisschen mit der neuen Anna und ihrer Empfindsamkeit abgefunden. Unsere Unternehmung hat den positiven Effekt, dass ich ein wenig von meinem inneren Chaos abgelenkt werde und meinen Fokus stattdessen nach außen verlagern kann. Ich bin extrem entspannt und freue mich darauf, möglichst viele neue Leute zu treffen.

Unsere erste Reise führt uns ganz spontan nach München. Eine junge Dame namens Carla, mit der ich mich seit einiger Zeit auf höchst amüsante Art in der *SZ* unterhalte, hat ein Treffen in der Hauptstadt der Brezen und Weißwürste vorgeschlagen. Ich freue mich, sie endlich kennenzulernen. Geplant ist eine kleine Pre-Party ab 18 Uhr auf Zimmer 511 unseres Hotels, wie man mir mitgeteilt hat.

Trotzdem fahren wir bereits am Morgen los, denn an diesem Wochenende ist in München unter anderem BoundCon. Die BoundCon ist die größte Fetisch- und BDSM-Messe Deutschlands.

Da ich in der Vergangenheit vom Besuch der einen oder anderen Erotik-Messe eher enttäuscht war, wäre ich niemals auf die Idee gekommen, allein wegen der BoundCon nach München zu fahren. Und dass ausgerechnet August, dessen Geschmack ich überhaupt nicht traue, ein bekennender *BoundCon*-Fan ist, macht mich zusätzlich misstrauisch.

Bereits auf dem Fußweg zum Veranstaltungsgelände begegnen uns die ersten Menschen in Lack und Leder. In meiner schwarzen Hose und dem pinken T-Shirt komme ich mir falsch gekleidet vor. In der Halle ist es dunkel. Wen wundert das auf einer BDSM-Messe? Zahlreiche Händler bieten ihre Produkte an. Von Kleidung über Schuhe und Schlagwerkzeuge aller Art bis hin zu Schmuck, Möbeln und Stromgeräten gibt es hier alles, was das Herz eines BDSM-lers höher schlagen lässt.

Aus irgendeinem mir nicht ganz verständlichen Grund macht Ben bei den Stromgeräten halt und lässt sich ausführlich beraten. Insgeheim bin ich froh, dass mein Smart zu klein ist, um Möbel zu transportieren. Wo sollten wir die in meiner Zweizimmer-Wohnung auch hinstellen? Ich interessiere mich viel mehr für Schmuck und Kleidung, allerdings schreckt mich eine Messe immer etwas ab, wenn es um die Anprobe von Kleidungsstücken geht. Meistens gibt es nur improvisierte Umkleidekabinen und irgendwie kommt man sich vor wie auf einem Bahnhof. An einem Stand mit Edelstahlschmuck entdeckt Ben ein Halsband. Der Ring, der um den Hals liegt, ist nicht aus glattem Metall wie bei den meisten Schmuckstücken dieser Art, sondern er besitzt ein auf der Oberfläche eingearbeitetes florales Muster. Als Verschluss sind unterschiedliche Varianten wählbar: der klassische Ring, eine kleine oder größere Metallspitze oder ganz einfach nur glänzende Metallkugeln in unterschiedlichen Größen. Ben lässt sich wie immer nicht lumpen und kauft gleich drei verschiedene Verschlüsse. Bevor wir uns auf den Weg ins Hotel machen, sehen wir uns noch eine Bondage-Show auf einer der Bühnen an. Und wie immer bei diesen Aufführungen langweile ich mich ein wenig.

Zur geplanten Pre-Party werfe ich mich noch nicht in mein Fetisch-Outfit, denn zum einen will ich nicht overdressed wirken und zum anderen ist diese Kleidung ja irgendwie nie so bequem, dass man sie über lange Zeiträume tragen möchte. Vielleicht sehen das Latex-Freunde anders, da ich aber keinen Fetisch habe, hat für mich ein solches Outfit ausschließlich einen optischen Reiz.

Clara fällt mir überschwänglich um den Hals, als sich die Tür von Zimmer 511 öffnet. Sie hat glänzend schwarze Haare, die sie als klassischen Bob trägt, und ist ein kleines bisschen größer als ich. Ich bin froh zu sehen, dass auch sie noch mit Jeans und T-Shirt bekleidet ist. Genau wie alle anderen, die sich bereits hier tummeln. Fröhlich und ohne Unterlass plappernd erläutert Clara mir das Buffet, das die lustige Truppe im Hotelzimmer aufgebaut hat. Wie die meisten Menschen scheint sie sich Sorgen zu machen, ich als Vegetarier könne direkt vor dem Buffet verhungern. Wir setzen uns auf eines der Betten und wie immer hört man ziemlich bald hauptsächlich Ben reden. Seine Redefreude muss ein Erbe aus dem Rheinland sein. Natürlich kennen alle Anwesenden den Club, in den es heute Abend gehen soll, schon längst. Aufgrund diverser Schilderungen wächst meine Neugier.

Gegen 21 Uhr wird die Pre-Party offiziell als beendet erklärt und die Styling-Zeit ausgerufen. Treffpunkt ist etwa eine Stunde später im Eingangsbereich des Hotels, wo ein Gruppenfoto auf dem Plan steht. Ich wundere mich ein bisschen, dass niemand etwas dagegen haben soll, mitten in der Hotel-Lobby 32 Halbverrückte in Fetisch-Kleidung zu fotografieren. Vielleicht sind die Münchner ja doch lockerer, als ich dachte.

Als wir uns zu Fuß auf den Weg zur Party machen, bin ich froh, dass wir nicht alleine unterwegs sind. Der Laden ist nämlich gar nicht so einfach zu finden. Ich trage eine lange Strickjacke über meinem Lackkleidchen und meinen Overknees. Wie es scheint, führt uns unser Fußweg eine halbe Ewigkeit über ein altes Fabrikgelände. Ich frage mich bereits, ob wir uns nicht vielleicht trotz ortskundiger Begleitung verirrt haben, doch die Schilder, die uns den Weg weisen, behaupten das Gegenteil.

Endlich sehen wir in der Ferne Licht zwischen zwei großen Tannen und beim Näherkommen ist auch ein roter Teppich zu erkennen. Links und rechts vom Eingang sitzen zwei Türsteher und heißen uns einen nach dem anderen willkommen. Wie immer freue ich mich darüber, dass selbst in München in dieser Szene jeder freundlich und offen auf den anderen zugeht. In so manchem Schicki-Micki-House-Club hab ich das schon ganz anders erlebt. Wir geben unsere Jacken ab und ich fühle mich schon wieder wohl. Alles hier ist in Schwarz-Rot, dazu diese vielen Menschen in Lack, Leder, Latex. Aber jeder Einzelne von ihnen sieht ein kleines bisschen individuell und besonders aus. Die meisten sind stark geschminkt, hier und da blitzen Brüste unter den engen Korsagen hervor oder werden in selteneren Fällen auch mal ganz ungeniert blank getragen. Gleiches gilt für die Hinterteile.

Es ist mir fast schon ein bisschen zu voll, als wir den Raum betreten, in dem die Party bereits tobt. Die Hälfte unserer Begleiter zerstreut sich sofort in alle Richtungen. Opulente Kronleuchter hängen über barocken Sofas mit Leopardenmuster, große goldene Vasen im römischen Stil dienen zur Kühlung von Champagnerflaschen und die Tanzfläche ist rappelvoll. In der Mitte des Raumes tanzen mehrere Menschen auf einem Podest zu dunklen Klängen. Ich beobachte ein Pärchen: Die Frau scheint noch ziemlich jung zu sein. Die Spitzen ihrer blonden Locken fallen auf ihre kleinen Brüste herab, die sie unbedeckt trägt. Unter ihrem viel zu kurzen Rock blitzen Strapse. Der

Typ hinter ihr bewegt ganz ungeniert seine Hand zwischen ihren Beinen. Das scheint ihr zu gefallen. Seine andere Hand legt sich um ihren Hals und aus einem Glas gießt er ihr Sekt in den offenen Mund, der zur Hälfte auf ihre Brüste herabtropft.

Ben und ich schauen uns erst mal um und ich fühle mich ein wenig als Außenseiterin. Man scheint sich hier zu kennen. Zumindest fallen sich die Menschen neben mir im Sekundentakt um den Hals und beteuern, sich seit einer halben Ewigkeit nicht mehr gesehen zu haben. Das gilt auch für Clara, die ich ziemlich schnell aus den Augen verliere. Manch einer spricht auch schon mal seine Spielkonstellation für später ab. Neben dem großen Tanzsaal gibt es eine Art Lounge. Ich fühle mich an Räumlichkeiten erinnert, in denen die alten Römer Orgien gefeiert haben sollen. Zahlreiche Sofas und Diwane laden hier zum Relaxen ein. Auch dieser Raum ist in Rot-Schwarz mit Leopardenmuster gehalten. Die deckenhohen Fenster im Hintergrund werden von schweren roten Samtvorhängen fast völlig verdeckt. Ich frage mich, wo sich die Spielräume befinden, und im Grunde ist mir auf den ersten Blick bereits klar, dass es hier hauptsächlich um eines geht: Sehen und Gesehenwerden. Allerdings auf eine sehr sympathische Art und Weise.

Ganz zufällig kommen wir an einem Schild vorbei, das uns den Weg zu den Spielräumen weist. Über eine nicht allzu breite Treppe steigen wir hinunter in eine Art Katakombe. Lange, spärlich beleuchtete Gänge, deren Wände auch noch schwarz gestrichen sind, wirken gleichzeitig bedrückend und erotisierend auf mich. Hier unten zwischen den dunklen Mauern ist die Musik nur noch ein Dröhnen. Ich fühle mich an ein Verlies aus einem alten Märchenfilm erinnert.

Ich folge Ben, der sich hier mit seinen fast zwei Metern Körpergröße fast schon ducken muss. Links neben mir tauchen

Türen auf mit einem runden Fenster in der Mitte, wie ein Bullauge. Wenn man hindurchsieht, kann man verzerrte Gestalten in den Räumen erkennen. Eine Tür steht offen und ich erkenne, dass der Raum mit Klinik-Equipment ausgestattet ist. Allerdings irritiert mich, dass er kaum größer als ein durchschnittlicher Fahrstuhl ist. Bei geschlossener Tür würde ich darin vielleicht Platzangst bekommen. Am Ende des Ganges befindet sich eine Nische. Eine dicke Frau sitzt hier in einem engen Lederkorsett und unterhält sich lautstark und mit stark bayrischem Akzent mit ihrer Freundin. Ben schaut irritiert. Wahrscheinlich kann er nicht verstehen, was sie sagt. Zu ihren Füßen kauert ein kleiner dicker Mann mit Halbglatze, der bis auf sein Halsband nackt ist. Er massiert ihre Füße.

Plötzlich ist Ben verschwunden. Ich war wohl zu abgelenkt von dem Bild, das sich mir da eben geboten hat. Während sich andere Leute von hinten an mir vorbeidrängen, sehe ich mich um. Ein bisschen unangenehm finde ich diese Enge hier schon. Ich will schließlich nicht jedermanns Schweiß an mir kleben haben. Es ist sehr heiß hier unten. Zu meiner rechten Seite fällt mir ein schwerer Vorhang aus schwarzem Gummi auf. Ben muss wohl dahinter verschwunden sein. Als ich hindurchgehe, verdeckt mir die riesige Silhouette meines Freundes zunächst die Sicht. Deshalb nehme ich als Allerærstes die Geräusche wahr, die hier durch die hitzige Luft wabern. Von allen Seiten dringt lustvolles und schmerzerfülltes Stöhnen an mein Ohr. Irgendwie sind diese Laute so intensiv, dass sie sich mir vor allem anderen aufdrängen. Ich trete ganz dicht hinter Ben, der bewegungslos in der Gegend herumsteht. Hier drin ist es noch dunkler als auf den Gängen.

Als sich meine Augen an das spärliche Licht gewöhnt haben, sehe ich, dass wir mitten im Raum stehen. Um uns herum findet eine Orgie statt, wie ich sie noch nicht einmal beim Gangbang im Swingerclub erlebt habe. Bestimmt 30 oder mehr Paare ficken wild durcheinander und das auch noch auf Stufen wie in einem Amphitheater.

Ich bin im ersten Moment von meinen Eindrücken überwältigt. Ben scheint es ähnlich zu gehen. Irgendwie war es uns ja klar, dass es auch in diesem Club solche Räume geben muss, aber dass man plötzlich unbeabsichtigt mittendrin steht und blöd guckt, damit haben wir beide nicht gerechnet. Meine Aufmerksamkeit richtet sich auf eine Frau, die plötzlich links neben mir sehr laut zu schreien beginnt. Sie ist jung, höchstens Mitte 20. Vor ihren weit gespreizten Beinen kniet ein Mann. Ich schätze ihn auf Anfang 60. Gerade kann ich noch sehen, wie seine Faust zwischen ihren Beinen verschwindet, da dreht sich Ben plötzlich ganz schnell um und drängt mich aus dem Raum. Er greift nach meiner Hand, marschiert schnellen Schrittes voraus und zieht mich hinter sich her. Draußen bleibt er stehen. »Das war ja fürchterlich«, sagt er und ich muss fast lachen, weil er sich so verklemmt anstellt. Ich vermute, dass er mit solchen Dingen immer ein bisschen seine Probleme hat, weil er andere Männer nicht besonders gern nackt sieht. Schon gar nicht in Aktion. Das geht so weit, dass er sich nur Pornos ansieht, in denen ausschließlich Frauen vorkommen. Da ich wiederum das zum Gähnen langweilig finde, werden wir wohl unser ganzes Leben lang nur getrennt voneinander Pornos gucken.

Als Ben sich wieder ein bisschen beruhigt hat, gehen wir weiter. Im nächsten Raum, den wir betreten, habe ich im ersten Moment den Eindruck, in der perversen Variante eines Mittelalter-Films gelandet zu sein, in dem ein Hufschmied die Hauptrolle spielt. Die Wände bestehen aus grobem Stein, ein paar rustikale Tische und Stühle stehen herum und an der mir gegenüberliegenden Wand befindet sich ein großer hölzerner Rahmen, in dem drei junge nackte Damen hängen. Irgendwie kommt mir diese Szenerie unwirklich vor, aber sie gefällt mir. Links von mir hinter einer Absperrung steht ein Typ, der aussieht wie ein Wikinger auf Anabolika. Er ist gerade dabei, ein zartes blondes Wesen zu fesseln, und kommentiert sein Tun dabei lautstark. Als das Mädchen bewegungsunfähig fixiert ist, darf das Publikum wählen, welches Schlaginstrument zur Anwendung kommen soll. Welch ein Spaß! Alle lachen und scherzen. Nur die Miene der jungen gefesselten Dame wird immer ernster und immer besorgter. Ob sie wohl Anweisung hat, die Leidende zu spielen?

Ben hat Durst und wir begeben uns an die Bar. Es scheint ihm hier nicht sonderlich zu gefallen. Ich hingegen amüsiere mich köstlich und freue mich, als ich Clara freudig winkend in der Menge entdecke, wie sie sich in unsere Richtung vorkämpft. Zwischen Ben und mir wird wohl heute Abend nichts mehr laufen. Der Laden ist viel zu voll und irgendwie scheint es Ben überhaupt nicht zu passen, dass man sich hier nirgends zurückziehen kann – außer in Mini-Räume mit Bullaugen. Vielleicht hoffte er, mich heute mal wieder in eine SM-taugliche Stimmung zu bekommen. Wir bestellen uns zwei Cuba Libre und ich begebe mich mit meinem Glas und mit Clara auf die Tanzfläche. Ben bleibt an der Bar sitzen und sieht uns zu. Als er mich zu sich winkt, ist mir klar, dass dieser Abend nicht sehr lange dauern wird. Tatsächlich will er nach etwas mehr als einer Stunde schon wieder gehen. »Nächstes Wochenende besuchen wir eine richtige Play-Party«, verspricht er mir.

*

Ich habe keine Ahnung, was Ben plant, als wir nach Aachen fahren. Wir besuchen Freunde, relaxen in den Thermen und hängen ein wenig im Studentenwohnheim herum – um der guten alten Zeiten willen. Am Freitagabend ist es dann so weit. Ich trage halterlose Strümpfe, Lackstiefel bis zum Knie, einen kurzen Rock ohne Unterwäsche, eine Unterbrustkorsage und eine durchsichtige Bluse darunter, die meine Brüste nur mäßig verhüllt.

In einem Industriegebiet steigen wir über eine metallene Außentreppe in den zweiten Stock eines modernen Gebäudes. Ich habe keine Ahnung, wo hier der Eingang sein soll, muss mich aber auf meine Absätze konzentrieren, um nicht im Metallgitter der Treppe hängen zu bleiben. Eine Schiebetür aus Glas steht einen Spalt breit offen. Ich höre leise Stimmen und Musik. Die Tür ist von innen mit einem Vorhang gegen neugierige Blicke abgeschirmt. Ben öffnet sie, schiebt den Vorhang ein Stück zur Seite und verschwindet im Haus. Als ich ihm folge, befinde ich mich in einem Raum, der ungefähr doppelt so groß ist wie mein Wohnzimmer. Eine große Bar nimmt fast die ganze rechte Wand ein. Überall stehen Sofas mit Kniebänkchen herum, außerdem gibt es ein paar wenige Stehtische, ergänzt von Barhockern. Im hinteren Teil des Raumes sehe ich ein Traversengestell, wie man es aus Diskotheken kennt. Normalerweise dient es als Vorrichtung zum Aufhängen verschiedener Lampen. Unter diesem Gestell befinden sich ein Thron, ein Käfig, ein Gynstuhl und ein Bock. Des Weiteren entdecke ich zwei Andreaskreuze an den Wänden und jede Menge Ösen und Haken. Verschiedene Werkzeuge – Seile, Halsbänder, Fesseln, Masken und Peitschen –, die wohl zum allgemeinen Gebrauch bestimmt sind, hängen ebenfalls an den Wänden.

Ein gutes Dutzend Menschen sitzt hier herum, isst, trinkt und unterhält sich bei gedämpfter Musik und angenehmer Beleuchtung, die größtenteils von Kerzen erzeugt wird. Zunächst nimmt keiner Notiz von uns bis auf eine außerordentlich große blonde Frau, die sich erhebt und auf uns zukommt, als sie uns erblickt. Sie gibt zuerst Ben die Hand, dann mir. »Herzlich willkommen. Ihr seid die Letzten, jetzt sind wir für heute Abend komplett«, sagt sie. Jetzt kann ich ihre Größe besser deuten, denn ihre Stimme ist die eines Mannes. Sie schließt die Tür hinter uns und bringt uns zu einem der Sofas, wo noch Platz ist. Zuerst bekommen wir ein Glas Champagner in die Hand gedrückt, dann beginnt der Abend gemütlich mit ein paar lockeren Unterhaltungen, leckeren Häppchen und entspannter Musik. Manchmal komme ich mir in dieser SM-Szene vor wie bei *Sex and the City*, da wird auch immer, überall und ständig nur gegessen.

Nachdem der erste Hunger gestillt ist, erheben sich einige Pärchen und beginnen mit lockeren Spielereien. Die ersten sowohl männlichen als auch weiblichen Subs knien nieder, hier und da wird ein bisschen gepatscht. Ich wundere mich ein wenig über die lockere Atmosphäre. Die habe ich in dieser Form noch nirgends erlebt. Eine Frau wird mit dem Gesicht zur Wand an eines der beiden Andreaskreuze gefesselt. Ihr Dom steht mit dem Flogger hinter ihr und wärmt mit den vielen weichen Lederfransen ihren Hintern ein wenig an. Plötzlich hält er inne, lässt das Instrument sinken und sieht sich um. »Kann mir vielleicht mal jemand einen Stuhl bringen? Ich muss mich ein bisschen hinsetzen«, verlangt er. Die Umstehenden sehen sich überrascht an, dann setzt sich eine Frau in Bewegung und bringt ihm tatsächlich einen kleinen Stuhl. Mit der Erklärung, er sei schließlich mit seinen etwas mehr als 40 Jahren auch nicht mehr der Jüngste, lässt er sich darauf nieder. Alle rechnen jetzt natürlich damit, dass er eine kleine Pause einlegen will. Doch weit gefehlt! Er fährt nun einfach im Sitzen fort, den Hintern seiner Liebsten zu bearbeiten, und das daraufhin einsetzende Gelächter ist groß.

Immer mehr Leute erheben sich und beginnen mit Aktionen der unterschiedlichsten Art. Die Stimmung wird langsam ein wenig ernster, bleibt aber für meinen Geschmack trotz allem viel lockerer, als ich es normalerweise gewohnt bin. Auf einem der Sofas sitzt ein gut aussehender junger Mann und nippt an seinem Drink. Die hellbraunen Haare trägt er ein wenig länger nach hinten gekämmt. Sein Blick strahlt Ruhe aus, seine Züge sind männlich-markant, dabei aber völlig entspannt. Die ganze Zeit über war er ein wenig außen vor, doch jetzt wird ihm ein Mädchen vorgeführt. Offensichtlich handelt es sich um einen Verleih, denn ihr Herr führt sie an Halsband und Leine heran und übergibt sie dem Mann auf dem Sofa. Dann entfernt er sich und assistiert dem »Stühlchendom« bei der Behandlung von dessen Sklavin.

Mein Blick gleitet zurück zu dem Gutaussenden und der ihm überlassenen Sklavin. Sie bekommt die Anweisung, sich ihm zu präsentieren. Sie trägt nur String und Halsband und muss den String auf seinen Befehl ausziehen. Es scheint, als wolle er zunächst jeden Winkel ihres Körpers begutachten, bevor er sie eventuell berühren würde. Sie dreht und wendet sich, bückt sich, spreizt ihre Schenkel und zieht dabei ihre Arschbacken auseinander. Er wirkt zufrieden. Als er sie wenig später wieder an ihren Herrn übergibt, scheinen sich die beiden Männer per Handschlag über irgendetwas einig zu werden. Wie so oft würde ich auch bei diesem Gespräch gerne Mäuschen spielen.

Ich hole Ben ein weiteres Getränk. Wir sprechen nicht viel, beobachten stattdessen eine große blonde Domse, die ihren Sub an seinem Halsband hinter sich her führt. Offensichtlich gibt sie ihn zur allgemeinen Benutzung frei. Wie er da auf dem Boden kniet, komplett nackt, verlässt sie ihn. Er tut mir ein wenig leid, weil sich zunächst keiner besonders für ihn interessiert. Nach und nach werden aus Paaren Trios oder gar Vierer- und Fünfergruppen. Man berät sich gegenseitig, was Fesseltechniken angeht, oder tauscht Methoden aus, wie die Sub am einfachsten und schnellsten am Bock zu fixieren ist.

Bereits nach wenigen Minuten werden Ben und ich von einem jungen Paar angesprochen. Sie stellen sich als Dennis und Lisa vor, mögen beide Anfang 20 sein und haben wahrscheinlich noch nicht sehr viel Erfahrung. Als wir von unserem missglückten Bondage-Versuch erzählen, wird Lisa plötzlich hellhörig. Sie fleht Ben schon fast an, das doch auch einmal mit ihr zu versuchen. Fragend schaut er mich an. Ich nicke natürlich und Dennis ist ebenfalls einverstanden. So bekomme ich am heutigen Abend den Beweis, dass unser Bondage-Problem nicht auf Bens Unfähigkeit zurückzuführen ist, sondern doch auf meine seltsamen Gefühlszustände. Es dauert keine Viertelstunde, da hängt das Mädchen völlig entspannt an einem Haken an der Decke und sieht sehr glücklich aus. In mir ruft diese Episode ein gemischtes Empfinden hervor, weil ich mich ein wenig unzulänglich fühle, doch ich beschließe, dieses Gefühl ganz schnell zu ignorieren, bevor es mir den Abend verderben kann.

Nach Lisas gelungenem Bondage fällt mein Blick wieder auf den zur allgemeinen Benutzung freigegebenen Sub. Er kniet immer noch mitten im Raum, ohne dass sich bisher jemand sonderlich für ihn interessiert hätte. Seine Top tritt auf ihn zu und überreicht ihm eine Schüssel. Irgendetwas sagt sie dabei, was ich aufgrund der Entfernung und wegen des Geräuschpegels nicht verstehen, mir aber denken kann. Er sieht bestürzt drein, doch sie lässt ihn einfach auf dem Boden sitzen und geht weg. Etwas zaghaft nimmt er die Schüssel in die linke Hand, die rechte tastet nach seinem Schwanz und beginnt ihn anfangs noch langsam, dann schneller zu wichsen. Seine Top hat unterdessen in einiger Entfernung auf einem Sofa Platz genommen und sieht ihm bei seiner Aufgabe zu. Ab und zu nimmt er Blickkontakt auf, dann senkt er den Kopf wieder, denn mittlerweile ist er bis über beide Ohren rot angelaufen.

Ben und ich begeben uns zu einer Sitzgruppe, wo sich drei andere Paare und eine einzelne Frau befinden. Ben nimmt auf einem freien Sofa Platz, ich muss mich auf eines der gepolsterten Bänkchen knien. Ein wenig wundere ich mich über mich selbst, dass ich heute damit kein Problem habe und dass meine üblichen Gefühlsausbrüche ausbleiben. Na ja, die anderen drei Frauen – bis auf die einzelne – knien ja auch. Vielleicht liegt es daran.

Einer der Männer beginnt seine Frau zu fesseln, die eine Schuluniform trägt. Er wendet sich an Ben und fragt, ob der ihm ein wenig zur Hand gehen möchte. Dieses Mal verzichtet Ben auf meine Erlaubnis und greift nach ein paar herumliegenden Seilen. Das Ergebnis sieht letztendlich so aus, dass ich mit der Schuluniformierten Rücken an Rücken gefesselt auf dem Boden knie. Wir bekommen ein wenig den Hintern voll – aber wirklich nur ein wenig, ohne dass ich befürchten müsste, Spuren davonzutragen. Danach beginnen die Männer, uns mit Wachs zu verzieren. Ben zaubert zwei silberne Wäscheklammern aus seinen Hosentaschen, schiebt den Stoff meiner leichten Bluse über meine Schultern herunter und setzt mir die

Klammern auf die Brüste, bevor er sie mit Wachs betropft. Abwechselnd reichen sich die Männer die Kerzen zu und es macht mich an, dass auch der Fremde die heiße Flüssigkeit auf mich tropfen lässt.

Zwischendurch dürfen wir immer mal wieder ein paar Erdbeeren essen und ein paar Schlucke Sekt schlürfen. Ich spüre, wie mir die Nässe die Schenkel hinunterläuft. Natürlich weiß Ben das und greift mir ab und zu zwischen die Beine. Irgendwann nimmt er einen Eiswürfel, zieht ihn über meinen Körper und wandert schließlich damit zwischen meine Beine. Ich beginne schon zu jammern, als er sich den empfindlichen Bereichen gerade erst nähert, und kreische erschrocken auf, als er den Eiswürfel tatsächlich in mich gleiten lässt. Je länger das Eis in mir steckt, umso schmerzhafter wird es. Weil ich keine Lust darauf habe, beginne ich schließlich, so lange und so stark zu pressen, bis der Rest vom Eiswürfel unter mir auf den Boden fällt. Ben schaut mich ein wenig verdattert an, als habe er damit nicht gerechnet. Ich grinse.

Dann löst er die Fesseln, die die Uniformierte und mich verbinden, und zieht mir eine Art schwarzen Sack übers Gesicht. Er bindet ihn mit einem weichen Band um meinen Hals zu, aber durch den Stoff kann ich noch etwas sehen. Ich bin etwas irritiert, denn so etwas Seltsames hat Ben bisher noch nie getan. Zu meiner Verwunderung legt er jetzt auch noch eine Augenbinde über den schwarzen Sack, so dass es komplett dunkel um mich wird. Ich höre, wie Stühle hin und her gerückt werden, während ich warte. Ich habe den Eindruck, als führt er mich zu einer Art Bank. Dann muss ich mich niederlassen und bekomme fast einen Herzinfarkt vor Aufregung, als ich spüre, dass sich beim Hinsetzen ein Gummischwanz in mich bohrt. Ich muss mich ein wenig zurücklehnen, mein Kopf wird in irgendeiner Vorrichtung fixiert, die sich um meinen Hals legt, die Arme und Beine werden ebenfalls befestigt. Ich bin froh, dass ich diesen Sack über dem Gesicht habe. Sie müssen mich ja alle sehen können! Und wenn mein Gesicht verborgen ist, ist mir das eindeutig weniger peinlich. Ich glaube, wenn ich in meiner Geilheit einem Fremden in die Augen sehen müsste, wäre ich völlig blockiert.

Eine Weile sitze ich so da und es geschieht nichts. Ich lausche, ob ich Teile der Unterhaltung aufschnappen kann, doch offensichtlich spricht von denen, die sich in meiner Nähe aufhalten, keiner. Ich höre nur Musik und Stimmen, die sich zu einem unverständlichen Geräuschpegel mischen. Plötzlich beginnt das Ding in mir leise zu vibrieren und ich könnte zerspringen vor Geilheit. Immer intensiver wird das Gefühl und ich spüre, wie sich ein warmer, weicher Mund zwischen meine Beine legt und eine Zunge beginnt, meinen Kitzler zu stimulieren. Ich weiß nicht so recht, was überwiegt: die Peinlichkeit oder die Geilheit. Aber mit zunehmender Vibration des Dings in mir und durch diese Zunge, die nicht aufhört, mich zu umkreisen, gewinnt die Geilheit schnell die Oberhand. Ich denke schon lange nicht mehr, denn ich steuere mit einer unglaublichen Geschwindigkeit auf den erlösenden Orgasmus zu. Kurz bevor ich komme, dringt das Wissen, dass ich Zuschauer habe, noch einmal in mein Bewusstsein vor, doch wenige Momente später ist mir das so gleichgültig, wie es mir gar nicht gleichgültiger sein könnte.

Nachdem ich gekommen bin, verlassen wir die Party ziemlich zügig, vergessen aber nicht, vorher noch mit Dennis und Lisa Telefonnummern zu tauschen, denn wir mögen sie sehr. Kaum haben wir die Tür unseres Hotelzimmers hinter uns geschlossen, greift Ben in meine Haare und wirft mich zu Boden.

Er öffnet seine Hose und steckt mir seinen Schwanz in den Mund. Unsanft stößt er ihn mehrere Male vor und zurück. Dann schleppt er mich zum Bett. »Arsch raus«, befiehlt er und ich knie mich mit dem Hintern zu ihm auf die Bettkante. Mit einem etwas unsanften Stoß kommt er in mich und fickt mich schnell und hart. Sehr lange geht das heute nicht. Ich hätte mir wahrscheinlich auch Sorgen gemacht, wäre es anders gewesen.

15.

Das Spezialzimmer

Ich liege auf der Matratze meines Bettes auf dem Boden, Ben neben mir. Durch zwei große Glastüren fällt das viel zu helle Licht einer Straßenlaterne ins Zimmer herein. Eigentlich bin ich hundemüde. Trotzdem kann ich nicht schlafen. Ich stehe auf und gehe auf die große Dachterrasse hinaus. Es ist warm, obwohl es erst April ist. Aus der Ferne wehen die Geräusche knatternder Motorräder zu mir herüber. Ich betrachte die Burg – oder besser die Ruine – drüben auf dem kleinen Berg. Sie ist gelb angestrahlt.

Wir verbringen unsere erste Nacht auf Rhodos und haben einen anstrengenden Tag hinter uns. Zuerst der Flug: kein Direktflug, die gibt es nämlich nur im Sommer. Fast den ganzen Tag waren wir unterwegs. Fünf Stunden Aufenthalt in Thessaloniki. Einen langweiligeren Flughafen habe ich in meinem ganzen Leben noch nicht erlebt. Ein einziges Café. Fünf Euro ein Bier. Immerhin gab es W-Lan. So wurde uns die Zeit nicht allzu lang. Nach der Landung große Begrüßung durch Ilias' Eltern. Unsere Koffer passten nicht in den alten BMW von Ilias' Vater, der mit Warnblinklicht im Halteverbot direkt vor dem Flughafengebäude parkte. Deshalb fuhren wir mit dem offenen Kofferraum, meinen Koffer nur lose obenauf liegend, einmal quer über die Insel. So ist das hier in Griechenland. Schließlich reicht es immer noch, sich zu sorgen, wenn das Kind bereits in den Brunnen gefallen ist, beziehungsweise in unserem Fall der Koffer aus dem Kofferraum. Falls er fällt. So genau weiß man das nicht. Meistens geht ja doch irgendwie alles gut.

Nach einem ausgiebigen Abendessen in einer alten Taverne betreten wir zum ersten Mal unser Haus. Über eine breite Terrasse, die mit Blumenbeeten eingesäumt ist, führt eine weiße Marmortreppe zum altmodisch anmutenden Eingang des Gebäudes hinauf. Die Eingangstür ist aus Holz. Das gesamte Untergeschoss ist bereits mit Möbeln vollgestellt. Alles noch verpackt. Links gelangt man durch einen Torbogen ins Wohnzimmer, dessen Front zur Terrasse hin fast komplett verglast ist. Ein offener Kamin verbreitet den typischen Geruch nach Rauch. Die Küche zu meiner Rechten ist mein Sorgenkind. Sie ist gut 30 Jahre alt und ich bin mir noch nicht sicher, ob man die noch mal aufpeppen kann oder ob wir besser eine neue kaufen sollten. Über eine Holztreppe geht es ins Obergeschoss, bestehend aus einem Badezimmer, drei Schlafzimmern und einer großen Dachterrasse.

So richtig angekommen fühle ich mich hier noch nicht. Das blöde helle Licht vor unserem Schlafzimmer erinnert mich wieder daran. Seltsam, dass man sich so heimatlos fühlt, wenn man, wenn auch nur vorläufig, seine alten Zelte abgebrochen hat. Aus dem einen Leben schon weg, im anderen noch nicht angekommen. Zum Glück ist Ben da. Irgendwie wird mir gerade bewusst, dass mein Zuhause da ist, wo Ben ist. Schon lange haben wir darüber gesprochen, ein Haus in Griechenland zu haben. Jetzt sind wir hier. Irgendwie kommt mir das unwirklich vor. Ben betritt hinter mir die Terrasse und legt die Arme um mich. »Ich habe Durst«, sage ich und Ben geht wortlos nach unten in die Küche, wühlt sich durch Kisten und Möbel, die in Luftpolsterfolie verpackt überall herumstehen, und bringt mir ein Wasser. Friedlich ist es hier. Ein paar Grillen zirpen. Ich muss Griechisch lernen.

*

Wir brauchen gut vier Wochen, bis wir uns eingerichtet, die alten Tapeten entfernt, die Wände gestrichen, unsere Sachen ausgepackt, Möbel aufgebaut und eingeräumt haben. Hinterher fühle ich mich wie eine alte Frau. Ich schwöre Ben, dass ich nie wieder ein ganzes Haus renovieren werde. Allein der Geruch von Farbe macht mich mittlerweile aggressiv. Immerhin bin ich fast 30, ein Alter, in dem man es sich langsam leisten sollte, bei einem Umzug renovieren zu lassen.

Wohnzimmer und Küche sind bereits fertig. Den Flur spare ich mir bis zu Bens nächster Abwesenheit auf. Unter anderem deshalb, weil ich noch nicht weiß, wie ich ihn gestalten möchte. Das Schlafzimmer im Obergeschoss ist zum Glück auch schon fertig. Wenn ein Raum bereits schön ist, finde ich es leichter, im Chaos zu leben. Ben wollte mir nicht glauben, dass Durchfall-Farbe, wie er es genannt hat, an einer Wand gut aussehen kann. Jetzt ist er aber doch zufrieden, denn natürlich habe ich mich durchgesetzt. Ich habe ihn mal wieder daran erinnert, dass ich die Ästhetik-Beauftragte in unserer Beziehung bin.

Nach der vielen Arbeit wollen wir uns in Bens momentanem Urlaub nur noch einen einzigen Raum vornehmen: unser spezielles SM-Zimmer – wir nennen es auch unser Spezialzimmer. Wozu ein ganz normales Gästezimmer einrichten, wenn man das auch anderweitig nutzen kann, haben wir uns gedacht. Ben beginnt zu planen: Ein SM-Himmelbett will er für mich bauen, ein Andreaskreuz anbringen, jede Menge Fesselvorrichtungen, einen Flaschenzug und eine Liebesschaukel.

Unter dem Bett soll ein Käfig entstehen, doch den will er sich für einen späteren Zeitpunkt aufheben.

*

Der Eigentümer des örtlichen Baumarktes kennt uns bereits. Schließlich haben wir in den letzten Wochen Farben und Werkzeug in beträchtlichen Mengen bei ihm gekauft. So ist das, wenn man keinen Papa in der Nähe hat, der mal kurz mit dem Bohrhammer anrücken kann. Der Mann vom Baumarkt erklärt uns hilfsbereit, wie die Griechen nun mal sind, ganze dreimal den Weg zum hiesigen Holzhändler und wir finden den Laden sofort ohne Probleme. Wir verstehen nicht so richtig, wie das mit dem Holzkaufen hier in Griechenland funktioniert. Zum Glück sprechen in dem Laden alle Englisch. Zuerst müssen wir bezahlen, dann zeichnet die Verkäuferin ganz genau auf, welches Holz wir in welchen Maßen benötigen. Sie bringt uns zu einem Aufzug und ein Stockwerk tiefer gelangen wir in einen Hinterhof.

Kaum hat sich die Aufzugtür hinter uns geschlossen, schießt ein kleines schwarzes Knäuel um die Ecke und verbeißt sich in Bens Schuh, der zum Glück nicht zur teuren Sorte gehört. Ich muss herzhaft lachen. Ben geht in die Knie. »Ja, wer bist du denn?«, sagt er und streichelt das kleine Hündchen, das höchstens ein paar Monate alt ist. Es ist ein Mädchen, hauptsächlich schwarz, mit weißen und braunen Abzeichen an Beinen, Brust und Kopf. Es wedelt gleichzeitig mit dem Schwänzchen und dem Hinterteil, während es die ganze Zeit neben uns herläuft. Wir überreichen einem Mann mit Blaumann und langen Haaren den Zettel mit den Notizen. »Ist das dein Hund?«, fragt Ben und der Typ schüttelt den Kopf. »Wem gehört er denn?« – »Niemandem.« – »Wie, niemandem?« – »Niemandem. Willst du ihn? Dann nimm ihn.«

Ich wehre schnell ab. Doch Ben fragt genauer nach. Irgendeiner von den Arbeitern hier hat das Mädchen vor einiger Zeit auf der großen Hauptstraße gefunden. Leider sei der Chef vom Fund seiner Leute nicht besonders angetan gewesen und habe gesagt, der Hund müsse weg. Und zwar so schnell wie möglich. Spätestens, wenn er groß sei. Irgendwie kann ich mich nicht so recht dazu durchringen, den kleinen Kerl mitzunehmen. Ich habe mir zwar schon immer einen Hund gewünscht, aber die Verantwortung scheint mir zu groß und so fahren wir kurze Zeit später zwar mit dem Holz für unser Himmelbett, aber ohne Tier nach Hause.

Die ganze Nacht schläft Ben kaum und wälzt sich unruhig hin und her. Gegen drei Uhr morgens weckt er mich. »Wann machen die morgens auf?«, will er wissen. »Wer?«, nuschle ich im Halbschlaf missmutig. Ich habe keine Ahnung, was er von mir will, und möchte weiterschlafen. Wenn man mich nachts weckt und mir komische Fragen stellt, werde ich schnell knatschig. Drei Stunden später wirft er mich aus dem Bett. Ich bin zwar nicht begeistert, aber was will man machen? Verschlafen wanke ich hinunter in die Küche und mache Kaffee. »Ich fahr jetzt zu dem Laden und hol meinen Hund«, sagt Ben entschlossen, als ich mit zwei dampfenden Tassen zurückkomme. »Schatz, es ist erst sechs Uhr morgens. Vor acht machen die garantiert nicht auf.« – »Na und? Ich muss ja auch noch hinfahren. Vielleicht ist das Tor offen und wenn nicht, dann warte ich eben, bis jemand kommt.« Ich schüttle etwas genervt den Kopf, sage aber nichts dazu.

Tatsächlich sitze ich nur wenige Stunden später neben einem zufrieden lächelnden Ben auf dem Beifahrersitz unseres Fiats und habe ein kleines schwarzes Hündchen auf dem Arm. Das scheint sich ein wenig vor dem Autofahren zu fürchten. Ich hoffe, dass es mich nicht anpinkelt. Wir taufen sie Apollonia und bereits nach wenigen Stunden sind alle meine Zweifel wie weggeblasen. Nie wieder möchte ich ohne sie sein! Der Bau des Spezialzimmers muss jetzt eben noch ein wenig warten, denn erst mal ist natürlich der Hund das Wichtigste.

*

Ben steht auf der unteren Terrasse vor dem Haus und sägt acht Balken für unser neues Bett zu. Ich befinde mich ein Stockwerk höher und bearbeite die einzelnen Teile mit Holzlasur, bevor wir das Bett zusammenschrauben wollen. So richtig kann ich mir noch nicht vorstellen, wie es aussehen soll, aber Ben hat alles ganz genau im Kopf, wie er sagt. Er bringt pro Balken zwei fette, silberne Ösen an, dann kann nach all der Vorarbeit endlich der Aufbau beginnen. Am Anfang sieht alles noch ein wenig wackelig aus und wir beschließen, das Bett mit großen Schrauben in der Wand zu verankern. Zur Sicherheit. Immerhin soll ich mich da mit meinem ganzen Gewicht dranhängen können.

Doch als wir fertig sind, steht es wie ein Fels mitten im Raum und lässt sich kaum noch an die Wand schieben, die ich zwischenzeitlich rot gestrichen habe. Mir ist schlecht vom Geruch der Farbe. Ich fahre in die Stadt und kaufe unauffällige Vorhangstangen und rote Vorhänge, die wir um das Bett herum befestigen. Als ich zurückkomme, hat Ben auch das Andreaskreuz und die Fesselvorrichtungen in Form zweier Balken mit Ösen an die Wand geschraubt. Acht individuell zugeschnittene Spiegel, die der Glaser am Morgen geliefert hat, warten darauf, auf den alten Einbauschrank geklebt zu werden. Das Bett wird mit jeder Menge Ketten ausgestattet und Ben installiert LEDs auf den oberen Balken, die das Zimmer in unterschiedlichen Farben beleuchten können. Außerdem kommt eine Stereoanlage an die Wand. Zum Abschluss hänge ich noch ein selbst gemaltes Bild von einer Frau in Latex-Klamotten auf, dann haben wir es endlich geschafft.

Drei Tage Arbeit! Ich brauche dringend eine Woche Entspannung am Strand und bin froh, dass das mit dem feinen Sägestaub endlich ein Ende hat. »Dann wollen wir doch mal sehen, ob du auch in diesem Zimmer deine komischen Gefühle haben wirst, so wie daheim«, kommentiert Ben. Ja, da sind wir doch mal gespannt. Besser, wir denken gar nicht erst daran.

*

»Wollen wir mal unser Zimmerchen einweihen?«, fragt Ben, als ich völlig verschwitzt von einem Spaziergang mit Apollonia durch die Olivenhaine komme. Es ist mehr eine Feststellung als eine Frage. »Geh duschen, dein Outfit liegt schon bereit.« Mein Outfit, das ist etwas Neues. Wo er es wohl herhat? Sicherlich in Deutschland bestellt, denn die Griechen sind zwar nicht wirklich verklemmt, sie tun aber immer so. Das gehört hier irgendwie zur Kultur. Alle sind brav verheiratet. Doch der Schein trügt. Die haben es faustdick hinter den Ohren! Trotzdem ist uns klar, dass niemand von unserem Zimmer erfahren darf.

Ich schlüpfe in den schwarzen Lycra-Body, den Ben mir zurechtgelegt hat. Er hat an den wichtigen Stellen Löcher: zwischen den Beinen und an den Brüsten. Zum Body gehört auch eine Maske, die Augen und Mund frei lässt. Mein Blick fällt auf zwei Paar rote Lederfesseln. Die sind auch neu und ich lege sie ebenfalls an. Ich schminke mich noch schnell, setze mich aufs Bett und warte, bis ich Ben die Treppen heraufkommen höre. Er schließt die Tür hinter sich, schnappt mich und fixiert mich an Armen und Beinen am Andreaskreuz. Es riecht noch ein wenig nach der Palisander-Lasur, mit der ich es bearbeitet habe. Er setzt mir zwei kleine silberne Klammern auf die Brüste, die mit einer dünnen Kette verbunden sind. Wie immer wirkt sich der Schmerz direkt auf meinen Unterleib aus. Ben hakt ein Gewicht in der Mitte der Kette ein, was den Schmerz noch ein wenig verstärkt. Dann tut er das Gleiche zwischen meinen Beinen. Noch bevor er beginnt, beschwere ich mich schon. Ich hatte bisher noch nie Klammern an den Schamlippen und bin äußerst empfindlich und vorsichtig, was den Schmerz an den Genitalien betrifft. Antwort bekomme ich keine, dafür einen Ringknebel, den ich ziemlich scheiße finde. Die Klammern an die Schamlippen setzt er trotzdem und verwendet auch hier ein kleines Gewicht. »Na, Schlampe«, sagt er, als er mir unsanft zwischen die Beine greift und einen Finger in mich schiebt. »Bist du geil?« Ich nicke. Wie charmant er schon wieder ist. »Was macht der Trotz?« Ich schüttle den Kopf. »Sehr gut«, sagt er »dann müssen wir uns um den schon mal nicht mehr kümmern.«

Er entzündet Kerzen und Räucherstäbchen und schaltet die Stereoanlage an. Den Raum taucht er in kaltes, blaues Licht, dann greift er nach meiner elektrischen Zahnbürste, die er unter einem Kissen versteckt hat. Mit zwei Bändern aus Hosengummi bindet er mir die Zahnbürste an den linken Oberschenkel und schaltet sie an. Dann verlässt er kommentarlos den Raum. Das Ding da vibriert an meinem Bein und wie ich mich in meiner Fixierung auch drehe und wende, so gut es geht, ich schaffe es nicht, Kontakt zwischen meinem Kitzler und diesem vibrierenden Ding herzustellen. So ein Mist! Das macht mich verrückt und unglaublich geil. Ich spüre, wie mir der Saft die Oberschenkel hinunterläuft. Irgendwann werden die Batterien ja den Geist aufgeben, denke ich. Ben ist schon ziemlich lange fort. Zumindest kommt mir das so vor. Der Schmerz durch die Klammern und Gewichte an meinen Brüsten und zwischen meinen Beinen wird immer intensiver. Gern würde ich nach Ben rufen, aber der Knebel hindert mich daran.

Nach einer Weile, die mir ewig lang vorkommt, öffnet sich endlich die Tür und er kommt zurück. Er schaltet die Zahnbürste aus und kappt die Gummibänder an meinem Bein. Dann nimmt er eine Gerte in die Hand und grinst fies. Mit einem einzigen gezielten Schlag löst er die Klammer von meiner linken Brust. Die Kette, an der das Gewicht hängt, fällt nach unten und zieht dabei schmerzhaft an der Klammer, die noch auf meiner rechten Brust klemmt. Jetzt hindert mich der Knebel nicht mehr am Schreien. Der Schmerz raubt mir den Atem und wird immer schlimmer. Noch bevor er abklingen kann, schlägt Ben auch die Klammer von der rechten Brust und ich rase vor Schmerz. Tränen laufen über mein Gesicht, obwohl ich nicht weine. Als wäre es noch nicht genug, zieht er mit einem Ruck auch die Klammern von meinen Schamlippen ab, dreht sich um und blickt unbeteiligt aus dem Fenster, bis ich mich ein wenig beruhigt habe und nur noch leise wimmere.

Als er wieder zu mir kommt, summt die Zahnbürste in seiner Hand. Er drückt sie so fest zwischen meine Beine, dass ich mir nicht ganz sicher bin, was ich empfinde: Schmerz oder Lust? Irgendwie beides. Ich versuche mich zu winden, mein Unterkörper beginnt stark zu zucken, doch ich bin relativ bewegungsunfähig. Ich hebe den Kopf zur Decke und versuche ruhig zu atmen. Da dreht er den Kopf der Zahnbürste und drückt die glatte Seite auf meinen Kitzler. Das Ding rotiert mit Ultraschall. Mir wird abwechselnd heiß und kalt. Wie in Wellen durchflutet es meinen Körper. Plötzlich erstirbt die Vibration. Fast schon erschrocken sehe ich Ben an. Er kann doch jetzt nicht aufhören! Ich finde, ich habe lange genug auf meinen Orgasmus gewartet! Ben zuckt nur mit den Schultern. »Batterie ist wohl alle«, kommentiert er und mit meinem Knebel kann ich leider keine freche Antwort geben. Er macht mich los und wirft mich auf die Knie. Dann öffnet er seine Hose und beginnt, mich durch den Ring des Knebels in den Mund zu ficken. Mit diesem Knebel ist das ungewohnt, denn ich muss nicht selbst aktiv sein wie beim Blasen, sondern ich bin einfach nur passiv. Er hält meinen Kopf zwischen seinen Händen fest und macht eine Weile so weiter. Eigentlich ist das eine sehr bequeme Sache für mich. Ich sollte diesen Knebel öfter mal freiwillig einsetzen.

Irgendwann zieht sich Ben zurück und gibt mir eine Ohrfeige. Ich weiß nicht, für was, schaue ihn an und halte mir die Wange. Sicherlich bekomme ich gleich eine Erklärung. Wie immer. »Du willst ficken, Schlampe, stimmt's?«, sagt er und ich nicke. Klar, was soll ich denn sonst wollen, nachdem du mich bereits einen gefühlten halben Tag lang geil gemacht hast? Scheinheilige Frage!

»Dann zeig mir deinen Arsch«, verlangt er und ich drehe mich um, stütze die Hände an die Wand, strecke ihm meinen Hintern entgegen und wackle ein wenig damit. Er schlägt ein paar Mal darauf, zieht meine Pobacken auseinander und betastet mich. Dann kommt er in mich und fickt mich im Stehen. Später muss ich mich mit dem Oberkörper übers Bett beugen und er macht von hinten weiter.

Heute hält er ungewöhnlich lange durch, wundere ich mich. Sonst war er in letzter Zeit immer so geil, dass er sich kaum zurückhalten konnte. Vielleicht hat er sich zwischenzeitlich heimlich einen runtergeholt, spekuliere ich. Er bugsiert mich in die Liebesschaukel, die über dem Bett hängt, und legt sich unter mich. Ich sitze nun auf ihm und finde das heute ausnahmsweise mal nicht so schlimm. Ich glaube, das liegt daran, dass ich diese Maske trage und dass er so mein Gesicht nicht richtig sehen kann. Ich mag es nicht, wenn mich jemand beim Genießen beobachtet – keine Ahnung, warum. Ich beginne mich zu bewegen. Er streckt seine Hand aus und sein Mittelfinger legt sich auf meinen Kitzler. Er tut nichts, gibt mir nur die Möglichkeit, mich zusätzlich zu seinem Schwanz an seinem Finger zu reiben. Die Strategie zeigt ziemlich schnell Wirkung. Ich spüre, wie ich enger und enger und auch immer nasser werde. Noch ein paar Bewegungen, dann bin ich so weit. Wir kommen fast gleichzeitig und ich sinke danach erschöpft auf seine Brust hinunter. Er löst den Verschluss des Knebels an meinem Hinterkopf. Ich lege das Ding zur Seite. Meine Brustwarzen schmerzen jetzt, wo die Geilheit weg ist, wieder von den Klammern, die er benutzt hat, und meine Atmung beruhigt sich nur langsam. Das ist immer so: Erst wenn man gekommen ist, spürt man den geschundenen Körper. Ben streichelt meinen Rücken und küsst mich auf die Stirn. So liegen wir noch eine Weile da und genießen unser neues Zimmer. Den Abend lassen wir auf unserer Dachterrasse mit einer griechisch-italienischen Pizza und einer Flasche Rotwein ausklingen.

16.

Krisenzeiten

Ich habe meinen ersten Sommer auf Rhodos hinter mir. Nur wenige Wochen nach Bens erneuter Abreise kam mich Onkel Emil besuchen, dem es als passioniertem Fußliebhaber extreme Freude bereitete, mich Tag für Tag in Flip-Flops zu beobachten. »Frauen mit nackten Füßen sind für mich so wie für andere Männer Frauen mit nackten Titten«, war sein Kommentar zu seiner Vorliebe dieser besonderen Art. Leider war Onkel Emil nur für eine Woche bei mir, die ziemlich schnell vorbei war. Wir schlenderten durch die Altstadt, machten eine kleine Inselrundfahrt und nahmen die Fähre in die Türkei. Onkel Emil hat zwar große Probleme mit der Seekrankheit, liebt es allerdings trotzdem, Schiff zu fahren, und so nahmen wir – im Gegensatz zu allen anderen Touristen – die langsamste Fähre, die zu bekommen war. Über eine Stunde brauchten wir, um die 35 Kilometer nach Marmaris zurückzulegen. Zum Abschied kaufte mir Onkel Emil noch ein Paar Sandalen, die ich ihm zu hüten versprach wie meinen Augapfel, damit sie nicht meinem mittlerweile pubertierenden Hund zum Opfer fielen.

An dem Tag, als Onkel Emil nach Hause flog, fand ich auf dem Rückweg vom Flughafen meinen kleinen Hermes. Er lief einfach auf die Straße vor mein Auto und blieb dort liegen. Man hätte meinen können, er wollte sagen: »Nimm mich mit oder bring mich um.« Natürlich nahm ich ihn mit und starb zu Hause selbst fast den Ekeltod, als ich erkennen musste, dass sich mindestens eine Milliarde Kleinstlebewesen auf dem kleinen Hund tummelten, der gerade mal so groß wie ein Tennisball war. Von Zecken über Flöhe und Läuse war alles dabei. Was mal aus ihm werden würde, konnte man zu diesem Zeitpunkt noch nicht erkennen, denn er war ja erst drei Wochen alt. Das teilte mir der Tierarzt am nächsten Morgen mit, während er ihn großzügig mit Frontline einrieb. Wer weiß, wie er in diesem zarten Alter schon auf der Straße gelandet ist. Vielleicht ist er einer der Welpen, die in Plastiktüten gepackt in den Müll geworfen werden. Ilias hat mir mal gestanden, dass ihn bis heute das schlechte Gewissen plagt, wenn er daran denkt, wie viele kleine Katzen und Hunde er auf Anweisung seiner Großmutter als kleiner Junge auf diese Art und Weise entsorgt und das ganz normal gefunden hatte.

*

Wenige Wochen nachdem Onkel Emil die Insel verlassen hat, kommt Ilias. Für ganze vier Wochen bleibt er auf der Insel und gibt mir ein Programm vor, das ich fast schon stressig finde: tägliche Strandaufenthalte für einen möglichst dunklen Teint, dazu so gut wie jeden Abend Party in der Altstadt, ein Fotoshooting in sengender Hitze und jede Menge Leute, die ich kennen lernen muss.

Zwischendurch meldet sich auch meine alte Freundin, die Depression, wieder, die ich allerdings mit den täglichen Besuchen am Strand in Schach zu halten weiß. Auch dann noch, als Ilias schon wieder nach Deutschland zurückgeflogen ist. Wahrscheinlich kommen meine Depressionen unter anderem daher, dass ich mich zweimal im Jahr für vier Monate von meinem Partner trennen muss, was ja einfach ein Wahnsinn ist. Diese Situation, mit der Ben anfänglich angeblich so wunderbar klargekommen ist, belastet mittlerweile uns beide. In letzter Zeit ertappe ich mich immer öfter dabei, wie ich ihm seinen Job zum Vorwurf mache. Nicht bewusst, aber eben emotional. Ich fühle mich allein gelassen und das macht mich wütend. Dazu kommt, dass ich unter extremem Sexmangel leide. Logisch: Sommer, Sonne, Strand und Meer und Anna ohne Mann!

Ich kann mich nicht daran erinnern, dass mich irgendwann in meinem Leben mal etwas so gequält hat wie dieser unbefriedigte Trieb. Fast schon sinnlos erscheint mir mein Leben an manchen Tagen und dennoch komme ich nicht in die Versuchung fremdzugehen. Ein weiterer alter Freund von mir ist nämlich ebenfalls zurückgekommen: der Trotz. Und der sagt: Wenn ich Ben nicht haben kann, will ich auch sonst keinen! Mal ganz davon abgesehen, dass ich überhaupt nicht auf den durchschnittlichen griechischen Mann stehe. Eine Beziehung mit einem Italiener zu führen, würde ich mich durchaus in der Lage sehen. Aber bei den Griechen ist das definitiv etwas anderes. Ausnahmen bestätigen natürlich die Regel. Wäre es vielleicht besser gewesen, ein Haus in Schweden zu mieten? Oder wäre der Sexentzug womöglich noch schlimmer, wenn ich dort ständig leckere, hoch gewachsene blonde Kerle vor Augen hätte? Als Ben im Oktober vom Schiff kommt, sind meine Erwartungen so hoch wie nie. Jetzt will ich alles nachholen. Alles!

Meine Krise beginnt schon damit, dass Ben wie immer erst mal schlafen muss. Dieses Mal kam er aus Singapur und wie immer war es ein weiter, anstrengender Flug. Ich sitze im Wohnzimmer und meine Wut auf ihn und die ganzen Umstände wächst von Minute zu Minute. Am liebsten würde ich ihn aus dem Bett prügeln, nur damit er sich endlich mit mir beschäftigt. Als er schließlich aufsteht, widert mich sein verschlafenes Gesicht fast schon an.

In den folgenden Tagen bemüht er sich, mich zufriedenzustellen, doch irgendwie schafft er es nicht. Jedes Mal wenn wir Sex haben, bricht hinterher ein Weinkrampf über mich herein, der eine halbe Stunde und länger dauert. *Du lässt mich immer alleine*, schreit es dabei in meinem Inneren. *Ich bin immer das Opfer! Ich muss immer nur ertragen, ertragen, ertragen! Ich habe keine Lust mehr!*

Als wäre meine chaotische Gefühlslage nicht schon schlimm genug, bekommen wir auch noch einen folgenschweren Anruf: Bens Großvater ist im Alter von 99 Jahren gestorben. Zunächst scheint es so, als würde Ben das gar nicht so sehr mitnehmen. Ich wundere mich darüber. Er scheint das einigermaßen rational zu sehen. Der Mann war ja bereits sehr alt, fast blind und dazu noch so gut wie taub. Ben fliegt alleine zur Beerdigung. Ich sollte Verständnis dafür haben, dass er das jetzt tun muss, doch ich bin einfach nur wütend und enttäuscht und fühle mich schon wieder von ihm allein gelassen.

Als Ben zurück ist, genießen wir noch die letzten paar warmen Tage am Strand und ziehen auch mal wieder los, um Fotos zu machen. Doch so richtig komme ich leider nicht in Stimmung. Irgendwie ist der Wurm drin. Und als ich die Fotos hinterher sehe, würde ich sie am liebsten zerreißen, wenn sie nicht digital wären. Ben kann sich nicht erklären, was ich eigentlich habe und warum ich ständig ohne Grund herumzetere.

*

An einem Nachmittag im Spezialzimmer packt er mich an den Haaren und will mich auf die Knie zwingen. Ich wehre mich mit Händen und Füßen. Als er meinen Blick sieht, lässt er schnell los und nimmt mich in den Arm. Doch ich wehre mich auch dagegen und renne weinend aus dem Zimmer. Ich schnappe mir meine Hunde und laufe mit ihnen aus dem Haus, hinein in die Olivenfelder. Draußen setze ich mich irgendwann auf einen Stein und starre vor mich hin, nachdem ich meine Tränen getrocknet habe. Was ist nur mit mir los? Alles in mir wehrt sich gegen Ben und doch ist es nicht so, dass ich mich von ihm trennen will. Alles in unserer Beziehung, was nicht sexuell ist, geht seinen ganz normalen Gang und ist gut so, wie es ist. Ben ist immer noch mein bester Freund. Die Voraussetzung für ein harmonisches Zusammenleben. Doch warum dann dieses Chaos bei allem, was sich um Sex oder gar SM dreht? Im Grunde kenne ich die Antwort ja, aber ich weiß nicht, wie ich diese Gefühle in mir abbauen soll, die mich so sehr belasten.

*

In den kommenden Tagen fasst Ben mich nicht an. Es ist tatsächlich das erste Mal in unserer Beziehung, dass ich ihn verunsichert erlebe, und das gefällt mir überhaupt nicht. Wahrscheinlich ist es das klassische Problem in einer DS-Beziehung: Ein Mann, der mir nicht mehr das Gefühl geben kann, alles im Griff zu haben, ist nicht mehr interessant für mich. Ich weiß, dass es das Beste wäre, mit ihm über mein inneres Chaos zu sprechen und nach einer Lösung zu suchen, doch ich schaffe es einfach nicht, über meinen Schatten zu springen. So schweige ich und unser Sexleben liegt von nun an brach. Tag für Tag macht mich dieser Zustand wütender. Nach etwas mehr als einer Woche platzt es aus mir heraus und ich schreie ihn aus heiterem Himmel an. Ich werfe ihm vor, dass ich mir nur noch vorkomme wie seine Putzfrau und dass er mich total vernachlässigt. Er scheint aus allen Wolken zu fallen und fragt mich, wie ich darauf komme. »Wie lange, bitte, hatten wir keinen Sex mehr?«, schrei ich ihn an und seltsamerweise wird er jetzt auch sehr schnell wütend. Offensichtlich sieht er die Schuld bei mir, weil ich mich seit einiger Zeit gegen jeden seiner Annäherungsversuche wehre. Dass er damit recht haben könnte, das kann ich natürlich nicht zugeben, und so gehen wir ohne Ergebnis auseinander.

*

Es folgt eine weitere Woche ohne Sex. Mein Trotz und meine Wut wachsen und mittlerweile macht mir mein ungestilltes körperliches Verlangen auch wieder das Leben schwer. Ich ziehe mich emotional von Ben zurück, so wie ich es schon immer getan habe, wenn ich in meinem Leben in Situationen war, in denen ich mich vernachlässigt fühlte. Heimlich und unbeobachtet mache ich es mir selbst, wenn ich es gar nicht mehr aushalte, und hätte mir lieber einen Finger abgeschnitten, als ihn um Sex anzubetteln. Genauso würde es mir nämlich vorkommen. Um Sex betteln! Ausgerechnet ich? Unvorstellbar! Darauf kann er warten, bis er schwarz wird! Mich jemandem anzubieten, der mich gar nicht will und der schon mehr als drei Wochen keine Lust auf mich zu haben scheint, das wäre für mich eine echte Erniedrigung. So etwas habe ich in meinem ganzen Leben noch nicht getan und deshalb entwickele ich wahre Hassgefühle gegen ihn.

Von unserer Sex-Krise lenkt uns zunächst ein unerwartetes Ereignis ab. Ben muss zwei Monate länger Urlaub machen, weil die Wirtschaftskrise auch an seiner Firma nicht spurlos vorbeigeht. Dazu kommt, dass man ihm unter fadenscheinigen Ausreden den Posten des Ersten Offiziers verweigert, obwohl er eine Empfehlung seines letzten Kapitäns bekommen hat. Ich bin mir sicher, dass es dafür wirtschaftliche Gründe gibt. Wer um alles in der Welt sollte einem Deutschen weitaus mehr Geld bezahlen, als er es bei einem Philippino müsste, wenn die Hälfte der Schiffe der Firma ohne Arbeit irgendwo ankert?

Für mich ist das eine ganz klare Sache, doch für Ben wächst es sich zu einer größeren Identitätskrise aus. Täglich höre ich mindestens hundertmal das Wort »Beförderung«, bis ich ausflippe. Keines meiner Argumente kann ihn davon überzeugen, die Sache nicht persönlich zu nehmen. Daraufhin schweigt Ben für eine weitere Woche. Was das für unser Sexleben bedeutet, muss wohl nicht erwähnt werden. Ich fühle mich schon wie eine nervende Heulsuse und so spreche ich das Thema überhaupt nicht mehr an.

*

Die folgenden Tage verbringt Ben im Bett und behauptet, er sei müde. Ich sitze im Wohnzimmer und koche innerlich. Irgendwann halte ich es nicht mehr aus, renne rasend vor Wut ins Schlafzimmer, ziehe ihm die Decke weg und schreie heulend in der Gegend herum. Schlaftrunken sieht er mich an und scheint nicht so recht zu wissen, was los ist. Als er es begreift, steht er auf und befördert mich unsanft aus dem Raum. »Raus!«, brüllt er und ich schlage wütend die Tür hinter mir zu, renne ins Wohnzimmer und weine. Irgendwann kommt er dann zu mir und legt den Arm um mich. Ich schüttle ihn ab. Wortlos verlässt er das Haus. Soll er doch gehen! Ich komme so oder so besser ohne ihn zurecht.

Mein Weinen ist in leises Schluchzen übergegangen, als er wenige Minuten später das Wohnzimmer wieder betritt. Als ich sehe, dass er einen Blumenstrauß und die größte Portion Eis dabei hat, die man im Ort kaufen kann, beruhige ich mich auf der Stelle. Ich falle ihm um den Hals und weine jetzt ganz fürchterlich. »Schatz«, sage ich »ich will mich doch nicht mit dir streiten, ich will nur, dass alles wieder gut ist.« – »Pack die Hunde ein, wir fahren an den Strand«, schlägt Ben vor.

Das Meer ist aufgewühlt und das Salz aus der Luft legt sich auf unsere Lippen und Gesichter. Wir sitzen auf einer großen Wurzel, während die Hunde herumrennen und sich mit sich selbst beschäftigen. »Bitte sag mir ganz ohne Wertung und ganz ehrlich, was dein Problem ist. Danach werde ich das Gleiche tun und wir werden eine Lösung finden«, verspricht Ben. Ich bewundere wie immer seine Konstruktivität und dass er sich bemüht, nichts von all dem persönlich zu nehmen, was ich ihm vorwerfe. Wir kommen zu dem Schluss, dass es nichts bringt, weiter in die Richtung zu rennen, die wir bereits seit ein paar Wochen eingeschlagen haben. Irgendwo müssen wir unseren Verhaltenskreislauf durchbrechen.

»Wir werden jetzt nach Hause gehen und werden Sex haben«, beschließt Ben. »Und wir werden dabei keine Rücksicht auf Gefühle wie Trotz oder verletzten Stolz nehmen, sondern es einfach tun. Das muss ja nicht die beste Nummer aller Zeiten werden. Wir müssen das Dilemma nur durchbrechen.« Bei dieser Aussage lächelt er fast schon wieder ein bisschen und ich willige mit gemischten Gefühlen ein und lehne mich an seine Schulter.

Zu Hause angekommen, stehen wir uns im Spezialzimmer wie zwei jugendliche Anfänger gegenüber. Ich sehe ihn an und warte, was er tut, dabei bin ich völlig blockiert. Er zieht mich an sich und küsst mich. Es fühlt sich komisch an und sofort steigt wieder Wut in mir hoch. Ich lasse sie einfach Wut sein, unterdrücke sie nicht und versuche zu akzeptieren, dass dieser Kuss im Moment eben alles andere als schön ist. Er zieht mir mein T-Shirt und den BH aus. Als er meine Brustwarzen berührt, zucke ich zurück, drehe mich von ihm weg und lege die Arme schützend um meinen Körper. Es ist so unangenehm, als hätte er mich mit zwei Nadeln mitten in meine Brüste gestochen. Ben nimmt mich von hinten in den Arm und streichelt mich. Ich schmiege mich rittlings an ihn. Das kann ich wenigstens noch, ohne in ein erneutes Gefühlschaos zu stürzen. Langsam schiebt er meine Hose hinunter.

Die Wut brodelt in mir wieder ein kleines bisschen hoch. Offensichtlich wird das durch ein leichtes Zittern, das meinen ganzen Körper durchläuft, und plötzlich explodiert der ganze Schmerz in meinem Innern, er durchbricht die Mauer, die ich in den letzten Wochen wieder um mich errichtet habe, und ich beginne zu weinen, wie ich selten geweint habe. Dabei sinke ich auf den Boden zu Bens Füßen. Er setzt sich zu mir und hält mich fest. Lässt mich weinen. Ich weiß nicht, wie lange. Irgendwie bekomme ich gar nicht mit, dass ich einschlafe. Ich werde erst wieder wach, als ich Bens Hand zwischen meinen Beinen fühle. Wir sind immer noch im Spezialzimmer, befinden uns jetzt aber in unserem Himmelbett und Ben liegt hinter mir. Plötzlich ist es ganz einfach geworden, Sex zu haben. Kein Gefühlschaos mehr, nur noch Genuss. Ich strecke mich ein wenig und genieße es, wie Ben mich zum Orgasmus streichelt. Selten war ich so locker und entspannt dabei.

Noch Wochen später beschäftigt uns diese Krise. Zum Glück nicht mehr emotional, sondern nur noch rein theoretisch. Ich kann immer noch nicht so recht fassen, wie wir in eine solche Situation geraten konnten. Und das ausschließlich durch verletzte Gefühle und obwohl wir ganz genau wussten, dass man manche Dinge nicht dem Partner anlasten kann. Doch da kam der Konflikt zwischen den eigenen Bedürfnissen und den Tatsachen dazwischen, die einem die Realität auferlegt.

Mir passiert so etwas zum ersten Mal in meinem Leben. Bisher konnte ich mir noch nicht einmal vorstellen, sexuell blockiert zu sein. Der Grund ist wahrscheinlich, dass ich in der Vergangenheit meine Bedürfnisse immer erfolgreich ignoriert habe. Bis Ben kam, der mich dazu animiert hat, ihm zu sagen, was ich möchte, und das auch einzufordern.

Nicht nur ich, sondern auch Ben hat aus dieser unschönen Episode, die nun Gott sei Dank hinter uns liegt, etwas dazugelernt. Im Nachhinein musste er zugeben, dass der Tod seines Großvaters nicht ganz so spurlos an ihm vorbeigegangen ist, wie er mir und sich selbst weismachen wollte. Auch was seinen Beruf betrifft, hat er nachgedacht. »Weißt du, mein Schatz«, sagt er bei einem unserer vielen ausgedehnten Spaziergänge am Strand, »es gibt viele unterschiedliche Motive, warum Menschen SM leben. Eines davon heißt Kompensation. Sieh dir beispielsweise August an. Niemand versteht, warum Marie mit ihm zusammen ist. Der Typ hat so ein erbärmliches Leben, dass eine Frau zu dominieren das Einzige ist, wobei er sich gut fühlen kann. Dabei dominiert er sie nur vermeintlich, denn im Grunde ist er dazu gar nicht in der Lage. Schon was die Intelligenz betrifft, ist sie ihm ja meilenweit überlegen. Wie soll denn das funktionieren? Ich habe darüber nachgedacht, warum mich die Sache mit uns so verunsichert hat und warum sich Probleme in meinem Leben darin ausdrücken, dass ich plötzlich mein Dom-Sein verliere. Fakt ist: Ich stütze mein

Dom-Sein auf den beruflichen Erfolg und brauche ihn und meine innere Ausgeglichenheit, um das zu leben. Sonst fühle ich mich nicht stark und vor allem auch in meiner eigenen Sicht auf die Männlichkeit erschüttert. Wenn ich das Gefühl habe, auch nur bei den kleinsten Dingen die Kontrolle zu verlieren, ist das so, als würde man mir den Boden unter den Füßen wegziehen.«

Ich lächle und drücke ihm einen Kuss auf die Wange. Auch ich habe dieses Problem mit der Sicht auf die Männlichkeit. Da müssen wir wohl beide ein wenig daran arbeiten. »Das hast du sehr gut erkannt, mein Schatz. Du bist ein kleiner Kontroll-Freak. So sehr ich deine Kontrolle, die sich ja unter anderem in deiner Selbstbeherrschung ausdrückt, auch meistens schätze, so wichtig ist es, dass du lernst, sie zeitweise aufzugeben.« Er sieht mich skeptisch an und legt die Stirn in Falten. Allein die Vorstellung scheint ihm schwerzufallen. »Wofür soll das denn gut sein?«, will er wissen. »Für die Intensität der Empfindungen in gewissen Situationen.«

17.

Dämonentanz

Ich liege auf unserem schönen BDSM-Himmelbett. Seit ein paar Tagen haben wir keinen Sex gehabt. Die Gründe dafür kenne ich nicht so genau und ich habe auch nicht wirklich darüber nachgedacht. Fest steht, dass es dieses Mal nicht wirklich ein Problem darstellt. Manchmal ist man mit dem sonstigen Leben einfach so beschäftigt, dass man auch ohne Sex erfüllt ist. Ben kommt zu mir, legt sich neben mich und greift nach der Fernbedienung der Stereo-Anlage. Entspannende Lounge-Musik erklingt. Er dreht sich zu mir, küsst mich und seine Hand bewegt sich zwischen meine Beine.

In diesem Moment geschieht etwas Seltsames. Ich kann dieses Gefühl, das da mit einem Mal in einer unglaublichen Intensität in mir hochkommt, nicht einordnen. Weil ich hilflos bin, drehe ich mich ganz schnell zur Seite und bleibe von Ben abgewendet liegen. Ich ziehe schnell die Knie an die Brust, als wolle ich meine Geschlechtsorgane vor unerwünschten Berührungen schützen. Bens Hand fasst mich an die Schulter. »Was ist denn, mein Schatz?« Ich stecke so tief in meinem Gefühlschaos, dass ich nicht mal dazu in der Lage bin, ihm zu antworten. Er wartet ab. Dann wiederholt er seine Frage. Dieses Mal schaffe ich es, wenigstens mit den Schultern zu zucken. Jetzt hat er begriffen, dass ich hilflos bin. Er kuschelt sich von hinten an mich. Ich spüre seinen Atem an meinem Ohr. So liegen wir eine Weile. Ich fühle mich emotional verkrampft. Das ist die erste klare Aussage, die ich treffen kann. »Fühl ganz tief in dich hinein und versuche herauszufinden, was es ist«, sagt Ben und wieder liegen wir eine Weile unbeweglich.

Bis ich endlich den Geistesblitz habe. »Es ist Demütigung«, rufe ich und drehe mich zu ihm um. Die Erkenntnis, auf die ich mir im ersten Moment keinen Reim machen kann, regt mich fast auf. Er runzelt die Stirn. »Moment«, hebt er an. »Demütigung, weil ich mit dir schlafen will?« Ich nicke. Wie kommt das denn? Ich habe selbst keine Ahnung, wie das alles zusammenpasst, aber ich weiß, dass das Gefühl, das mich eben übermannt hat, definitiv Demütigung war. Ich glaube, wir sind nun beide ein wenig verwirrt. »Demütigung ist ja so ein Thema«, setze ich an und beginne laut zu überlegen. Ben hört mir einfach nur zu. »Demütigung macht mich definitiv an. Nur, du stehst ja nicht darauf.« – »Ist das jetzt ein Vorwurf?« Er schmunzelt. »Nein, irgendwie kann ich dich ja verstehen.« – »Ich habe auch nie gesagt, dass ich grundsätzlich nicht auf Demütigung stehe, aber bei meiner Partnerin, die ich liebe, tue ich mich schwer damit, wenn eine gewisse Grenze überschritten ist, was das betrifft.« – »Deine Grenze liegt da sehr tief. Viel zu tief«, sage ich und grinse. »Ich weiß.« Er küsst mich. »Also? Was ist nun mit der Demütigung?«, bringt er mich aufs Thema zurück. »Ja, wenn ich das so genau wüsste. Im sexuellen Sinne macht Demütigung mich normalerweise extrem an. Das Gefühl eben war aber etwas anderes. Das war echte Demütigung. Es gibt da offensichtlich einen Unterschied, verstehst du?«

Ich überlege, inwiefern sexuelle Demütigung eine andere ist als die im Alltag. Es ist natürlich definitiv so, aber ich komme in der Sache auf keinen Punkt. Ben fordert mich auf, mir zu überlegen, in welchen Momenten ich Demütigung erlebt habe, die sich nicht gut angefühlt hat. Da fallen mir eine Menge

Situationen ein. Als Kind habe ich mich oft von meinen Eltern gedemütigt gefühlt, von Mitschülern und Lehrern und später von Männern und natürlich Vorgesetzten.

Ich erinnere mich an eine Situation während meiner Zeit, als ich noch angestellte Grafik-Designerin war. Damals habe ich ein kurzes Zwischenspiel in einer Firma gegeben. Für ganze zwei Wochen hat mich mein damaliger Chef unter höchst ungewöhnlichen Vorgaben an einem Prospekt arbeiten lassen. Ich durfte keine Bilder benutzen, sondern ausschließlich Farbflächen und Symbole. Warum das so war, kann ich mir bis heute nicht erklären. Immer wieder passten ihm meine Entwürfe überhaupt nicht und ich durfte jedes Mal aufs Neue von vorn anfangen. Die Situation gipfelte darin, dass ich am späten Freitagabend als Einzige noch mit meinem Chef im Büro saß und immer noch an diesem blöden Prospekt herumbastelte. Ich erinnere mich nicht, die wievielte Version ich ihm an diesem Abend bereits vorlegte. Als ich in sein Büro kam, saß er hinter seinem Schreibtisch. Seine Glatze glänzte, die Ohren standen ein wenig ab – so wie bei Mister Spock, fiel mir in diesem Moment auf. Er musterte mich missbilligend, als ich ihm meinen Entwurf vorlegte, und dann brach eine lange, sehr unfaire und auch persönliche Litanei los: Was ich für eine Versagerin sei, welch schlechte Kinderstube ich erfahren hätte und dass aus mir mit Sicherheit niemals etwas werden würde. Im selben Moment stellte er mir seine Tochter als leuchtendes Beispiel hin. Die war nämlich in meinem Alter und bereits mit einer Consulting-Firma in Amerika selbstständig. Ein bisschen mehr Drill in meiner Erziehung hätte mir nicht geschadet, sagte er, dann würde ich heute wenigstens wissen, worauf es ankäme. Auf den Prospektentwurf ging er nicht näher ein. Ich warf ihn in den Müll. Dann ging ich. Für immer.

Ben ist entsetzt, als er diese Geschichte hört. Er nimmt mich in den Arm und streichelt mich. »Mein armer Schatz«, sagt er. Ich winke ab. Im Grunde habe ich den Idioten ja längst vergessen. Wir schweigen eine Weile, doch das Thema Demütigung lässt mich innerlich nicht los. Das sage ich Ben. »Gut«, setzt er an, »da können wir vielleicht was machen.«

Ich werde hellhörig. »Du willst mich demütigen?«, frage ich ganz aufgeregt und grinse. Er lacht und schüttelt den Kopf. »Nichts liegt mir ferner, mein Schatz«, sagt er und ich ziehe eine Schnute. »Aber ich habe da so eine Idee. Wenn du mir vertraust, setzen wir das um.« – »Was ist es, was ist es, was ist es?«, will ich ganz aufgeregt wissen, aber er schüttelt nur belustigt den Kopf. »Das kann ich dir doch nicht vorher sagen, dann ist es ja langweilig. Vertraust du mir?« Ich nicke. »Auch wenn es ein kleines Risiko gibt?« – »Was für ein Risiko?« – »Na ja, die Gefahr eines Absturzes ist definitiv da. Kommst du damit klar, wenn so was passieren würde?«

Ein Absturz! Ich hatte noch nie einen und kann mir auch nicht vorstellen, jemals so was zu erleben. Auch Ben hat das Thema noch nie angesprochen und das irritiert mich ein wenig. »Ich habe keine Ahnung, wie sich ein Absturz anfühlt und wann er sich ereignet«, sage ich und überlege. »Hilfst du mir denn, wenn so etwas passiert?« – »Natürlich, ich würde alles für dich tun, mein Schatz. Das weißt du doch. Ich hoffe nur, dass ich dir in einer solchen Situation auch wirklich helfen kann. Das geht ja nur bis zu einem gewissen Grad.« – »Wir reden zu viel«, sage ich. »Du bist also einverstanden?« Ich nicke. Und schon beim Gedanken daran, dass ich nicht weiß, was kommt, dass ich mich komplett auf ihn verlassen muss, dass ich nicht aussteigen kann, dass ich mich komplett überantworte, sammelt sich die Geilheit in meinem Unterleib. Ich will es jetzt, sofort und auf der Stelle! Doch natürlich wählt er einen Moment, in dem ich nicht damit rechne und die Sache sogar fast schon wieder vergessen habe.

Unter einem Vorwand lockt er mich ins Spezialzimmer. Zufällig trage ich nur ein leichtes Kleid. Es ist zwar bereits Abend, aber an diesem Tag ist es noch warm. Schon als ich ihn sehe, spüre ich, dass heute etwas anders ist. Er wirkt sehr distanziert und das mag ich gar nicht. Wegen dieser Tatsache spüre ich bereits leichten Trotz in mir aufsteigen und trete ihm mit einer entsprechenden Haltung entgegen. Ohne etwas zu sagen, reißt er mir mein Kleid vom Leib. Dabei verabschiedet sich ein Träger. Kurzzeitig bin ich perplex, dann setze ich tatsächlich dazu an, mich wegen des kaputten Trägers zu beklagen. Gerade habe ich den Mund geöffnet, da trifft mich auch schon eine Ohrfeige mit einer solchen Wucht, dass ich ins Wanken gerate. Automatisch hebe ich die Hand an meine Wange. Tränen steigen mir in die Augen und ich sehe ihn mit Verachtung im Blick an. »Was soll der Scheiß?« Statt einer Antwort packt er mich an den Haaren und schleudert mich unsanft auf die Knie. Aufgrund seiner körperlichen Überlegenheit bin ich tatsächlich eingeschüchtert und traue ihm weitere Körperlichkeiten zu, wenn ich aufmucke.

In meinem Inneren brodelt die Wut. Wie kann er mich nur so behandeln? Ausgerechnet er? Ich möchte ihn anschreien, auf ihn einschlagen und völlig ausrasten, doch ich getraue mich natürlich nicht. Gleichzeitig weiß ich, dass der Moment gekommen ist, in dem ich mich der Situation nun nicht mehr entziehen kann. Ich muss da durch und ich muss mich auf ihn verlassen. Er zieht mir den String halb nach unten bis zu den Knien, wie ich da kauere, und fährt mir unsanft, so dass es weh tut, zwischen die Beine. Ich möchte mich wehren, tue es aber nicht. Er gibt mir einen Tritt mit dem Fuß. Das hat er jetzt doch nicht wirklich getan?

Irgendwie bin ich fassungslos. »Rüber ins Bad, Schlampe«, herrscht er mich an und treibt mich mit den Füßen voran, wie ich vor ihm auf dem Boden krieche. »Geht's vielleicht auch ein bisschen schneller?«, meckert er. Meine Knie schmerzen auf den harten Fliesen. Seit längerer Zeit schon musste ich nicht mehr knien oder mich gar auf allen vieren fortbewegen. Ich bin eine verwöhnte Luxus-Sub geworden, eine, die respektiert wird, aber das ist mir ganz egal, denn so gefalle ich mir ja.

Heute scheint das allerdings anders zu sein. Im Bad angekommen, kauere ich wieder auf dem Boden, das Gesicht von ihm abgewandt. Ich höre, wie er seine Hose öffnet, und weiß instinktiv schon, was kommt. Nein, das kann er doch nicht tun. Hilflosigkeit und Verzweiflung breitet sich in meinem Inneren aus und ich beginne am ganzen Körper zu zittern. Das will ich ihm natürlich nicht zeigen und so versuche ich, so gut es geht, alle Muskeln anzuspannen, die ich irgendwie aktivieren kann, und so das Zittern zu besiegen. Es gelingt mir nicht. Ich zittere trotzdem.

Ein warmer Strahl landet auf meinem Rücken und Geruch nach Urin hüllt mich ein. Mit einem Mal fühle ich mich wie ein Häuflein Elend, gebrochen und auch des letzten bisschen Stolzes beraubt. Ich möchte weinen, doch ich kann nicht. In diesem Moment spüre ich, wie sehr ich mich selbst liebe und dass ich es niemandem jemals erlauben werde, mich wirklich zu brechen. Mein Zittern verstärkt sich immer mehr. Obwohl es ein warmer Sommerabend ist, beginne ich zu frieren. Doch es kommt noch schlimmer.

Er reißt mir den Kopf an den Haaren nach oben. Ich sehe ihn an. Mein Blick muss die pure Verachtung sein. Am liebsten würde ich ihm in diesem Moment ins Gesicht spucken. Ich hasse ihn. Doch er grinst nur und ich weiß, dass es immer noch schlimmer kommt. Ich wehre mich heftig, als er mir jetzt ins Gesicht pinkelt, und halte krampfhaft Augen und Mund geschlossen. Doch ich habe keine Chance. Mit einer Hand hält er mich so fest an den Haaren, dass jede Bewegung nur wehtut. »Mach den Mund auf«, verlangt er und ich versuche mit aller Kraft, den Kopf wegzudrehen und mich zu wehren. Niemals werde ich das tun! Nie, nie, nie, niemals! Dieses Schwein! Erneut regt sich in mir der Wunsch, ihm ins Gesicht zu spucken, um die Verachtung auszudrücken, die ich für das empfinde, was er da gerade mit mir tut. Seine Hand legt sich jetzt um mein Kinn. Vergeblich versuche ich, den Kopf zur Seite zu drehen. Schmerzhaft graben sich seine Finger in meine Wangen. Nie, niemals und von keinem einzigen Menschen auf dieser Welt werde ich mir in den Mund pinkeln lassen! Doch wieder habe ich keine Chance. Er drückt mir den Mund einfach auf und macht mich damit rasend vor Wut. Gleichzeitig breitet sich eine Hilflosigkeit in mir aus, wie ich sie noch nie zuvor erlebt habe. Ich will aufstehen, doch seine Hand in meinem Gesicht reicht aus, um mich auf dem Boden zu halten. Ich will meinen Kopf zur Seite drehen und sehe sein Grinsen, bevor er von mir ablässt.

Er hat es nicht getan. *Feige Sau*, denke ich im ersten Moment noch wütend, dann macht sich tatsächlich ein wenig Erleichterung breit. Er stößt mich von sich weg und lässt mich nass, wie ich bin, auf den Fliesen zurück, als er das Badezimmer verlässt. Alles um mich ist nass, alles stinkt nach Urin und mir wird langsam kalt. Es würde helfen, einfach unter die warme Dusche zu steigen und den ganzen Ekel abzuwaschen, doch das schaffe ich irgendwie nicht. Ich ziehe die Knie an die Brust und bleibe fröstelnd und nass in einer Ecke sitzen.

Ich weiß nicht, wie lange ich da sitze. Plötzlich springt die Tür auf. »Rüber mit dir, los«, befiehlt er, packt mich wieder an den Haaren und schleift mich hinter sich her. Immer wieder versuche ich, mich zu wehren, doch ich habe einfach keine Chance. Vor dem Andreaskreuz bleibe ich zitternd liegen. In mir ist alles tot. Keine Gefühle mehr, nichts. »Na? Das war 'ne geile Nummer, oder?«, verhöhnt er mich und die Wut kommt zurück.

Ich antworte nicht. An den Haaren zieht er mich auf die Beine. Mittlerweile schmerzt meine Kopfhaut. Er drückt mich mit dem Rücken gegen das Andreaskreuz, ich fröstle noch immer, sehe ihn nicht an. Wie könnte ich? Seine Hand legt sich um meinen Hals und hebt meinen Kopf empor. Jetzt sehe ich ihn doch an. »Oh, oh«, macht er weiter, »da ist aber jemand übel angepisst. Im wahrsten Sinne des Wortes.« Ich sage weiterhin nichts, versuche ihn nur mit Blicken zu töten. »Du hättest ja mal um Gnade winseln können, vielleicht hätte ich dann aufgehört«, sagt er. »Gnade, pah!«, sage ich. »Darauf kannst du lange warten!« Er schleudert mich unsanft herum. »Das werden wir ja sehen«, sagt er, während er meine Hände und Beine am Kreuz fixiert. Meine Haut ist immer noch leicht feucht und ich lege meine Stirn an die kalte Wand.

Irgendwie ist mir jetzt alles egal. Ohne Vorbereitung und mit gnadenloser Wucht schlägt er zu. Mir wird heiß und kalt zugleich, mein Kopf beginnt zu glühen, die Luft bleibt mir weg. Er nimmt keine Rücksicht. Gnadenlos hart und ohne Pause drischt er auf mich ein. Er muss zu seiner außerordentlich dünnen Dressurgerte gegriffen haben. Immer wieder trifft er mich auf dieselben Stellen. An den Hüften tut es besonders weh. Die Schreie, die ich mir am Anfang noch verkniffen habe, werden zu einem leisen Wimmern, das sich eine ganze Weile hinzieht. Langsam, aber sicher wird es lauter. Ben prügelt mich immer noch. Ich habe keine Ahnung, wie lange das geht, doch irgendwann spüre ich eine Welle in meinem Inneren heraufwogen. Als sie oben ankommt, spült sie meine Tränen aus mir heraus. Ich heule so laut und so herzzerreißend, dass ich mich eine ganze Weile nicht mehr beruhigen kann.

Ben hat jetzt aufgehört, mich zu schlagen. Ich habe es gar nicht so richtig wahrgenommen. Er tritt von hinten an mich heran und wärmt mich mit seinem großen Körper. In dem Moment, als er mich berührt, wird mein Weinen zu einem ununterbrochenen Schreien. Ich brülle Gefühle aus mir heraus, die sich über Jahre meines Lebens in mir angesammelt haben und die irgendwo verborgen waren. Eine ganze Weile geht das so und ich weiß nicht, ob ich jemals etwas erlebt habe, das sich befreiender angefühlt hat. Ben löst meine Fesseln, setzt sich mit mir auf den Boden und hält mich im Arm, er streichelt mich und wiegt mich wie ein kleines Kind, während ich immer noch leise weine. Es ist schon tief in der Nacht, als ich mich ein wenig beruhigt habe und mich irgendwie leer und unglaublich befreit fühle. Ich bin erschöpft, wie ich es noch selten war. Ben stützt mich, als wir ins Bad gehen, und hilft mir in die Badewanne, dann wäscht er mich mit angenehm warmem Wasser. Seine Hand zittert ein wenig. »Sehr viel weiter hätte ich nicht mehr gehen können«, sagt er und wirkt dabei ein wenig traurig. Ich küsse ihn. »Ich liebe dich«, sage ich und er nimmt mich plötzlich ganz fest in seine Arme. »Mein Schatz, es tut mir leid«, sagt er ganz leise an meinem Ohr. Ich löse mich von ihm, sehe ihn an und streiche ihm eine kleine blonde Strähne aus dem Gesicht. »Nichts muss dir leid tun«, sage ich und verstehe vielleicht zum ersten Mal, warum ihn diese Dinge, die mir so viel geben, wirklich Kraft und Überwindung kosten. Ich zumindest würde das an seiner Stelle nicht durchhalten, was er heute Abend mit mir gemacht hat. Ich kann es mir nicht anders vorstellen, als dass man in der Lage sein muss, alle seine Gefühle dem geliebten Menschen gegenüber auszublenden, um den anderen so zu behandeln. Doch zuminderst hinterher kommt wahrscheinlich trotzdem das schlechte Gewissen.

*

Die Tage, die auf diese Session folgen, fühlen sich sehr intensiv an. Wir sprechen nicht viel miteinander, fühlen aber eine große Harmonie und innere Verbundenheit. Wir können stundenlang am Strand sitzen und auf den weiten Ozean hinaus blicken, uns auf unserer Terrasse eine Flasche Weißwein teilen oder einfach nur Arm in Arm nebeneinandersitzen und uns eins fühlen. Eine ganze Weile gibt es nur Kuschelsex. Nach etwas anderem ist uns nicht zumute und nach einigen Tagen kann ich es auch formulieren.

»Ich möchte keine Schmerzen mehr«, sage ich und sehe Ben dabei ernsthaft in die Augen. Ich rechne damit, dass er das vielleicht schlimm findet, doch er sagt nur: »Okay.« Eine Weile schweige ich. »Findest du das denn nicht schlimm?«, wundere ich mich. »Warum sollte ich?« – »Na, weil das ja heißt, dass das Thema SM somit für uns beendet ist. Vielleicht hast du mir ja meine krankhafte Sexualität abtrainiert.« Ben lacht. »Mein Schatz, SM ist doch viel mehr als nur Schmerz. Und abtrainiert habe ich dir das mit Sicherheit nicht.« Ich sehe ihn ziemlich verständnislos an. *Was kann denn SM noch sein, wenn man keinen Schmerz mehr mag?* »Komm mit, ich zeige es dir«, sagt er, nimmt mich an der Hand und führt mich ins Spezialzimmer.

Er verbindet mir die Augen und zieht mich danach komplett nackt aus. Irgendetwas streichelt mich. Ich kann nicht genau sagen, was es ist, und empfinde es als Mischung aus Kitzeln und Streicheln. Ich muss mich aufs Bett setzen und er fesselt mir die Arme nach oben. Ich spüre, wie er mich am ganzen Körper in ganz unterschiedlicher Intensität berührt. Mal streichelt er mich ganz sanft, mal berührt er mich stärker, hält mich auch mal fest und küsst mich: den Oberkörper, den Hals, das Gesicht, die Beine, die Innenseiten der Oberschenkel. Und dann tut er etwas, was er normalerweise nur sehr selten tut. Er vergräbt seinen Kopf zwischen meinen Beinen und leckt mich. Weil das bei ihm so selten vorkommt, tut es mir unglaublich gut und macht mich sehr an.

Doch lange darf ich es nicht genießen. Wie habe ich auch etwas anderes glauben können? Er löst meine Fesseln und ich muss mich auf den Rücken legen. Dann fixiert er meine Arme wieder am Kopfende des Bettes und bindet mir die Beine im rechten Winkel nach oben. Er steckt einen Vibrator in mich hinein und schaltet ihn an. Normalerweise stört mich das Summen, das diese Geräte von sich geben, doch heute ist mir das irgendwie egal. Ich spüre nur, wie dieses Ding in mir vibriert. Eine ganze Weile geschieht nichts, außer dass meine Geilheit wächst. Verstärkt wird das dadurch, dass er mir außerdem auch noch einen Plug in den Hintern steckt. Schon während er mich mit einer großen Menge Gleitgel darauf vorbereitet, das mir den Hintern hinunterläuft und die Matratze befeuchtet, wird es eng bei mir. Wieder lässt er mich warten. Diese ständige Warterei ist eine gute Strategie und erfüllt ihren Zweck voll und ganz. Ab und zu berührt er nur ganz leicht mit einem Finger meinen Kitzler, schiebt den Dildo mehrmals rein und raus und entfernt ihn schließlich. Seine Finger dringen in mich ein und ertasten mein gesamtes Inneres. Von innen drückt er mehrfach auf meinen empfindlichsten Punkt, und als er in mich dringt, spüre ich schon wieder diese dumpfe Energie, die sich in meinem Becken sammelt. Er fickt mich ungewöhnlich langsam und das gibt mir den Rest. Ich spüre jeden Millimeter, den er sich in mir bewegt. Dabei werde ich so eng, wie es nur geht, als ich kurz vor dem Orgasmus stehe. Er muss es spüren. Plötzlich verändert er sein Tempo, fickt mich zwar nicht so schnell wie sonst, aber dafür mit viel Kraft. Mit jedem Stoß bewege ich mich ein Stück weiter auf den Orgasmus zu, der schon lange nicht mehr abzuwenden war.

»Das war jetzt auch SM?«, frage ich ihn später und er schüttelt verständnislos den Kopf. »Soll ich dir mal im Internet raussuchen, wie viele verschiedene Arten von BDSM es eigentlich gibt? Du bist nur manchmal ein wenig borniert, was diese Dinge betrifft.« Er grinst mich an. So etwas höre ich natürlich nicht gern, aber vielleicht hat er ja recht. Zumindest im Moment will ich nur noch, dass er mir schöne Gefühle macht, und genau das scheint für ihn absolut in Ordnung zu sein. In den folgenden Tagen spricht er immer wieder davon, dass er es für das Beste hält, wenn wir uns einfach nur über unsere ganz normal funktionierende Zweierbeziehung freuen, in der SM als Ausdruck gesteigerter Geilheit seinen Platz findet.

Irgendwie finde ich das ein bisschen wenig und so ganz will ich mich auf diesen Gedanken nicht einlassen. Aber möglicherweise ist es auch genau das, was SM eigentlich ausmacht. Vielleicht habe ich das alles die ganzen Jahre hindurch viel zu sehr mystifiziert. Irgendwie macht sich Ernüchterung in mir breit. Das würde ja heißen, dass SM gar keine Parallelwelt in meinem Leben darstellen würde, sondern dass alles eins wäre. Wer will das denn schon? Den Gedanken finde ich doof, nehme mir aber vor, die Ereignisse in Zukunft einfach mal auf mich zukommen zu lassen, um nicht wieder als borniert zu gelten.

18.

Einer, zwei und vielleicht drei

Am späten Nachmittag fahren wir in die Stadt. Ben möchte ein wenig durch die Altstadt von Rhodos bummeln, die zum Unesco-Weltkulturerbe gehört, und eventuell etwas essen gehen. Das erklärt er mir zumindest. Wie fast immer ist es sonnig, als wir über die größte Hauptstraße der Insel düsen. Ich wundere mich, als Ben nicht wie geplant weiter geradeaus ins Zentrum fährt, sondern Richtung Flughafen abbiegt. Natürlich werde ich neugierig und versuche in Erfahrung zu bringen, wen wir da wohl abholen sollen, denn dass wir jemanden abholen werden, dessen bin ich mir sicher.

Völlig aufgeregt stehe ich wenige Minuten später in der Ankunftshalle und strenge mich an, in der Menge der zahlreichen Touristen ein bekanntes Gesicht zu entdecken. Das ist gar nicht so einfach. Erst als sie schon ziemlich weit auf uns zugekommen ist, erblicke ich sie endlich: Ela! Wie schön! Ich habe mir schon so lange gewünscht, dass sie mich einmal besuchen kommt, doch irgendetwas hat ihren Besuch immer verhindert. Entweder ihr Vater lag im Krankenhaus, das Geld war knapp oder sie hatte Probleme mit ihrem Sohn.

Erst als ich Ela freudig in meine Arme schließe, tauchen hinter ihr tatsächlich noch mehr bekannte Gesichter auf: Marie, Nick, Dennis und Lisa. Marie hat sich erst vor wenigen Wochen von August getrennt und ich habe ein Dankgebet gen Himmel geschickt, als ich es erfahren habe. Nick ist einer von Bens ehemaligen Mitbewohnern im Studentenwohnheim. So ganz verstehe ich nicht, wie er eigentlich zum Rest passt. Vielleicht kennt er ja Dennis und Lisa, mit denen wir diesen netten Abend auf der Play-Party in Aachen verbracht haben. Ela hat mein verwundertes Gesicht bemerkt und so dreht sie sich zu Nick um, legt ihm den Arm um die Schultern und sagt: »Darf ich vorstellen? Mein neuer Freund.« – »Also, du meinst, so richtiger Freund?«, frage ich verwundert und sie nickt. Ich muss mich erst mal daran gewöhnen. Vor lauter Verwunderung habe ich Nick noch gar nicht richtig begrüßt, was ich jetzt schnell nachhole. Ich wusste zwar, dass er seit geraumer Zeit auch in der SM-Szene unterwegs war, wie er allerdings nach Stuttgart und dann auch noch zu Ela gekommen ist, das kann ich mir noch nicht so recht zusammenreimen.

Nachdem ich in Erfahrung gebracht habe, dass unsere Freunde sich in einer kleinen Pension nicht weit von unserem Haus entfernt einquartiert haben, will ich zum Aufbruch schreiten. Doch Ben hält mich zurück. Offenbar fehlt noch jemand. Ich habe schon fast einen Verdacht, um wen es sich handeln könnte, und suche auf dem Bildschirm mit den Ankünften nach den Abflughäfen. Zürich würde passen. Noch bevor sich mein Verdacht erhärten kann, sehe ich auch schon das letzte noch fehlende bekannte Gesicht zwischen den Touristen. Natürlich handelt es sich um keinen Geringeren als um unseren Onkel Emil. Ich schließe ihn in meine Arme und entschuldige mich, dass ich ausnahmsweise keine Flip-Flops trage. Schließlich hätte ich ja auch nicht wissen können, dass ich damit heute jemandem eine Freude machen könnte. Onkel Emil zieht ein Büchlein aus seiner Tasche und macht einen Strich hinein. »Dazu kommen wir später«, sagt er, als er meinen fragenden Blick bemerkt, und grinst mich an. Natürlich hat er eine Tüte mit Schokolade dabei, die so groß ist, dass ihr Inhalt für die nächsten drei Jahre auszureichen scheint.

Vor dem Flughafen stehen schon zwei Mietwagen bereit. Ela, Nick und Onkel Emil nehmen den einen, Lisa, Dennis und Marie den anderen. Ben und ich fahren voraus – zuerst in die Pension, wo alle ihr Gepäck abladen, und danach in eines unserer Lieblingsrestaurants. Es liegt direkt am Meer und durch die offene Fensterfront weht uns eine salzige Brise um die Nasen. Es ist bereits dunkel geworden und der Mond zeichnet sich silbern glänzend auf der spiegelglatten Wasseroberfläche ab. Das Restaurant ist in den typisch griechischen Farben gehalten: in Hellblau und Weiß. Ein altes Fischerboot hängt an der Decke, Bilder aus längst vergangenen Zeiten schmücken die Wände und in zwei großen Pflanztrögen wächst Basilikum in üppigen Büschen.

Unser Freund Savva staunt nicht schlecht, als wir unangemeldet mit so vielen Leuten anrücken. Als wir alle unsere Plätze gefunden haben und Savva uns die Speisekarten bringen will, lehnt Ben ab und bestellt einfach für alle. Dann muss Ela mir ganz schnell erzählen, wie sich das mit Nick und ihr zugetragen hat. Über einen Bildkommentar in der *SZ* waren die beiden miteinander ins Gespräch gekommen, und da sie ja quasi Freunde von Freunden waren, hatten sie sich schnell einander angenähert und dabei festgestellt, dass sie eigentlich ganz gut zusammenpassen würden. »Nach dem ersten Treffen war ich mir noch ein wenig unschlüssig«, sagt Ela »aber dann hat er mich innerhalb von wenigen Tagen von sich überzeugt.« Sie dreht sich zu Nick um und gibt ihm einen Kuss.

Es dauert nicht lange, bis sich der große Tisch, an dem wir Platz gefunden haben, unter der Last von Speisen aller Art biegt. Den obligatorischen Ouzo zum Aperitif schiebt die Hälfte der Gesellschaft angewidert von sich. Zugegeben, auch ich musste mich erst an den Anisgeschmack gewöhnen. Drei große Tonkrüge mit Wein lockern die Stimmung. Wir bekommen Knoblauchbrot mit Olivenpaste, Feta und Tomaten, griechischen Salat mit Rucola und Kapern, Käsebällchen, Kichererbsenplätzchen, Kartoffeln in scharfer Sauce, Tsatsiki, Muschel-Saganaki, Fleischbällchen, eingelegten Oktopus, Sardellen und Garnelen und, und, und ... Als Hauptgang gibt es eine gemischte Platte mit Fleisch und Fisch, dazu gedünstetes Gemüse, und wie immer schaffen wir nicht einmal die Hälfte von dem reichlichen Mahl und alle stöhnen, als auch noch der obligatorische Nachtisch hereingetragen wird: griechisches Nussgebäck, in Honig getränkt, mit Vanilleeis, Schokosauce und Mandelsplittern. Als wäre das nicht genug, kommt jetzt auch noch eine Früchteplatte auf den Tisch und Averna, Limoncello oder Mastika zur freien Auswahl, bevor wir uns erheben und einstimmig beschließen, den Abend bei uns ausklingen zu lassen.

Zu Hause angekommen, bin ich froh, dass ich mich zufällig vor Kurzem um die Gestaltung unserer Dachterrasse gekümmert habe. Wir öffnen die beiden großen Balkontüren zum Spezialzimmer. Nun kann man vom SM-Bereich direkt auf meine neue Terrasse im Stil einer Buddha-Lounge hinaustreten. Große Kissen am Boden dienen als Sitzgelegenheiten, zwei Gitterbetten sind als Sofas zu benutzen und zwischen Buddha-Statuen und Grünpflanzen zünde ich die kleinen roten Windlichter und orientalischen Laternen an, die ich dort platziert habe.

Ich bin entzückt, als Marie plötzlich in einem hübschen, aber natürlich sehr kurzen Dienstmädchenkleid vor mir steht und einen Knicks macht. Ich küsse sie und sie springt fröhlich hinunter in die Küche und kommt mit einem Tablett voller Flaschen und Knabberzeug zurück. Ich habe gar nicht mitbekommen, wann Ben das alles vorbereitet hat. Diese Überraschung ist ihm wirklich gelungen! Wir sind alle froh, dass unsere Freunde tief in der Nacht zu Fuß zu ihrer Pension gehen können, nachdem wir den Abend feucht-fröhlich mit gemütlicher Lounge-Musik ausklingen lassen haben. Hier am Fuße des kleinen Berges mit der beleuchteten Burg darauf konnten es Ela und Marie irgendwie gar nicht fassen, wie schön das alles ist. Und dabei haben sie die Insel ja noch nicht einmal bei Tageslicht gesehen. Den ganzen Abend über ist mir aufgefallen, wie oft Onkel Emil Marie ansieht, und ich bin gespannt, was die kommenden zwei Tage bringen werden, und frage mich, ob sich da wohl was entwickeln könnte, jetzt, wo August passé ist.

Für meine Begriffe überraschend früh findet sich die Gruppe am nächsten Morgen wieder bei uns ein. Marie, die als Einzige bei uns schlafen wollte, hat sich bereits ganz früh am Morgen aufgemacht, um alles Nötige für ein ausgiebiges Frühstück zu besorgen. Als ich ihr in der Küche helfen will, schickt sie mich weg. Wenigstens schaffe ich es, die Kaffeekanne und Tassen für alle mit nach oben auf die Terrasse zu nehmen.

Zu meiner Überraschung legt Onkel Emil ein Notizbuch auf den Tisch. Daran kann ich mich noch von gestern vom Flughafen erinnern. »Das ist das Strafbuch«, sagt er. »Alle Verfehlungen der Subs oder auch das, was wir nur dafür halten, werden in dieses Buch eingetragen. Die Herren werden sich später über die Art der Strafe und darüber, wer sie erteilen darf, einigen. Weil unsere Marie ja momentan herrenlos ist, wird es mir ein Anliegen sein, auf ihre Verfehlungen ganz persönlich zu achten.« Er grinst dreckig, als er das sagt. Marie macht einen kleinen Knicks und bedankt sich ironisch, was ihr schon den ersten Strich im Buch einbringt. Egal, dank meines unpassenden Schuhwerks vom Vortag habe ich ja auch bereits einen.

Nach dem Frühstück packt Ben die ganze Bande außer Marie und mir ein und begibt sich auf Erkundungstour in die nähere Umgebung mit anschließendem Bad im Mittelmeer. Natürlich trägt unser Herr Oberlehrer mit gestrengem Blick sein Strafbuch den ganzen Tag über unter dem Arm, wie mir Ben später erzählt. Selbst als alle anderen schwimmen gehen, lässt er es nicht aus den Augen. Manchmal kann es sogar hilfreich sein, nicht schwimmen zu können.

Marie und ich begeben uns in die Küche. Am Abend soll es ein großes Gala-Dinner geben und so haben wir jede Menge zu tun und stehen fast den ganzen Tag hinter Herd und Schneidebrett. Zum Glück hat Marie bereits am Morgen, als ich noch geschlafen habe, alles Nötige eingekauft. Sie ist einfach ein Schatz!

*

Im Wohnzimmer stehen die beiden großen Türen zur Terrasse offen und das Buffet ist im Freien aufgebaut. Drinnen flackert der Kamin, als die Gäste in perfektem Fetisch-Outfit eintreffen. Marie trägt wie gestern schon das Dienstmädchen-Outfit. Unter ihrem kurzen Röckchen blitzen halterlose Strümpfe hervor. Dazu natürlich Stiefel, was sonst? Ela trägt Lack: eine Korsage und ein kurzes Röckchen, im Grunde genau wie ich, nur dass meine Korsage rot ist. Lisa hat ein ganz besonderes Kleidchen mit Petticoat im Stil der 1960er Jahre an. Alle Männer tragen Schwarz: Ben ein Rüschenhemd, Dennis ein klassisches Seidenhemd zur schmal geschnittenen schwarzen

Stoffhose und Onkel Emil seine geliebte Lederhose in Kombination mit einem einfachen schwarzen T-Shirt. Ich bin froh, dass unsere Terrasse mit Grünzeug ziemlich zugewachsen ist, da ich in der Nachbarschaft nicht Gesprächsthema Nummer eins werden will, weil sich in meinem Haus Menschen in extrem hochhackigen Stiefeln, kurzen Röcken und in Lack und Leder bewegen.

Nachdem wir alle vor dem Kamin sitzend gegessen haben, verliest Onkel Emil das Tagesstrafmaß. Eine Dame nach der anderen darf sich unter seinem gestrengen Blick auf allen vieren auf meinen Glastisch knien, der mitten im Wohnzimmer steht, und die Herren sind tatsächlich so freundlich und überlassen Onkel Emil als ganz besonderem Freund der Englischen Erziehung das Stöckchen. Lisa handelt sich gleich eine Extra-Portion Striemen ein, da sie unerlaubterweise ein Höschen trägt. Dennis tut übertrieben entsetzt und schüttelt dabei ungläubig den Kopf. Offenbar handelt es sich um eine kleine private Fehde zwischen den beiden. Am meisten Glück hat Marie, denn ihre Verfehlungen standen den Tag über nicht unter der Aufsicht des gestrengen Onkel Emil und somit ist ihr Strafmaß das geringste. Für Marie ist das vielleicht aber viel mehr Strafe als Grund zur Freude, denn wenn ich jemanden kenne, der schmerzgeil ist, dann ist sie es.

Nach der einleitenden Abstrafung durch Onkel Emils fiesen Zeckstock begeben wir uns samt Getränken und Snacks hinauf auf unsere Dachterrasse. Das Sonnendach aus dicken Holzbalken, das Ben vor einiger Zeit gebaut hat, erweist sich jetzt als besonders praktisch. Auf der rechten Seite schützen uns blickdichte Vorhänge vor der Neugier der Nachbarn, geradeaus schauen wir auf einen kleinen Olivenhain, in dem zum Glück keine Häuser stehen.

Ben dreht die Musik ein wenig lauter auf als gewöhnlich. Das wundert hier niemanden, denn wir haben ja Besuch. Er schlingt Seile um den großen Balken über unseren Köpfen und alle sehen dabei zu, wie er Marie konzentriert in ein Hängebondage verpackt. Die Hände hat sie auf den Rücken gefesselt und hängt mit dem Blick in Richtung Himmel. Sie scheint sich sehr wohlzufühlen und protestiert vehement, als Ben sie ziemlich bald wieder losmachen will. Deshalb lässt er sie. Eine Weile hängt sie da, schließt letztendlich die Augen und genießt das laue Lüftchen, das vom Meer zu uns heraufweht.

Ich sehe es Emils Gesichtsausdruck an, dass er schon wieder etwas ausheckt. Es wundert mich deshalb nicht, als er aus seinem Rucksack den *Magic Wand* zaubert. Dieses Ding kommt aus Amerika und soll der Orgasmusbereiter schlechthin sein. Im Grunde sieht es aus wie ein riesiger Dildo, hat aber am Ende eine Art Ball, der vibriert. Ich weiß nicht, wie es sich anfühlt, bin aber gespannt, wie Marie reagieren wird. Sie zuckt ein wenig zusammen, als Onkel Emil den *Magic Wand* zwischen ihre Beine gleiten lässt, und öffnet die Augen. Ich weiß nicht, ob sie realisieren kann, worum es sich bei diesem Gerät handelt. Es scheint, als würde dieses Ding die Fähigkeit zu denken sehr schnell auf ein Minimum reduzieren. Ben dreht die Musik lauter, als Marie zu stöhnen beginnt. Es dauert nicht lange, bis sie kommt. Onkel Emil ist zufrieden und das Bondage wird gelöst.

Jetzt darf Lisa eine Runde hängen. Dennis knüpft sie klassisch mit dem Bauch nach unten in die Seile. Offensichtlich hat er in den letzten Monaten geübt. Marie hat sich unterdessen umgezogen und Ben grinst ein wenig fies, als er sie mit dem Finger zu sich lockt. Er hängt ihr ein Tablett um den Hals, das ausschließlich von einem kleinen Seil und zwei dünnen

Fäden gehalten wird, die mittels Klemmen an Maries Nippeln befestigt werden. Je mehr man auf dem Tablett abstellt, umso größer wird der Schmerz. Auch unser Onkel Emil hat ganz besondere Freude an diesem schönen Hilfsmittel.

Ela und Nick haben sich unterdessen in unser Spezialzimmer verzogen. Die Tür steht zwar offen, aber wir können nicht erkennen, was die beiden dort machen. Einzig und allein die Geräusche, die hauptsächlich Ela von sich gibt, verraten mir, dass es ihr ziemlich gut zu gehen scheint. Nach einer Weile kommt Nick aus dem Zimmer und gibt Ben ein Zeichen. Der erhebt sich und zieht mich an der Hand hinter sich her ins Haus. Ich staune nicht schlecht, als ich sehe, dass Ela auf unseren kleinen Bock geschnallt ist und offensichtlich nicht anders kann, als sich ihrer Lust hinzugeben.

Aber nicht deswegen staune ich, sondern aus einem ganz besonderen Grund: Hinter ihr befindet sich eine Fickmaschine. Ein Dildo an einer langen Stange bewegt sich gleichmäßig aus ihr heraus und wieder in sie hinein. Als wäre das noch nicht genug, ist das Ding auch noch ferngesteuert. Ich drehe mich zu Ben um. »Ist das …?« Er nickt nur. »Ja, es gehört uns«, flüstert er. »Wo hast du …« Er legt seinen Finger auf meine Lippen und führt mich, statt zu reden, hinüber an die andere Wand zum Andreaskreuz. Er fixiert mich an Armen und Beinen und Onkel Emil betritt jetzt ebenfalls den Raum. In der rechten Hand hält er ein kleines Kästchen aus Metall. In meiner Position kann ich sowohl Ela erkennen, die weiterhin mit dem nur sehr langsam herannahenden Orgasmus kämpft, als auch Dennis und Lisa im Freien, denen Onkel Emil mittlerweile den *Magic Wand* überlassen hat.

Ben öffnet meine Korsage und überlässt mich dann in meinem kurzen Rock, mit den hohen Stiefeln und dem freien

Oberkörper dem Onkel Emil. Ich erschrecke ein wenig, als der das Metallkästchen in seiner Hand öffnet und ich sehe, dass es sich dabei um einen Behälter für Nadeln handelt. Panik steigt in mir auf, die sich aber irgendwie gut anfühlt. Ich sehe Ben noch einmal kurz an, dann werden mir die Augen verbunden. Ich spüre, wie Onkel Emil die erste Nadel brennend in meine Haut in Nähe der Brustwarze sticht. Doch nicht der Schmerz allein ist es, was mich kickt, sondern die Tatsache, dass dieses kleine harte Stück Metall sich unter meine Haut bohrt und dann da stecken bleibt, wo es weiterhin kleine, brennende Schmerzimpulse aussendet. Rund um meine Brustwarzen herum setzt er die brennenden kleinen Schmerzpunkte, dann spüre ich Hände, die sich auf meine Oberschenkel legen. Warmer Atem trifft meinen Körper und eine Zunge sucht sich ihren Weg zwischen meine Beine. Ich stöhne leise auf, als sie ihr Ziel gefunden hat. Wer ist das wohl, der da vor mir kniet? Ich tippe auf Marie. Der Schmerz und die Zunge treiben mich ganz schnell in Richtung Orgasmus. Am liebsten würde ich mit meinen Händen diesen Kopf packen und ihn immer fester zwischen meine Beine pressen, um mir schneller Erlösung zu verschaffen. Meine Geilheit wird nicht weniger, als ich akustisch Zeugin von Elas Orgasmus werde. Der geht ganz schön lange und ich bin froh, dass Ben die Musik eingeschaltet hat, denn sie schreit und schreit und schreit. Als sie sich ein wenig beruhigt hat, höre ich, wie die Maschine abgestellt wird.

Erst jetzt wird mir bewusst, dass die weiche, warme Zunge zwischen meinen Beinen verschwunden ist. Ben nimmt mir die Augenbinde ab. Ich schaue direkt auf unsere Terrasse hinaus, und nachdem ich einige Male geblinzelt habe, sehe ich, wie Dennis da draußen Lisa von hinten fickt, die sich immer noch im Hängebondage befindet. Ben macht mich los und der Geruch von Desinfektionsmittel liegt noch in der Luft, als ich nun Elas Position einnehmen darf. Irgendwie erregt mich der Gedanke, dass es gleich eine Maschine sein wird, die mich ficken wird. Ich liege auf dem Rücken, die Beine weit gespreizt. Der Motor beginnt, die Stange mit dem Dildo anfangs noch langsam vor und zurück zu bewegen. Ich spüre weiterhin den Schmerz der Nadeln, die Onkel Emil rund um meine Brüste gesetzt hat. Die Maschine wird immer schneller. Ben hält die Fernbedienung in der Hand. Irgendwie seltsam, dass nicht er es ist, der in mir ist, dass er aber trotzdem die volle Kontrolle über mich hat. Ich sehe ihn an und er grinst. Die Bewegungen dieses Dings machen mich immer geiler. Am liebsten wäre es mir jetzt, wenn ich meinen Kitzler irgendwie zusätzlich stimulieren könnte. Dann wäre der Orgasmus ganz schnell da. Gerade dass ich gezwungen bin, vaginal oder eben gar nicht zu kommen, macht mich noch mehr an und plötzlich ist mir so, als würde ich jede kleinste Bewegung des Dildos in mir ganz intensiv spüren. Es dauert nicht mehr lange, bis ich mich auf der Zielgeraden befinde. Draußen höre ich Lisa stöhnen, bevor sich mein Bewusstsein ganz auf mich und meinen eigenen Körper konzentriert.

Nach einem ganz kleinen Moment der Erholung macht mich Ben los. Seine Hand greift in mein Haar, zieht mich vom Bock herunter und zwingt mich auf die Knie. Mit der anderen Hand öffnet er seine Hose und drückt mir seinen Schwanz tief in den Rachen. Er hält mich mit beiden Händen fest. Wenn er mich in den Mund stößt, schlägt mein Kopf jedes Mal ein kleines bisschen gegen die Tür hinter mir. Ich spüre schon zu Beginn, dass es nicht sehr lange geht. Mit einem kleinen Seufzer ergießt er sich über mein Gesicht, während er meinen Kopf mit einer Hand in Position hält. Ich sehe ihn an, als er fertig ist. Ein Lächeln legt sich auf sein Gesicht, bevor er sich umdreht, seine Hose schließt und nach draußen geht.

Wir drehen die Musik ein wenig leiser. Auch wir sind jetzt innerlich alle ein wenig ruhiger geworden, sprechen nicht mehr viel, sondern genießen den Abend einfach nur. Ben mixt Cocktails. Ich sitze in einer Art Hängematte, die wir an einem der Vordächer der Terrasse aufgehängt haben, und betrachte glücklich und zufrieden die alte Burg zu meiner Rechten. Ela hat es sich mit einem großen Glas Pina Colada auf einem unserer Außenbetten bequem gemacht. Lisa sitzt zu Dennis' Füßen und schmiegt sich an sein Bein. Heute trinken wir nicht so viel wie gestern. Der Rausch unserer Sexualität genügt uns vorerst und irgendwie würde zu viel Alkohol das wieder zunichtemachen. So klingt der Abend friedlich und erstaunlich ruhig aus.

Für den nächsten Tag hat Ben eine Fotosession geplant, bevor in etwas weniger als 24 Stunden zwei Flieger unsere Freunde von der griechischen Sonneninsel wieder nach Süddeutschland und in die Schweiz bringen werden. Als ich am Morgen erwache, wird der gelungene gestrige Abend davon überschattet, dass ich heute wohl dessen Reste beseitigen muss. Schlaftrunken wanke ich in die Küche, um Ben eine Tasse Kaffee zu holen.

Fast hätte ich es mir denken können: In der Küche steht Marie und hat bereits den größten Teil der Reste von gestern Abend beseitigt. Langsam wird mir das peinlich, dass sie die ganze Zeit so viel arbeitet. Doch sie beruhigt mich, gibt mir ein Küsschen auf die Wange und schickt mich samt Kaffee für Ben noch einmal zurück ins Bett. Ich genieße mein Glück.

Etwas mehr als eine Stunde später sitze ich frisch geduscht und bester Laune neben Ben auf dem Beifahrersitz unseres kleinen Fiats und wir düsen zur Pension, wo der Rest der

Bande auf uns wartet. Nicht nur Ben ist fotobegeistert, auch Dennis fotografiert mit Vorliebe und das tut er ziemlich gut, wie ich finde. Marie, Lisa und Ela werden den beiden Modell stehen, wohingegen ich das Konzept entworfen habe. Das Thema lautet »Griechische Gottheiten«. Natürlich in Fetisch-Klamotten! Ich habe mir bereits fünf Locations ausgesucht. Es ist zwar fraglich, ob wir die alle an diesem einen Tag schaffen werden, aber wir machen diesen kleinen Ausflug im Grunde ja auch nur zum Spaß.

*

»So, mein Schatz, jetzt zieh bitte deine Bilanz aus dieser Episode«, sage ich einen Tag später zu Ben, als wir es uns am Abend vor unserem Kamin gemütlich gemacht haben. »Erst mal muss ich dir etwas anderes sagen«, meint er. »Obwohl ich diese beiden Tage sehr genossen habe und obwohl ich es total toll finde, dass unsere Freunde es tatsächlich geschafft haben, alle gleichzeitig für dieses Wochenende hier aufzukreuzen, bin ich doch unendlich froh, wieder mit dir alleine zu sein. Ich liebe dich.« Ich lächle und er küsst mich. Wir kommen einvernehmlich zu dem Ergebnis, dass wir in unserem Leben an einem außerordentlich guten Punkt angekommen sind und dass wir uns ganz nach griechischer Sitte entspannt zurücklehnen und diesen Zustand einfach nur genießen sollten. Ben lässt sein Rotweinglas gegen meines klirren. »Lassen wir uns einfach überraschen, was die Zukunft bringt.«, sagt er, »Und außerdem bin ich der Meinung, dass du einen Untergebenen brauchst.« Ich sehe ihn ungläubig von der Seite an. »Du bist die verehrenswerteste Person, die ich kenne.«

DIE AUTORIN

Anna Bunt wurde 1980 in Esslingen am Neckar geboren. Sie lebt mit ihrem Partner und drei Hunden zusammen und sagt, sie habe ihren Dom fürs Leben gefunden. Im März 2009 erschien ihr autobiografischer Debütroman »Subjektiv« in der ANAIS-Reihe. Des Weiteren veröffentlichte sie mehrere Geschichten in der »Bester Sex«-Trilogie.

Anna Bunt
SUBMISSIV
Aus dem Leben einer devoten Frau
Roman

ANAIS Band 28
ISBN 978-3-86265-093-4
ANAIS ist ein Label des Berliner Schwarzkopf & Schwarzkopf Verlages.

KATALOG
Wir senden Ihnen gern kostenlos unseren Katalog
Schwarzkopf & Schwarzkopf Verlag GmbH | Leserservice ANAIS
Kastanienallee 32 | 10435 Berlin
Telefon: 030 – 44 33 63 00 | Fax: 030 – 44 33 63 044

INTERNET | E-MAIL
www.anais.de | info@anais.de